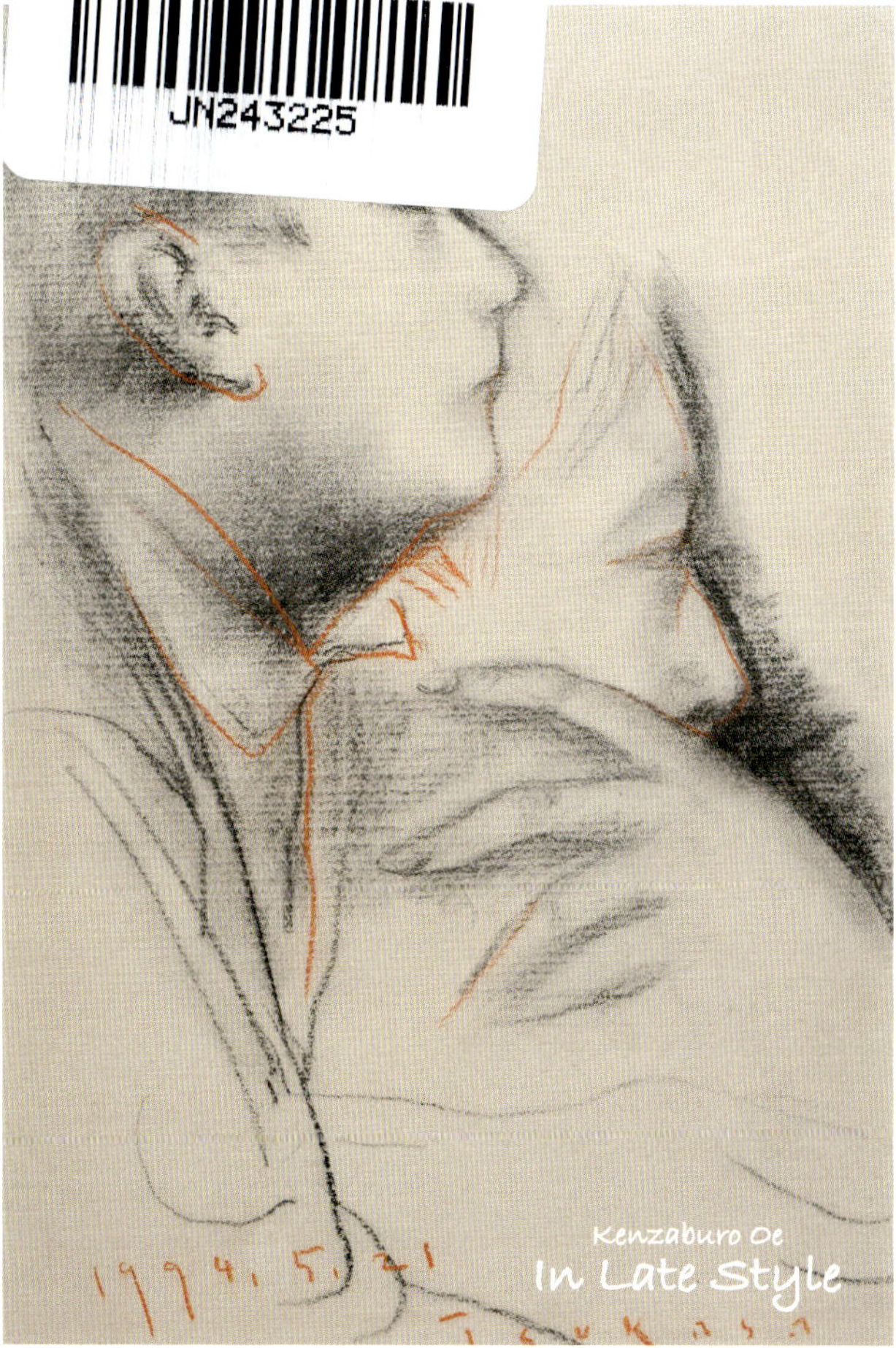

Kenzaburo Oe

In Late Style

講談社文庫

晩年様式集《イン・レイト・スタイル》

大江健三郎

講談社

口絵／大江光肖像（司修画）

目次

晩年様式集《イン・レイト・スタイル》

前口上として

私が書き続けてゆくこの文章が本となるなら、それらのノートを一括するタイトルを使用してもらいたい。白血病と闘いながら大きい仕事をして（書くことにとどまらなかった）、亡くなった友人の論文集が出たが、病床を見舞うたび私はかれの予定している本の構想、その全体のタイトルを聞かされていた。私は、――きみが死後の出版に備えているのなら、同年生まれの自分がきみより生き延びている見込みも五分五分だから、きみの標題をモジッたタイトルで、最後の仕事をしたい、といった。かれは暗くもイタズラッポクもある微笑を浮かべて、こう言い返したものだ。

――いや、きみの仕事はもっと早くやり終えてもらいたい、おれの本の終章はきみの晩年の仕事を主題としたものにするつもりだ。

予告されたタイトルでまとめられた友人の最終の本が、ニューヨークの地味な書店から出た時（その本のうしろカヴァーに私の短文がある）、私は長編小説を書いていた。そしてそのまま続けて来たが、「三・一一後」それに興味を失った。しかも私はこれまでの仕方で本を読み続けることができなくなっている。あれこれ読んでみないのではないが、かつてのようには集中できなくなった。読み始めるとすぐ、心ここにあらずというふうになる。それでは、残っている過ごすべき時間をどうしたものか？私は東京でも相当なものだった揺れに崩壊した書庫をノロノロ整頓しながら見つけていた、数年前店頭に積んであるのをひとまとめに購入した「丸善のダックノート」の残り一冊を膝に乗せて（それはダックという呼び名どおり無地のズック地で堅固に作られていて、いかにも老年の手仕事にふさわしい）、どうにも切実な徒然《つれづれ》なるひまに、思い立つことを書き始めた。友人の遺著は“On Late Style”つまり「晩年の様式について」だが、私の方は「晩年の様式を生きるなかで」書き記す文章となるので、“In Late Style”それもゆっくり方針を立ててではないから、幾つものスタイルの間を動いてのものになるだろう。そこで、「晩年様式集」として、ルビをふることにした。

それにあわせて私は、永年迷惑をかけ続けて来た妹に託されている頼みごとを、果たしてやろうと思い付いた。ずっと四国の森のなかに住んできた（森のへりに、といってもらいたい、というのが口癖の）やはり老年の妹が、自分と、後二人の人物はあなたに一面的な書き方で小説に描かれて来たことに不満を抱いている、といって来ていた。わたしたちは「三人の女たち」というグループを結成して、それぞれあなたの小説への反論として書いたものを見せ合っている。これまではただそれを書き、確実な読み手を二人ずつ持つことで満足してきたが、あなたが「最後の小説」というようなことを（幾度も聞いた気はするけれど、七十代半ばを過ぎて、それがナントカから出たマコトになるかも知れない時に）、また言い出しているのでもあり、少なくともあなたが自分のそれを書きあげる前に、わたしたちの書いたものを読んでもらいたい。そこであなたに送ろうということになった。どうだろうか？

そうした思い付きをすれば、早速実行しないではいられないのが妹の性格で、草稿を入れた紙袋は届いていた。私は送られて来たものを幾らか読んでみはしたが、妹とその仲間が草稿を完成しても、現今の出版事情で本になることはないと考えていた。しかしいま私が書いているダックノートに、章としてひとまとめするたび、紙袋の、ある分量を選んで添えてみてはどうか？　両者ともに私という人間が主題であることに間違いはない。そこで自分の文章は『晩年様式集《イン・レイト・スタイル》』のまま、そして合わせる三人（前もっていっておけば妹と、家内と娘）の文章は「三人の女たちによる別の話」とタイトルをつけて、一緒に綴じたもののコピーを数部作り、まず妹たちに贈るとすれば、もしそれが出版される進み行きとなればもとより、そういうことが起らぬとしても、こちらは手許に残るのだから妹の気持は晴れるだろう。

それが、私の作ってみる私家版の雑誌、『「晩年様式集《イン・レイト・スタイル》」＋α』である。私がやむなく途中で作業を中断せざるをえなくなれば、未編集のあずかり草稿は（それには、彼女らが雑誌を読んでは新しく書き送って来るものも加わっているだろう）、「三人の女たち」が始末するはず。

余震の続くなかで

I

最初の一節は、「三・一一後」の始まりにおいて、私の家でも、破壊された仕事場兼寝室と書庫に自分と長男の寝場所を作り出す力仕事をしていて、つい睡気に襲われ書物の山の間で昼寝をしてしまい、短かく苦しい眠りのさめぎわに見た夢を、床に幾らも落ちていた紙きれに鉛筆で書き、脇にあった陶製の文鎮を載せておいたもの。そのまま、また眠ってしまったのだが、こうなれば永年の小説家の暮しの癖《へき》といった方が妥当だろう。

アカリをどこに隠したものか、と私は切羽詰っている。

四国の森の「オシコメ」の洞穴にしよう、放射性物質からは遮断されているし、岩の層から湧く水はまだ汚染していないだろう！　避難するのは七十六歳の私と四十八歳のアカリだが、老年の痩せた背中に担いでいるアカリは、中年肥りの落着いた憂い顔を、白い木綿の三角錐のベビーウェアに包んでいる。どのようにゴマカセバ、防護服をまとった自衛隊員の道路閉鎖をくぐり抜けることができるものか？

耳もとで熱い息がささやきかける。

――ダイジョーブですよ、ダイジョーブですよ。アグイーが助けてくれますからね！

「三・一一後」、すでに百日がたっているが、あるきっかけから、それらの日々自分のやっていた事柄が筋道だって思い出せないのに気付いている。老年性の疾患が、脳に到ってのことかと（驚きというより静かな諦めとともに）、気を廻したほどだ。

ベッド脇に置いていてすぐ回収できた、ずっと同じ体裁のものを使っている模造皮の簡易日記を開いてみると、その自分が、かなりのことをしているのである。もう六年間、それに関わって来た沖縄慶良間諸島の、日本軍の強制による六百名以上の島民の集団死について、四十一年前に出している岩波新書が対象とされた裁判。二つの島の守備隊長によって（ひとりは本人、もうひとりは遺族）名誉毀損の告発を受けていたものが、最高裁で私たち被告側の全面勝訴となった。

ところがそれをふくめ、三・一一の深夜からテレビの前に昼夜座り続けて見た、東日本大震災と津波、そして原発大事故の映像群に埋もれ、日々の個別のあれこれが浮び上って来ない。ただ自分の身体に、幾日かやった肉体労働の痕跡が残っていて、腰痛と筋肉痛にギクリとする……

この日も、福島原発から拡がった放射性物質による汚染の実状を追う、テレビ特集を深夜まで見た。終ってから、書庫の床に古い記憶とつながるブランディーの瓶が転り出ていたのを思い出して、コップに三分の一注いで戻り、録画の再現に切り替えたテレビの前に座った。あらためて二階へ上って行く途中、階段半ばの踊り場に立ちどまった私は、子供の時分に魯迅の短編の翻訳で覚えた「ウーウー声をあげて泣く」ことになった。

なぜその場所が踊り場であったか、そこを納得してもらうために、先にいった力仕事の内容を説明しなければならない。その結果、私の家族の夜間の位置関係が変化しているのである。簡単にいえば、家内は階下の寝室に、アカリは二階の書庫にしつらえたベッドにということで、その両者から自分の泣き声を聞きとられまいとすれば、階段半ばの踊り場こそがその場所であったのだ。

「三・一一後」、私は二階の書庫の一角にこれまでも置いていた仮眠用のベッドに加え、アカリのための兵隊ベッドを運び込んで（それは後期高齢者にとって、まさに大仕事だった）、息子と同室することになった。なぜ書庫の一角かといえば、あの日私の仕事場兼寝室の、東側天井に達する幾重もの書棚が全面崩壊して、そこに通路を伐り拓くことすら容易じゃなかったからだ。いずれの書棚の裏側も、同じ高さの二分の一のヨコ幅に、二倍の奥行きの、資料棚になっている。そこには古原稿やら雑誌・新聞の切り抜き、来信の類が積まれて来た。それがまるごと崩れ落ちているが、その世話を第三者に頼んだとすると、もっと悪いことになる。それらを基盤に、最晩年の自分だけの仕事もありうるかと目論んでいたものが、再整理するだけで、最晩年の全体が吹っとんでしまう。そこで私は、その混沌を秩序立てる気力を回復するまで、なにより自分を立ち入らせぬことにした。

三年前、その仕事場兼寝室の隣りに、私はアカリの音楽室を作っていた。当の改築のために私の領分が影響を受けたことも、いまの手のほどこしようもない混乱と無関係ではない。ともかくその音楽室の方だが、そこは床を補強した上で、ＣＤのストックを（旧システムのＬＰレコードも五百枚はあった）、すべておさめる構造にした。

それに合わせて少年時からかれの書きためた楽譜の類も。私の蔵書の方は数年ごとに整理を繰り返して来たから、現にいま私と息子が寝起きしている場所を作り得たのである。

しかし、アカリは、かれの生涯で自分のものとしたCD、LPレコード、録音テープ、そして楽譜、スコア、コンサートのプログラムの、すべてを手放さなかった。そこで音楽室の、再生装置のコーナーはそれとして、コレクションの混乱は並大抵ではない。こちらに向けては地震の当日、すぐにアカリ自身がそこに入って行って、他人の手にはゆだねないものの整理にかかろうとしたが、連発する余震がかれを脅やかした。この「三・一一後」繰り返された余震の、アカリに対する特別な働きかけについても書いておく。アカリは日頃、地震にはむしろ興味を持って、自分の判断した震度をテレビの表示する震度とくらべることを楽しみにしていたのだ。しかし今度の、日に幾度も繰り返される余震は、悪意ある者の攻撃と受けとるようになった。そしてかれは養護学級で受けたいじめっ子のいたずらに対してのような、個人的な怒りを示したのだ。

さて、先ほどあなた方を置いてきぼりにした、老人が階段の踊り場に立ちつくしている場面に戻ることにする。私は階下の居間の奥に、家内が寝室で本を読んでいる灯が洩れているのを見ていた。そして階段を登って行けば、書庫の入口脇に置いたベッドで（廊下の向こうの、トイレにもっとも近い場所）、息子がとりわけ性能の良い耳を澄まして、父親の動静をうかがっていることを知っていた。そこで両者の中間点に身を避けて、私はわれながら力弱い濁み声で泣いていたのだ。（後に書くが、アカリは翌朝二人きりになった妹に、――パパがウーウー泣いていました！　と話したようだ。どうしたのでしょうか？）

ここでも、アカリが父親の泣き声について、私が魯迅の短編に由来するといった擬声語を、正確になぞらえてみせているのを種明かししたい。息子は知的障害を持つが、音については敏感で、特殊な音、声音を聞いた場合（いつのことだったにしても、そうしばしばではない父親の涕泣について、母親が魯迅の翻訳どおりに擬声化して説明したのだと思うが）、それを忘れないでいる。

2

これまで書いた細部を確かめようと、あらためて簡易日記を開くと、私が「三・一一後」東日本大震災を報道するテレビの前に座りきりで他にはなにもしなかった、と書いたことも妥当でないのがわかる。私は「三・一一後」に起った事柄に、自分が関わりうるかぎり幾つもの行為を、それなりに行なおうとしている。しかしあの日からの百日ほどについて具体的に思い返そうとすると、はっきり実感があるのはテレビの前に座っていたということだけなのである。

私は三・一一の三日後パリから寄せられた、ファクスを通じての長いインタヴュー申し込みに、ファクスで答えている。十七日になると、ル・モンド紙に載ったそれの要約を、ニューヨーカー誌に英訳して載せたいというファクスを検討している（それも端的に日本語——フランス語——英語と移ってゆく過程でズレたところを、急ぎ修正しようとしたことがわかる）。

日常生活では、その間に福島原発から洩れた放射性セシウムの報道が飲料水パニックを引き起したので、私も家族のためにスーパーへ自転車で駆けつけて、行列していたことがわかる。すでにその遺著のことを書いた友人の、在ニューヨークの未亡人から地震見舞いのファクスが届き、続いて直接電話があったことも記してある。しかも三・一一以前に立てていたプログラムが次つぎにキャンセルされて、テレビの前に終日座り続けるほかなかった記憶の、裏打ちになるものが浮び上るところもある。そのひとつに、ＮＨＫテレビ特集のために予定されていたスケジュールの書き込みが、鉛筆で消されている。それは年の始めから準備していた企画だ。ビキニ環礁の水爆実験に被曝した生存者との、復元された第五福竜丸の上での対話。十九歳の春、東京大学に入って初めて教室に出た日、校門脇に集まった学生たちのなかに立って、この事件の報告集会の呼びかけを聞いた。

いったんキャンセルされた対話の撮影は十日後実現したが、延びた理由は、このテレビ特集のための取材チームが「三・一一後」すぐに、福島へ急行したためと報告されている。当のチームが現地で作った特集番組こそを、私はあの深夜の放映で見て強い動揺をあじわい、階段踊り場で涕泣する進み行きになった。

福島第一原子力発電所の爆発事故で空中に飛び散った放射性物質を追跡調査に出たテレビチームのプロデューサーが、市民への避難指示が出ている夜間の実情を、ひとり運転する車で見て廻っている。真暗な高い斜面に、ひそかに灯りを点けている一軒屋を発見して、カメラを担ぎ、細道を昇って行く。その行程を自分で撮影しながらでもある。灯を消した軒先に顔を出してくれた、家の主人に尋ねる。なぜ残っているのか？　飼っている馬が出産を控えていて、家を離れることはできない。

翌日の夕暮、チームでの仕事を終えて再び急斜面を登って行ったプロデューサーは、仔馬が生まれたことを聞く。暗い屋内に寄りそっている馬の親子がわずかな間浮び上がるが、続いてのタテに長い画面には、屋外を眺めながら話す飼主の横顔、その向こうの雨が降っているように見える牧場。照明がしぼられているので、ただ夕暮の暗さということであったかも知れない。しかし飼主の暗い声が、生まれた仔馬をあの草原で走らせてやることはできない、放射能雨で汚染されているからといった時、それは降りしきっている細雨を実感させた。

この放射性物質に汚染された地面を（少なくとも私らが生きている間は……実際にはそういうノンビリした話じゃなく、それよりはるかに長い期間）人はもとに戻すことができない。それを感じとっている表情が、不十分な照明にあらわな飼主の半身と、カメラを支えているプロデューサーの肩口を見つめている私をジカに打つ。われわれのと括ることができれば、それをわれわれの同時代の人間はやってしまった。われわれの生きている間に恢復させることはできない……この思いに圧倒されて、私は、衰えた泣き声をあげていたのだ。

それから私は二階に上り、積みあげた本の向うで、息子がまだ目ざめている気配の脇を通り抜け、自分のベッドの読書ランプが狭く照し出す本棚の前に立った。そこはまだ五十代だった私が本を読む暮しの終りがたでのプランを作って以来、いつもその中身を並べ換えて来た場所だ。ほとんどはこれまで幾度も読んで来た本で、その時期になればもう一度読み返すはずの本（それらと主題がつながっていて、こちらはまだ読んでいないが、その時期にはあわせて読むつもりで選んでいる本もある）。

そこだけは「三・一一後」私が、この書庫の場に息子と私の寝場所を作る過程で、なんとか以前に近く並べ直したところ。いま振り返ってみれば、私はそれをしながら、どの本についても幾らかなりとページを開いてみることはなく、ただ落ちた本を書棚に戻すという退屈な繰り返しとしてのみ作業をしていた。つまりもうその段階で、いま感じる本に対しての自分の態度に変化が生じていた。そしてやっと、いま自分は本について起っている自分の変化を認識してみようと、これらのなかの一冊を取り出しにかかっているのだった。

私は後戻りして読書ランプの照し出す範囲を変え、赤黒い表紙に農耕用の大きいフォークに背を刺された人影が黒ぐろと描かれている表紙の本を（その丸背の色合いで）見つけ出して、ベッドに戻った。それは先の友人が、本当に新しいダンテだと、イギリスの実力派の詩人としてかれの評価する人の翻訳を、「地獄篇」だけ出た段階で送ってくれたものだ。

私は開き癖のついているところを開き、自分の書き込みと赤線のあるページを読んだ。第十歌なかばで、ダンテは相手の生前、具体的な関係のあった、政治的にも有力者の大詩人に呼びとめられる。自分の死後フィレンツェの都市がどうなっているか？語るようにと相手はもとめる。もうひとりの死者からは、ダンテの同年輩の友人であった才能ある詩人（呼びかけた死者の息子）の消息を告げてくれ、と懇願される。じつはその箇所が、私にはイタリア語の原書自体よく読めないのは当然として、永い間に幾種も集めて読んできた、英語、フランス語そして日本語の翻訳で、よくわからなかったところなのだ。しかも自分は「三・一一後」、いつの間にかそこの意味を理解している、という気持がある。それもテレビ・ニュースの現地中継する情景、人々の姿と表情を見続けているうち、当の一節を（なにより恐しい一節を）読みとってしまった。いま、あらためて私はそれに面と向かう必要がある……

当の本の訳に、自分で赤線を引いている行が、私に生なましく意味を表わした。

In its present state, we have no evidence
Or knowledge, except if others bring us word:
Thus you can understand that with no sense
Left to us, all our knowledge will be dead

From that Moment when the future’s door is shut.

私はこの英訳から自分の頭につたわってくる直接の意味だけを、日本語にしていた。つまり私は詩を読んでるのじゃなく、アカリが余震に突つかれて厭がるように、詩の意味で突つかれていた。いま現在の、そこの状態について私らにはどんな物証もないし、知識もない。もし誰かが言葉によって告げてくれることがなければ。

（その次の行からは、寿岳文章訳を書き写す。）

「よつておぬしには了解できよう、未来の扉がとざされるやいなや、わしらの知識は、悉く死物となりはててしまふことが。」

私はあの時、いま階段の踊り場で憐れな泣き声を自分にあげさせたものが（それはこれまで味わったことのない、新種の恐怖によっての、追いつめられた泣き声であって）、テレビの画像という「言葉」で、いま現在の、そこの状態について、どんな物証もなく、知識もない私に告げられた真実によってだった、とさとった。もう私らの「未来の扉」はとざされたのだ、そして自分らの知識は（とくに私の知識などは何というほどのこともなかったが、ともかく）悉く死んでしまったのだ……

私がもう一度濁み声をあげなかったのは、息子がこちらの読書ランプのわずかな光を目当てに、本棚の間の本の廃墟をは﹅だ﹅し﹅で踏み越えてくる音が聞こえていたからだ。そしてアカリは（そこにかれの奇妙に悲痛なユーモアもあるのだが）、私の旧作で、ある程度一般的な評判を呼び、ラジオ・ドラマにもなったので、その録音からかれが「自分の台詞《せりふ》」と呼んで使うことのあった一節を、ドラマでかれを演じた若い俳優へのモノマネ式誇張をまじえて、父親の脇に立って語り掛けて来た。つまりさきほどの泣き声はしっかり聞きとられていたのだと観念して、恥かしさから眠ったふりをしている私に、もう中年男の声音が露わでありながら、モノマネの語り口は止めないままで。

――大丈夫ですよ、大丈夫ですよ！　夢だから、夢を見ているんですから！　なんにも、ぜんぜん、恐くありません！　夢ですから！

三人の女たちによる別の話（一）

I

わたしは四国の森のへりの谷間に、母の死後もひとりで暮している（そこは、兄が繰り返し小説の舞台とした場所）。兄はこの土地の狭い場所から様ざまな物語を作り出したが、なかでもテン窪大檜の人造湖と、その中央の、現に大檜の立っている島が中心だった。

この間、思いがけない呼び掛けがあってそこに行き、胸の内を掘りかえされるような経験をした。それを書きとめた箇所から、まだ整理の進んでいるものではないが、ノートを写してゆきたい。

わたしはアメリカと日本のテレビ番組制作者たちが協力して作った「アジアの子供

たちの新しい遊び」という企画の、ヴィデオ制作の現場に招かれてそこに行った。そのヴィデオとわたしの端的な因縁は、人造湖の堰堤に、兄の小説からの一節が刻まれた銅板が塡め込まれていること。土地の人たちの言い方を真似れば、ことほど左様に、やくたいもないことで、東京の兄《あに》さんのために働かせられている一環なのである。

今度、そこへわたしを呼び出したのは、兄の小説に書かれている（つまりそうやって兄によるプライヴァシー侵犯の犠牲になっている同じ立場の）、この土地での演劇公演で音楽担当をするばかりじゃなく、総合的によく働いたリッチャンという三十代前半の女性。やはり古めかしい言い方をすれば、諸般の事情で、当の劇団が東京に本拠を移すことになった時、本町の高校の教員に欠員が生じて採用された。彼女が生徒たちのために作った合唱曲が、NHKの音楽コンクールで入賞し話題になったが、歌われる言葉として兄の小説の、それも先にいったテン窪大檜の人造湖にかかげられた銅板に刻まれている一節が引用されている。

一時はこの土地なりの観光名所になった文学碑は、すぐに忘れられたが、谷間の中学校に通う子供たちが、そこを舞台にして新しい遊戯を作った。それを面白がったリッチャンが合唱曲を構成して、やはり小規模ながら脚光をあびた。ユネスコ後援のテレビ番組作りをしている日系アメリカ人が、香港、台北、バンコックとロケを重ねた上で、日本での取材に取り上げた。その撮影がここで行なわれる段になって、その許諾を兄にもとめる仲介をしたわたしを慰労することを、リッチャンが思いついた。

そこで、はじめリッチャンは明日の撮影の現場にわたしを招き、番組製作者にも紹介したい、と考えたが、プロデューサーの方は慎重で、まず作品を見てもらってからにする、その上で、もし気に入っていただければ、自分がひとりでお会いして話を聞きたい、といってるという。その前に、当然原作者の立会いも打診されたというが、問い合わせると、作家は仄暗い書庫に引き籠《こも》って、うつ状態に対処している、という返事だった。そういわれてみると、わたしもテレビ番組製作の関係者たちと顔を合わせるのは厄介な気がして、ただ撮影前日のリハーサルだけ見物する、ということで手を打った……

今日の午後早く、わたしは堰堤が県道とつながる地点まで車で上り、文学碑の真下の人造湖の水面《みなも》に浮かべてあるボートのための舟着き場の、女子高校生たちとリッチャンを見つけて手を振り、堰堤の上を歩いて行った。雨の多かった秋の終りらしく、ヒタヒタと人造湖を満たしている水の向う、テン窪大檜の島をわたしは久しぶりの思いで見渡した。あれ以来、つまり若い人たちには伝説化している出来事以来、ということなのだ。

死体として発見されたギー兄さんを、奥さんのオセッチャンとわたしが二人で乗り込んだボートで確保し、しかしわたしたちの腕の力ではボートに引き揚げることはできないから、水に濡れたジャケットがからみついているギー兄さんの肩口をオセッチャンが掴んで曳き、わたしがボートを漕いで、テン窪大檜の島に向かった。朝早いがもう弥次馬が集合している堰堤へは戻れないから。あの時にくらべて湖の水は臭わないし、澱んでいるというのでもないけれど、ボートの翳はやはりドス黒く見える。あれ以来、初めていま、水の向こうの島をわたしはしみじみ眺めていた。

色の濃い水。あの時、森のへりの人家のある所には、川筋の通りのみならず、「在」に登って行く川の北と南の両方の道にどこでも見られた、黒い水、人殺しというビラ。谷間に暮らしながら、もうずっとわたしがここまで登って来ることはなかった。人造湖を囲む北から東への森の樹木は、川筋から見上げる印象よりずっと巨大化して見える。葉の茂りも分厚く高く密集した木立ちが、水際まで迫る情景は暗く、それを映した水はさらに暗いままに澄んでいる。

人造湖の中央の島は、黒ぐろと囲んで来る森を背景にすると思いがけないほど狭く、そこに立っている大檜も、樹高こそきわだっているけれど、森の木々のように伸び続け繁茂し続けての勢いはなく、葉を付けている枝は遥か高みにのみあって、剝き出しの樹幹は張りボテのようだ。一本の木というより、古ぼけた社《やしろ》。うつろの構造体の感じ。

そこで初めてわたしは、なにか不可解なこととして聞いていたのを納得できる気がした。ギー兄さんの遺した不動産はそのままに、まだ小学初年級だった男の子を連れて谷間を出ると一度も帰郷せず、ひとりでその子を育てあげたオセッチャンの、今年始めの死は知っていた。この大池とその周りの地所を相続した人物が、まずテン窪大檜を切る決意でいるという、その理由がわかるようだったのだ。しかし、それはいまのところそれだけの話で、わたしは自分の書いてゆくものの中心にギー兄さんを据えるはずだが、その息子のいま現在についてよく知らない。

オセッチャンは、男の子を連れてこの土地から出て行くまでの短い間に、谷間の人間とのつながりをわたしを除けば全部断ち切ってしまった。それはギー兄さんの資産をすべて相続したオセッチャン母子の二人が、ギー兄さんの遠い親戚の人々から、訴訟を起されていたこととつながっているのでもあった。つまり男の子は、ギー兄さんの子供でなく、オセッチャンの不貞の結実だとするもの。

ギー兄さんは、テン窪大檜の湖に独断で堰堤を築いた時期から、この土地で孤立を深めていた。ただひとりの友達の兄も、ごくたまにギー兄さんと会いに谷間に帰って来ることはあっても、それはただギー兄さんと幾日か話すだけのためであって、わたしたちの母と会いアカリさんの話をするということこそあるけれど、それだけだった。

わたしも東京にいる兄同様、普段は、ギー兄さんと行き来があるのじゃなかった。晩年のギー兄さんは、大体「屋敷」に籠っていて、わたし自身ギー兄さんに会うのは兄が帰郷する時だけだったのだ。付き合いが薄くなっているオセッチャンから電話がかかって来て、ギー兄さんが長江さんに会いたいといっている。長江さんに帰って来てもらう約束はギー兄さんがしているが、長江さんは谷間の家に滞在する以上、アサさんが世話をするのだから、その間は、以前のように自分やギー兄さんとあなたの関係も続いているように振舞ってもらいたい、という。

わたしには、格別反対する理由もない。さて兄が谷間に戻り、その兄とギー兄さんとの小さな付き合いの輪のなかに戻ってオセッチャンと一人、何も変ったことはないように振舞う。そのやり方での特別な数日があったわけだ。

それからギー兄さんが死ぬと（それが自殺したのであれ、事故死したか殺されたかのいずれであれ）、人造湖にうつぶせで浮んでいたギー兄さんを水から引き上げた。弥次馬が埋めている、堰堤と以前からの堤防の接する所へ死体を運ぶことはしないで、テン窪大檜の人造湖の島の、そこで泳ぐ子供らのために整地されている砂地に上げたのだ。さらに水際から十メートルは離れた草地へ、オセッチャンとわたしで運びもした。どうして谷間や「在」から見物に駆けつけた男たちに手伝わせず、その難かしい作業を女二人でやりとげたか？

　わたしは川筋の派出所の警官や本町の署から応援に来る刑事たちに、ギー兄さんの水死体をすぐさま渡す気はなかった。少なくともかれらが現場で死体の検査をするのにオセッチャンと立ち会いたかったのだ。たとえわずかであれ、どういう者らがギー兄さんを殺して水のなかへ落し込んだか（私はそうだと信じていたから）、その手がかりを探りたかった。それもわたしは、なにか手がかりが見つかり、それにもとづいて殺人者があきらかとなるとして、それが誰であるかを、自分だけの秘密にしておく必要があるかも知れないと、漠然とながら感じていた……

　リッチャンは、この日のリハーサルただひとりの観客となるわたしのために席を作ってくれていた。兄の文学碑の、湖の側にある正面には、斜めのスレート屋根が地面まで届いて雨避けの役割も果たしている。そこに畳んだまま重ねてある金属パイプの椅子の一脚が、よく考えたやり方で置かれていた。それに座る者の正面に、島のテン窪大檜。わたしがその椅子に向かうのを、ずっと使われていないボート乗り場に集まってリッチャンの指図を待っている女子高校生たちは、とくに見守るのでもない。

ただ、わたしが着席するとすぐ、リッチャンの穏やかだけれどよく透る声掛けに応じて、女子高校生たちは整列した。そしてリッチャンが、朗唱するスタイルで声を張りあげて、銅板に刻まれている文章を読み上げるのだ。文学碑にあるままじゃ長過ぎるということか、編集されている。それを聞く女子高校生たちは揃って、水面の向こうの島をまっすぐ見やっている。わたしは自分で椅子を少しズラして、右脇の縦一メートル五十、横三メートルのスペースに明朝体で刻んである、『懐かしい年への手紙』の最後の文章を見上げた。

ここに銅板に刻まれていた文章を本から写すが、リッチャンが省略した部分は自分も点線で置き代えることにする。

2

《ギー兄さんは草原に横たわっている。……オセッチャンと妹は草を採んでいる。……僕もまた、ギー兄さんの脇に寝そべっているし、アカリと千樫も草採みに加わった様子だ。……時はゆっくりとたつ。》

リッチャンが、朗唱の声より柔らかな、かつ普通のテンポの声になって説明する。この大檜の島の光景はダンテの『神曲』から、と。罪のある死者たちが、その汚れを取り去るために苦行する煉獄の、もっとも低いところ。地獄を逃れて航海して来た者たちを迎えるのは、その煉獄入口の岸辺の番人。『神曲』を読まれた方は、「アフリカのカトー」とおわかりのはずの、「威厳ある老人」です。そしてリッチャンのあらためて張りあげる声は、老人らしくしかも強さのある響きを表現する。

《威厳ある老人があらわれて、何ぞかくとゞまるや、走りて山にゆきて穢を去れ、さらずば神汝等にあらはれたまはじ、とわれわれを叱りつけるので、とるものもとりあえず、急いで大檜の根方に向けて走り登るのだが……》

リッチャンは一息つくと、最初の朗唱の声に戻って続ける。

《時は循環するようにたち、あらためてギー兄さんと僕とは草原に横たわって、オセッチャンと妹は青草を採んでおり、娘のような千樫と、幼く無垢そのもので、障害がかえって素直な愛らしさを強めるほどだったアカリが、青草を採む輪に加わる。陽はうららかに楊の新芽の淡い緑を輝やかせ、大檜の濃い緑はさらに色濃く、対岸の山桜の白い花房はたえまなく揺れている。威厳ある老人は、再びあらわれて声を発するはずだが、すべては循環する時のなかの、穏やかで真面目なゲームのようで、急ぎ駈け

登ったわれわれは、あらためて大檜の島の青草の上に遊んでいよう……》

続いてリッチャンがそれまでとは別の声音になった時、わたしはゾクリとした。それはこの小説を書いていた頃の兄の声に似ていたから。しかもそれに加えて、祈りをこめているトーンの朗唱であったから。

《ギー兄さんよ、その懐かしい年のなかの、いつまでも循環する時に生きるわれわれへ向けて、僕は幾通も幾通も、手紙を書く。この手紙に始まり、それがあなたのいなくなった現世で、僕が生の終りまで書きつづけてゆくはずの、これからの仕事となろう。》

そして静かな声が止むと、水面を大きい沈黙が覆うかのようだった。わたしはそのまま、この朗唱のパフォーマンスが終ってしまうのだと思った。ところが、それまでずっと静止していたリッチャンの全身がバネのように弾んだ。それに続く、ダイナミックな指揮の動きに、女子高校生たちは、わたしがついウロタエテしまうほどの美しい声音で歌った。

――懐かしい年から、返事は来たの？

この、詩のような問い掛けが、わたしには目の前の、澄み渡っていながら（まだ日も高いのに）いまや黒ぐろしたといいたいほどの水面から、塔のようにまっすぐ立つのを見る気がした。しかもそれはすぐバラバラに崩れて、その短かくなった一句、一句が輪唱として繰り返される。それが、とても懐かしい音楽として、もう年老いた自分に沁みわたるように思った。（後になってから、それが兄とアカリさんがこの土地に滞在していた一昨年、わたしもリッチャンの音楽レッスンを脇で聴いて覚えている、アカリさんのメロディーと和音だ、と気付いた。わたしにも、それはしだいにしっかりと思い出された。）

――懐かしい年から、返事は来たの？　／返事は来たの？　／来たの？　来たの？／懐かしい年から、返事は来たの？

そして、女子高校生たちの問い掛けの声に、向こうから答える歌声が（録音してあるものが、大檜の島に大人の腰から胸の高さまで繁茂している草のなかに設置されたスピーカーで再生されて）届く、その輪唱となって高まる繰り返し。

――懐かしい年から返事は来ない！

そして沈黙が大檜の島とテン窪全体の大きい空間を満たす。

3

リッチャンが上って来て、挨拶してくれた。彼女はじっと黙って人造湖を見おろしているわたしに、すっかり恐縮している様子。

――終りが唐突ですから、拍子抜けされたでしょう？

――いえ、あのとおりに、兄の小説は……少なくともかれがあれを書いた当時……返事の来ないことを予測しながら終っていたと思います。正解です。子供たちの問い掛けと答えの輪唱がしだいに高まって、その頂点で断ち切られるように終るのが、聴いていて新鮮でした。子供の遊び歌は、大体みなあのように、物語の展開はなくて、ただ繰り返し楽しんで、そのまま解答はなしに終る……それが普通じゃないですか？もしかして、プロデューサーからそんなクレームがついたの？

――それはないんです、とわたしの反応に力を得て、頰から目へ血を上らせる感じになったリッチャンはいった。ところが高校の校長先生から異議が出て……前向きの方向づけがなければ、歌う子供らも聴く父兄もなんだか落着かないだろう、そういうんです。それで一応、わたしが真木さんに取り次ぎましたら、二、三日してから電話をいただいて……いま父は調子が悪くて、書庫に引き籠っているから、結びの歌詞を新しく書いてくれとは言い出せないけれど、もしもっと上向きの心の状態なら、以前話したことのあるひとつの案があって、あれを使わせてほしいといえば反対しないんじゃないでしょうか？　そういわれました。

　真木さんはこの話はアサさんに相談して、その上で自分の考えをいっている、とのことでしたから、アサさんは当然そちらもお聞きのはずですけど、日本語の歌詞に英語の原文がついていて、合唱の最後としてとてもいい感じでした。

　——兄が韓国に行って国際的な会議に出た時、若い時はビートニクだった詩人と再会して、新しい詩集をもらった、その扉にサインして書き付けてある詩句が、元気のないこちらを励ますつもりもあるんだろうけれど、とても積極的なんだ、と兄自身の訳をつけてわたしや母に（こちらは聞こえてるかそうでないか、はっきりしませんでしたが）、読んで聞かせたことがあります。

　——それだと思います、といってリッチャンはメロディーをつけて、可愛らしく歌ってくれた。求めるなら助けは来る／しかし決してきみの知らなかった仕方で

If you ask for help it comes.

But not in any way you'd ever know.

　イイでしょう？　アカリさんが新しく作曲してくださったので、わたしは高校の合唱団の優秀なテナーに歌ってもらって、真木さんに録音して送りました。長江さんは、僕自身の気分をいえば、いまこのようにあの森の中の若い人たちに呼びかけるこ

とはできないな、といわれたそうですが……

——うつの兄の正直なところなんです、許してやってください。

——プロデューサーがお目にかかりたがっていますが、今日のところは、気にいって下さってるとだけ申しておきます、とリッチャンはいうと、わたしにますます低姿勢の挨拶をして女子生徒たちの方へ降りて行った。

わたしがひとり堰堤の上を歩いて自分の車に向かう間、日のかたむきもあり、もう真黒になった水面を覆って、女子高生たちの輪唱の練習が続いていた。そのうちわたしも、年寄りくさい細い低声の歌いぶりながら、それに加わったのだ。

——懐かしい年から、返事は来たの？　／返事は来たの？　／来たの？　来たの？　／懐かしい年から、返事は来たの？

突然、わたしの胸のうちにそれまでの少女たちの歌声に柔らかく揺すられていた思いとは裏腹の、七十歳を越えている老女の（つまり自分の）憤りにおののく声が湧き起った。

——懐かしい年から返事は来ない！

そしてその腹立ちは、まさに兄に向けられていたのだ。先のリッチャンの朗唱が、私の胸に、それとすっかり別の兄への感情を呼び起していたことは、事実。しかしあの兄の一節にはウソがあって（いまさら言うも詮無い事ながら、モデルにされた家族からいえば、兄の小説はウソだらけだが）、死んだ（殺された？）ギー兄さんをこれ幸い、「懐かしい年の島」に送り込んでしまうと、少なくとも兄は自分の小説ではただの一度も、本当に心を込めて真実の手紙を書き送ることはしなかったと思う。そうである以上、「懐かしい年の島」から返事が来なくて当然ではないか？

　わたしはこれまでの永い間、兄の新しい小説が出るたびに、今度こそギー兄さんの死について本当のことをいう手紙が読めるかと期待して、いつも裏切られて来た……

　その思いがこれまで決してなくなることはなかったのは事実だが、わたしの胸にこれだけストレートにいまの声を呼び起したのは、あの少女たちの歌声の力だったろう。

空の怪物が降りて来る

目ざめてトイレへ往復したが、アカリの寝場所にかれの気配はなかった。耳を澄ましても、階下に再生装置の音はしなかった。アカリは基本的に大きい音をたてないが、クラシック音楽で楽譜に読みとる音は一音でも逃がすことはない。その全体をモレなく受容する音量でということである。

私はベッドに戻り、書庫入口に置かれていた新聞の、東日本一帯をカラーで表示してある紙面を見たが、記事を読み始めはしないで、そのまま上体を起していた。深夜にあったことは記憶にあきらかでも、目ざめてみると、心身に充ちていた親愛な感情がそのまま戻っているのではなかった。それを疲労感がプラス・アルファとして覆っている。

確かにアカリは暗いベッド脇に立って、こちらをなだめる語り掛けをして来たが、そうした時にしばしばやる「自分の台詞」の引用であったことも確か。私はそれを小説の新しいシーンに重ねて繰り返すようにもしていた。

昨夜起ったことをよみがえらせてゆくと、アカリが言葉を発したままの格好で暗闇のなかに沈黙していた短い間、眠りに落ちていた私が目をさまして、もうアカリがそこに立っていないことを認めての、荒涼とした思いこそ色濃かった。それが、自分の遠くない死の後の、この空間の印象のはずだとする、覚束《おぼつか》なく底知れない思い……

そのうち階下で時報が聞こえた。ベッド脇の小さい時計を覗き込むと、もう正午、私はテレビ・ニュースを見るために、新聞をまとめて抱え、居間に降りて行った。ソファ脇のテーブルにコーヒーと果物の皿を運んだ千樫が、

――二階に上がられてからしばらくたって、アカリが書庫の中で動く足音がして、話し声は聞こえないまま、ゴツゴツ衝突しながら歩いて戻る音がしました。

それから小一時間たって……私は本を読んでましたが、大きい余震がありました。様子を見に書庫の前の廊下に行ってみると、アカリが余震に腹を立てて、脇に積んである本を叩いていました。あなたの方はシンとしているので、先ほどのはアカリがあなたのベッド脇に行って……あなたを寝付かせたのかと、そういうことを考えて、先生にいただいている安定剤を服《の》んで寝たんです。

今朝アカリは、そんなに急がなくていいのに、慈恵会第三の定期検診へ連れて行ってくれる真木を待ち兼ねてました。彼女に髭を剃ってもらいながら、パパがウーウー泣いたので、夢だから大丈夫といった、と話したそうです。

あれは予定してた伊豆行きを台風でやめたものだから……ずいぶん前、アカリが養護学校の最後の学年の時ですけど……どうしてもと言い張って家族がみんなとめるのにひとりで出かけようとした時でしょう？　それが小説に書かれた最初の、「自分の台詞」だったかも知れない。台風が来て伊豆半島が流れるかも知れないと真木にいわれて、流れる前に着けばいい、と反抗しました。今度の大津波のことから思い出したんでしょうか。結局一緒に行ったあなたが、大風のなかをアカリを支えて歩いて、すっかりマイッテるのを自分が助けた、と……

そのほかアグイーのこともいった、と真木はいうんですが、どうしてそういうことを言い始めたのか……アグイーは空に浮かんでるから、飛んで来る放射性セシウムを吸い込んでしまうと心配してた、と……

真木が病院から、血液検査の採血で、まだ時間がかかると電話して来たんですが、アカリはずっとアグイーのことを気にかけてる。そういってました。真木はアカリのいうことを聞いてると、自分はアグイーのことをよく知らないとわかった、パパに話をしてもらいたい、ともいっています。

内科・小児科のふくまれる建物の前に小型バスが駐めてあって、福島ナンバーの車だと気付いた真木が近くに行ってみると、放射性雲《プルーム》の流れたところなのに地方自治体はなにもしないので、お母さん方がバスをチャーターしたんだそうです。子供たちを（鼻血や下痢や口内炎を訴える者も見られたということで）診察してもらいに来た。子供たちはいま病院内。説明係として残っていられる方が、「内部被曝」という言葉を使って話された。集って来た子供連れの者らに、花粉よけの不織布の立体マスクをくださった。熱心に前に出ていたアカリに……大人だとすぐわかるのに……ひとつくださると、アカリはもうひとつお願いしている。それで真木が、私にも？ 優しいね、と受け取ろうとすると渡さなくて、パパに持ってくの、と聞くと、いいえアグイーに、とポケットにしまいました。例の、冗談だか真面目だかわからない言い方で……

それから千樫は、今朝起きてみると、家中強いアルコール飲料の匂いがした、もう永く嗅いだことのない蒸留酒の匂い、ともひとつ懸念していたらしい話題に移った。私は答えた。

――あの匂いをきみが嗅いだのは正確にいえば十三年前のことだね。その時、僕はブランディーをガブ飲みしていた。そのうち飲むことに厭《あ》きて、酔っぱらってる粗暴さもあってさ、瓶を書庫の奥に抛り込んだ。それがこの前の地震で、転り出したんだ。

しかし今や老人の衰えがあるから、蒸留酒を飲み続ける力はなくて、アカリだけじゃなしにきみの眠りを妨げもしたはずだがな……ウーウー泣いたあげく、身体の動きもおぼつかなくて、階段にコップを落した。これでまた強い酒を飲み始めるということはないよ。

——それで一安心しました、大きいショックを受けての、ということはわかってたから、と千樫はいって、すでにコップのみならずブランディーの瓶も始末してあるらしいキッチンへ引き揚げて行った。

千樫の兄の吾良が、麴町のオフィスのビルから跳び降りて死んだ。私ら夫婦で、湯河原の家に戻った遺体を受け取るのに立ち会った後、私ひとり深夜に成城へ戻ってその振舞いに及んだ。アカリと、当時まだ家にいた真木は、どのように夜を過ごしていたのだったか？

マスコミ各社から問い合わせの電話がかかり始め、ブランディーの瓶を脇に置いて私がやった仕事は、電話線を毟《むし》り取ることのみだ。そうしたあれこれを思い出すうち、私は昨夜のアカリの態度について思い違いしていたのに気付いたのだ。

アカリが伊豆の嵐の夜、夢にうなされていた父へ励ましの言葉をかけたことを思い出した。（——大丈夫ですよ、大丈夫ですよ！　夢だから、夢を見ているんですから！　なんにも、ぜんぜん、恐くありません！　夢ですから！）そして続いている私との不和の解消を思い立っていたのだとしたら、伊豆で和解の朝を共有したように、今朝は起きて降りて来る私を待っていたはずではないか？

それがそうではなかったということは、昨夜の「自分の台詞」も、老いてしまった父親への対応に困ってということにすぎなかったのだろう。いま現在の自分は、まさにそのとおりの弱者ではないか？　どんな積極的な共感を、アカリに呼びさましうるだろう？

私は自分がソワソワとキッチンの方角に目をやるのに、千樫が始末した酒瓶の行方を探りに行きたくなったのじゃないか、と気にかけた。

2

玄関で真木が千樫に、検査の成績が良かったむね話し、アカリが尿酸値とアンモニア値を（こちらはずっと服用している抗てんかん剤と関わるらしい）付け加えるのを聞いた。居間のソファに横になっている私の脇を素通りして、アカリは再生装置の前の床に座り、車で聴いて来たＦＭ放送の続きを聴き始めた。真木は千樫とキッチンに移っていた。たいていの日の、私らの生活の構えになったわけで、なんとかそのまま落着くふうだ。

私は昨夜のテレビの報道番組の再放映を、低い音声で視聴していた。ＦＭのクラシック番組が終り、アカリと真木が話し始めた。アカリの音声がまっすぐ私に伝わるように、かれとの位置のとり方を真木が仕組んでいる。さらに居間の私の前に紅茶を運んでソファに掛けた千樫も目標に、真木はアカリからアグイーについての言葉を引き出そうとした。

――病院の食堂で、看護師さんが食事の訓練をしてられたね、アカリさん？　大きく口を開けるお年寄りの方を見て、花粉症のマスクをくださった方が話された、空中の放射性物質のことを考えたのでしょう？　それが空中にいっぱいでは、浮かんでるアグイーが困るのじゃないか、と私に質問したでしょう？

それで私が答えたのね？　アグイーは大きく口を開けて、空気を吸い込みますか？　そうではないのじゃない？　もともとアグイーは、あまりしゃべらない。たいてい黙っていると思う。それなら、放射性物質が浮かんでいるなかを飛んでも身体の内側に取り入れないでしょう？　身体の、外に出ているところでは「外部被曝」しても。福島の子供たちのように「内部被曝」しますか？

——子供が一番危ないんですから！　とアカリは福島から来られたお母さんのいわれたことを、「自分の台詞」にしていた。赤ちゃんを抱いて外に出るのも危ないんです！　それが「外部被曝」ですけど、アグイーはどうでしょうか？

——そもそもの初めは、誰がきみに放射性物質のことを説明したんだろう？　と私も、かれの博識につい呼び掛けてみたが、返事はなかった。

——アカリさんは、いろいろ地方の局のＦＭでもクラシック音楽の番組を聴いています。そのひとつでアカリさんの好きなグルダに詳しい解説者が、原発の専門家として働いていられたことのある人で、チェルノブイリやスリーマイル島の事故から後、子供たちに起ってる事態を話された。その日の放送時間いっぱい、ＣＤはただ掛けるだけで、ずっと放射性物質のことを話しました。私はドキドキしながら、アカリさんと一緒に聴いていました。

そのうち恐れたとおりの話になったんです。福島の原子炉が四基一度にメルトダウンしてしまったら、そういう仮定で話されたんですけど。東京じゅうの赤んぼうがみなベビーウェアでいるところに、放射性物質が降りかかってくることになる。それがアカリさんの頭の中で、東京の空に沢山の赤んぼうが浮かんでいるところへ放射性物質がいっせいに飛んでくる、そういう受けとめになって……その赤んぼうたちのなかで、カンガルーほどの大きさで、木綿の肌着姿で浮かんでいるのはアグイーだけでしょう？　何人分もの放射性物質が肌着だけのアグイーに降りかかってくれば、払い落しても払い落しても粉はついてしまうし、アグイーにその払い落し方がよくわかってるとも思えないから……それこそ放射性物質まみれになる、というか……

——そうなんですよ！　と、アカリは実感のある身ぶりをした。

——アグイーには、東京より西の方の空へ、疎開することはできないんです……これもその音楽番組で聞いた言葉ですが……

——私が東京にいますからね、とアカリはそれまでの話を注意深く聞いていた人間の補足をした。

——そうだ、アグイーには、いつ御主人から呼び出しがあるかわからない……

——アグイーが、アカリさんのことを御主人と考えているかどうかはわからないけれど、と真木はいった。

——……とにかく困ったものだね。

——**困ったものですよ！**　とアカリが真情の籠もっている声を出した。それもアカリの、決して大きい身ぶりではないが、木綿の肌着に降りかかる粉を、肥って短かく見える両腕で払おうとするアグイーの身になっての（外面のみならず内面の思いの）

表現は実感にみちていて、私はつい笑ってしまった。それに対してアカリは悲痛でありかつ滑稽でもあるしかめっつらをすると、もう一度先の言葉を発して二階へ上って行ってしまった。

――本当に、困ったものですよ！

追いかける、というのではないが、ともかく真木が立って行って、アカリが開いたままにしているドアを閉じて戻って来た時、私は彼女がこれからいうべきことを準備しているのを見てとった。そのように思い立つと逡巡することのない真木は、病院へ付き添うためのしっかりした上衣の胸ポケットから、たたんだ紙片を私に示した。

――これはパパが久しぶりに書いた詩じゃないんですか？　パパは、自分は小説家だけれども、詩が小説よりもっと直接的に、真実を表現するように思う……そんなことを書いているでしょう？

――小説家もそうした一節をつい書いてしまうことがある、と書いたと思うがね、とアシラッタが、私がその紙片を受け取るまで真木は腕を引っ込めなかった。

地震で崩れた書庫を整理しようとして疲れてね、床の上の本を下敷きに仮眠をとった、その際に見た夢を走り書きしたまま、本の山の上に残して来たんだ。

――私がパパに聞きたいのは、大地震で壊れた書庫で、床に眠ってしまうほど疲れていて、その夢に、どうして詩に書いてあるアグイーが出て来たのかです。アカリさんがパパにアグイーのことを真面目に聞いてもらうことは、あまりなかったのでしょう？　それでいて、パパの夢で、アカリさんの声がアグイーのことを伝えるんですか？

アグイーは……ママに教わって、本を見たんですが、パパが二十八歳で、いまのアカリさんよりも二十歳若い時に書いた短編に出て来ました。『空の怪物アグイー』、これまでの作品で、ひとつの作品に出て来た人物というか、人物ともまた違うものというか、それがこのように自分自身を助けてくれる……ダイジョーブにしてくれる役で出て来た例は、他にあるんでしょうか？

あの短編がどのようにして書かれたか、話してください。パパがこれまで一度も、そのことについていったり書いたりしたことのない問題が、そこに隠されている気がするから。そのように特別なものだから、この詩に出て来たのじゃないですか？　アカリさんは深いところで敏感な人だから、それを感じとるのじゃないですか？

私が真木と千樫に話したことを、いくらかでも短かくするように（家庭での話し合いはいつも不十分であるか長すぎるかになってしまう）、エッセイの文体でまとめる。

私が『空の怪物アグイー』を書いたのは、事実、二十八歳の七月、苦しく生き延びてアカリとなる、その子供が、頭部に切除しなければならない畸型を持って生まれて来たことと、直接結んでいる。年若い父親にしてみればなんとも不条理な出来事に打ちのめされて、かつはそれを乗り越えようとする思いにもうながされて、二つの小説を書いた。その私は小説を書き始めたばかりの若者で、まさに初心者ながら、わずかに手に入れていた小説家の「人生の習慣」にみちびかれてそうした。

時がたってフラナリー・オコナーの“Habit of Being”、つまりそれまで経験したことのない新しさの困難を解決するために、生活によってかちとられている鍵があるという定義に接した時、私は自分がまだ書き始めたばかりの小説家として、それに救助されているのを自覚した。

3

まず書いた短編が『空の怪物アグイー』で、それは赤んぼうのまま死んでしまった者としてのみ記憶されている赤ちゃんのファンタジーというほどのものだった。もうひとつが、もっとリアルに子供の誕生と向きあうほかなくなっての、つまりはその経験にしっかり立って長編とした『個人的な体験』。

若い父親は何らかの方法で（翻訳が出た時、そうした方法を準備してくれる医者が当時の日本にはいたのか、と聞かれた）生まれながら困難を持ってやって来た赤んぼうに縛りつけられる人生とは縁を切りたいとつとめるが、決定的な選択をする段になると、赤んぼうを救出する。

（質問。パパは本当に、生まれて来た赤んぼうを殺すことを望みましたか？）実際に、この小説に書いてある具体的な手だてを取ろうとしたのではない。しかし小説にあるやり方を実際に提示されていれば、それに乗りかねなかっただろう。しかもなお、ついにはこの小説にある選択しかありえないとさとっただろう。それでも、いったん想像したことに、自分が無罪ではない。

若い小説家は、『個人的な体験』の半年前に『空の怪物アグイー』を書いて、文芸誌に発表していた。それは自分の手は汚さず赤んぼうを始末する方策を用意されて、そのとおりにした若者が、やがて自殺に近い死に方をする物語。かれの殺した赤んぼうが、カンガルーほどの大きさになり、木綿の肌着に包まれて、空に浮んでいる。すでに社会的関係から脱落して無為に過す父親のところに、空の高みから降りて来ることがあった……

その幻影の生きものがアグイーという名前で（そのコトバは、アカリが生涯で最初に発した音節だ、と千樫に聞いたことから）、私は『個人的な体験』に到る前に、『空の怪物アグイー』もまた、実際に経験したこととして表現していた。

4

アカリさんは苦しい生まれ方をしたのに、しっかり生き延びて、いまあるアカリさんとして生きている。その上で、パパの想像のなかで殺された、そしてカンガルーほどの大きさで木綿の肌着を着て空に浮んでるアグイーのことを気に懸けて、放射性物質の飛んでくる東京の空を心配しているんです。

アカリさんがアグイーに関心を持ったきっかけのことは、ママに聞きました。『空の怪物アグイー』がテレビ・ドラマになって、その際アカリさんはもう音楽を作るようになっていて、アグイーの現れるシーンでは、かれの作曲したメロディーが流れて評判を呼んだ。その作曲をする気にさせようと、パパがアカリさんによくわかるようにアグイーのことを話した、そうママに聞きました。お礼に撮影に使われたアグイーの……実物大というと変ですけど、そのなかに人が入って活動できる大きさの、縫いぐるみが局から贈られた。私もアカリさんの部屋にあるのを見ました。

その頃、私は四国のお祖母《ばあ》ちゃんの家に行って一夏過ごしたでしょう？　自分はアサ叔母さんに相手をしてもらいましたが、アカリさんはお祖母ちゃんと親しくなった。お祖母ちゃんとアカリさんはよく二人きりで話をしてました。私は後からその内容をアカリさんに聞いたんです。アカリさんは長い時間かけて聞いてると、こちらがびっくりしてしまうほど詳しく答えることがあるでしょう？　アカリさんが自分から話し始めることはないけれど、私たちがガマン強く質ねれば話をしてくれて、いまでいうとアグイーと放射性物質のように、アカリさんの真剣な関心がわかることはよくあります。

もともとアカリさんの覚えているバッハやモーツァルトの音楽だって大変な量でしょう？　アカリさんが頭のなかにしまっている話もいろいろあるのじゃないか？　私はそれをアカリさんと二人で、これから掘り出してゆこうと思ってるんです。それはパパの書いてきた、どうしてもパパ中心の、この家族の歴史とはまた別の物語になるかも知れない。そう思います。しかも恐しい物語に……

私が子供の時、やはり初めてアグイーのことを知ったのは、さきのテレビ・ドラマを見た時でした。パパに聞いてもよく話してくれないので、テレビの人に質問すると、カンガルーほどの大きさの赤んぼうが木綿の肌着を着て空から降りて来る、となにか面白いアニメのようにいわれたので楽しみにしてたんです。そしてカンガルーほどの、というのが可愛い感じだったのに、大きくて恐かったので泣いてしまった。あのままお終いまで見ていたら、アグイーのことをいつも考えてた父親が交通事故で死ぬ話なんだから、もっと恐かったと思います。

そして兄の作ったアグイーのテーマも、私にはとても悲しかったんです。いま、放射性物質が飛んでくる東京の空を、あのアカリさんの部屋に置いてあった、ウス汚れて……言葉は悪いですがバカデカい、縫いぐるみのアグイーが飛んでいる様子を、アカリさんがどんなふうに考えてるかと思うと、正直恐いです。困ったものですよ、どころではないんじゃないですか？

それで、うちにはテレビ・ドラマの録画はないので、アカリさんのCDから……タイトルはドラマとは変えてあるとママに聞いて探して……もとは「アグイーの主題」だった曲と、アカリさんのことを誰よりも大切にしてくださってたお祖母ちゃんのお好きだった、やはりタイトルは変ってる、もとは「森のフシギ」だった曲も聴きました。その二つがとても似ているので驚きました。

私は早いうちにアカリさんと四国の森のへりに行って、お祖母ちゃんは亡くなられたけれど、アサ叔母さんに「森のフシギ」の話を聞きたいと思っています。空の怪物とはまったく違う物語ということですけど、二つの音楽はとても似てるんです。

三人の女たちによる別の話（二）

I

わたしが老女と呼ばれて自然な年齢になって、兄から「丸善のダックノート」を幾冊も送ってもらった励ましもあるけれど、そんなこと決して思わなかった長い文章を書き始めた。それには理由がある。その少し前、わたしにやむをえず文章を書かねばならない役回りがやって来て、しかもそれをわたしに依頼した者たちから及第点をあたえられたのだ。

　兄がこれまでのところ「最後の小説」ということにされている長編『水死』を出版した時、そのしめくくりの章について質問の手紙が来た。ところがなかなか返事を書かないという事情から、それは始まった。真木が、こうしたことを気にかけ始めると追い詰められた気分になる人で、わたしにその代役ができないだろうか、父がアサならそのあたりの事情につうじているけれどといった、と書いて来たのだ。

　わたしは転送されて来た手紙を読み、確かにこれなら返事はできる、と思った。質問者は、登場人物が立ったまま水死するくだりに、疑いを抱いている。そういうことができるものだろうか？　わたしは答えた。——それは可能です。まだ子供の兄がそのようにして死のうとしているのを、やはり子供の、それも女の子のわたしが見付け、兄を救いました。わたしがそうしなければ兄は死んでいたでしょう。立ったまま水死することは（より正確には、腹這いになって、でしたが）木の枝の密な葉叢《はむら》に雨水をためたところへ顔を突っ込めば、可能です。

　自殺を思い立った人に、（それが子供であれ）どんなに息苦しくてもやり通す意志の強さがあったなら（そして第三者の妨害がなければ）。ことがことだけに、その後兄と直接あのことを話した記憶はありませんが、わたしには、兄があの時それをよく準備していたのだとわかります。兄は本気だったのです。そしてそれは、兄が父親に死に遅れた、と感じていたからです。うしろからわたしが覗き込んだ際、兄の腰に柄を差し込んである、よく研いだ鎌がピカッと光りました。葉の茂った若枝をいっぱい刈り取って、カツラの大木の三股になったところに突っ込んで、そこに降り注いであふれ出している雨水の量を見届けてから、兄は自分の頭を漬けたんです。こちらに突き出ている細い両足頸を私が引っぱらなかったら、兄はそのまま水死していたでしょう。

最初のわたしの返事はこの程度の長さだったが、真木はそれを読者にそのまま転送することはせず、わたしに彼女が不十分に思う点を問いただして来た。むしろそれが真木本来の目的だったかと思えたほどだ。まず真木は次のように質問していた。一体どうしてアサ叔母さんは、その森の奥へ（しかも大雨の日に）子供の父が入って行き、その特別な仕方で水死しようとしているところに出会ったのでしょうか？

それに答えようとして、子供の兄とわたしの暮しの環境について説明するうちに、わたしの手紙はドンドン長くなった。

それまでわたしには自分と兄の子供の頃のことを、詳しく思い出してみるということはなかった。ところがそれをやり始めてみると、次つぎ思い出すことが噴き出して、何日もかけて続きを書き足すことになった。あとの方では、最初の数ページだけ書いてやめてしまっていた古い日記を持ち出して、清書して真木に送った。それを真木が写して最初の質問者に送り続けたのだったか？　その段になると、真木はわたしが文章を書いてゆくこと自体を面白がっていることに気付き、それがやがて、兄の使わなかった「丸善のダックノート」をわたしに届ける方向へとつながったのではないか？　真木はわたしが書いたものを千樫さんにも見せていて、――ママから、真木には編集者の才能があるかも知れないといわれた、と書いて来たことがある。

ともかくそのようにして、わたしはもう読者への返事の域を越えて、真木に、そして千樫さんへと読んでもらうためのノートを作った。それを写して長い手紙を書き、ついにはそれがいま「三人の女たち」の共同して作ろうとしている書きものの原型ともなった。そしてそれは兄からも、「丸善のダックノート」の贈与という仕方で公認されたわけだ。

2

あの大雨の森の奥での出来事を中心にしての前後。それは兄にとって成長の過程の、大切な時期だったはず。兄の小説を通して読んで来て、自分の記憶と重なるところ、食い違うところに、わたしは年々注意深くなった。そしてわたしは、あの時期を（やがてかれの小説の中心の主題になる「森のフシギ」に、兄が取り付かれることになった）その数年間、としてとらえている。あの頃に出来上った性格の根本は、老人になった今も兄に残っているのではないか？

ところがわたしの方はリアリストの女の子で、兄のすることの全体を受け入れていたのじゃなかった。兄の風変りな森歩きに付いてゆくことはするけれど、先を歩く兄をそのように動かしているものを自分も信じ込んで、というのではなかった。ただ、兄はそういう性格なんだから仕方がない、と思っていた。そして兄のすることに、あるところまではついて行った。しかし、自分は（女でもあることだし）大きくなればそのような兄とは違った生き方をしてゆくはず、と考えていた。

わたしたちが先祖代々暮して来た森のへりには、その頃でも奇妙なものと感じられる言い伝えがいろいろあった。いまの話につないでいえば、わたしはそういうひとつひとつに、早ばやと愛想を尽かしていたと思う（むしろ老年になって初めて、あれらの伝承に馴染んでいるのに気が付き、憐れなような、もうひとつ別の安堵をすることがある）。思えば兄は、子供の時からずっと変らぬ、「森のフシギ」の信奉者だった。

兄には、その伝承の語り部であった祖母と母の影響が、わたしよりも強かった。

もっともその伝承はまだ村の大人たちに普通のことであって、正面からそれを否定する人を見たのは戦争の終りがた、「疎開」して来る人たちが増えてからだ。たとえばこれは兄の小説の読者によく知られている「死人の道」は、私にも現実の風景だった。森の奥の一地点から始まって、まっすぐ伸びている、子供の背の高さの敷石の道。一メートル半ほどの幅の（すでに遠い昔に片方の端から崩壊は始まっていて、残っているのは十メートル足らずではあったが）「死人の道」。

国民学校の初年級の兄がする話を、東京からの疎開者で、それも科学者でいながら、真面目に聞いてくれる人たちを見つけた。そして兄はその双子の学者たちを森に案内した。その時、兄の脇にはわたしが付き添っていた。双子の学者たちは、「死人の道」を測量した。いまもわたしが覚えているのは、積み上げられている石の表面が完全に水平ということだけだが、それはまさに当の発見が、科学者たちを昂奮させたからだ。

このような物質的な証拠こそなかったけれども、もうひとつ兄がとくに熱心だったのは、森の奥を、年中昼も夜も歩き廻っているという子供らの言い伝え。森の奥に入ると木立の狭い間を辿る、曲りくねった細道がある。そこを（永遠に）歩き続けている者らの小さな足が、踏み固めた道。鬼ごっこで、森に入った子供らが、いつまでも子供のまま、歩き続けている……

この言い伝えについていうかぎり、それを面白がる子供は多かったけれども、兄が独特だったのは、村人がいろんな方向からタテへもヨコへも歩き通して来た森に、子供たちを迷わせ続けるどんなルートの迷路があるものか（決してありえないと定めつけるのではなしに）、探し出そうと思い立っていたことだ。兄は、祖母と母からあくまでも実際的な情報を聞き出そうとした。彼女たちは、兄の質問を本気にしてというのでもないようだったけれど（女の子の観察は人の表情について、男の子よりリアルだ）、子供の思い付きとあしらうこともなかった。そのうち祖母も母も、自分らが幼い頃に聞いた話のめずらしい細部をもっと思い出すことがあったようだ。

山仕事の人たちが飲む森の奥の湧き水は、必要な作業として整備されていたに違いない。しかしそのなかに特別のものがある。そしてそれらは森に入った子供らのものではないか？

湿った苔の生えている岩が、木立のなかに露出している。その岩の陰を手探りしてみると、お椀を埋め込んだような窪みがあって、その底に冷たい水がたまっている。また、誰も採取しないが、背の低いマツの種類に、その実を取って食べると腹の足しになる、そのような木がある。山仕事の女たちなら誰でも、もしもの時にと場所を覚えているが、何年かに一度、そこに実を取って食べた滓が小山をなしていることがある。それが目につくと、語り合って山仕事の手をとめた女たちは、森のなかをずっと歩き続ける子供らの仕業だと気が付かれないように、それを沢の斜面に撒き散らす。

　こういう話を聞き込むと、兄はその小さな耳のような実を採りに行くばかりか、自分で味をみた……

　わたしを供にしたがえてとは書いてきたが、一つ年下の女の子のわたしを同行することなしでは、真実、兄に森の奥へ入って行く勇気はなかった。これは兄が森を舞台とする多くの小説で、はっきりとは書いていないことでもあり、わたしは強調したい。兄にはひとりで森の奥へ入ることが恐かったのだ。それを単純に、兄が臆病でともいえない。兄には森の奥で起ったこと、これから起るかも知れないことについて豊かな知識があるために、森の奥へひとりで入る勇気が出なかった。ところがわたしは、祖母や母が話す言い伝えを兄の脇で聞いていながら、まるごと信じ込むようなことはなかった。つまり兄のよく使う言葉でなら、想像力がなかったのだ。

　勇気ということでは、ひとつ別の記憶がある。森にヤマイヌがいるというのは子供の常識だったが、それには二種ある。ひとつは昔からそこにいる、ニホンオオカミ。もう一種は戦中の食糧難で、谷間の民家の飼犬が棄てられ野生化して、繁殖しているもの。兄は第一種のヤマイヌの伝承を怖れていたが、第二種の方は決して怖れなかった。実際に、兄とわたしが野生化した犬に襲われたこともある。兄は自分が咬みつかれるのはかまわず、わたしを背に隠して複数の犬に立ち向かい、追い払った。いまも腕頸と腰のうしろに、その時咬まれたネズミ色の傷痕があるはず。

さて、そのようにいつもわたしを供にしたがえて森に入る兄が、ひとりで森へ入って行くようになった時期がある。伝記的事実として正確を期すると、村に新制中学のできる前後からで、年齢からいえば兄が十三歳から十四歳までのこと。

川筋の通りに新制中学ができて、谷間の生徒のみならず、わたしたちが「在」と呼びならわした山間部の生徒たちも加わると、かれらのうちにはきわめて早熟な者らもいた。早生まれと遅生まれの関係で、学年は兄と二年違うわたしも新制中学に通い始めると、集中的なからかいの標的になった。兄とわたしが、兄妹で森に入ってタワケテオル！　わたしたちを校庭で囲んで、かれらは歌いはやす大声をあげたりもした。

さて、こうした年上の生徒たちの嘲弄で、兄とわたしはあまり目立って森へ上って行くことはしなくなったが、それでも兄が森へ入る時、かれがわたしを供にしたがえてということは、時を置いてしばしば起った。

森へ入る際、兄はその日自分が確かめに行く伝承のことを、お供のわたしの興味をつなぐ必要上、歩きながら話し続けたものだ。たとえば、木から降りん人という、大人たちはその人が「潔癖」という病気から、つまり地面に足を触れて歩くことで何らかの黴菌が移ることを惧《おそ》れて、そうしていたと説明する人物の話。兄はその下品な(子供の兄が妙に厭がったもの)噂は事実でなく、木から降りん人の「自分の木」に実際に登ってみると、寝起きする洞《うろ》から離れた高みには、自然の枝組みを利用したベランダまで作ってあった。なによりそのように木の上で生活することが好きだったんだ、と兄は話した。樹上の施設はもうとっくに朽ちて崩れ落ちており、兄はただその樹木の下に立って、わたしに昔見たことだと話すだけだったけれども……

さて、兄がもう少し大きくなってのこと。今度はまさに自分の意志でわたしを排除し、ひとりで森に入るようになった。もっとも、わたしは残念だとも思わなかった。というのはたいていそういうことが起るのは雨の降った翌日で、森のなかは、身体に触れる小枝も踏んで行く下草も、グッショリ濡れていたはずだから。

さて、他の思い出から確実に区別されているその日、わたしは兄が自分を供にしたがえることなしに森への道を歩いて行くのを見付けると、追い掛ける気になったのだった。その時わたしは、兄には今日特別な用事があって、これだけ急ぎ足なんだ、と感じていた。

兄には肩から提げるズックの袋に、亡くなった父の遺品の樹木図鑑や、母が倉に積んである古い大福帳を切って作った帳面、それに鉛筆の類を入れて行く習慣があった。立っている樹木のスケッチをしていて、その間、参考に脇に開いておいた図鑑を、つい忘れて帰ることがあり、たいていわたしが注意して事無きを得てきたが、その日は森へ入った際、移動にそなえていつもやるヤマモミジの大木の洞に隠しておいたものが、昨日から今日に続いている大雨で濡れてしまったのじゃないかと心配して、これだけ急ぎ足なんだろうと思ったことを覚えている。それでもわたしは、たまたま身に付けているスカートが新しいものだったので、濡らすのが嫌で、森の入口のところで兄の背を見送ることにしたのである。

ところがいったん谷間に引き返そうとしてから、気になる感じがあったので、スカートが濡れぬよう気をつけながら引き返した。そして、わたしはあの出来事に出くわすことになった。

3

わたしは兄を、カツラの巨木の大きい三本の樹幹に分れているところに若木の枝を(わたしたちの地方では柴木《しばき》というが)奥行きのある水槽のように積み重ね、雨水のたまるにまかせ、なおも雨の降りそそぐままにして、そこにうつぶせになって水死しようとする現場から、救い出した。その記憶は、いま思い返してみると、ほとんど誰にも話したことがない以上、手柄話としてウソがまぎれ込んだはずはないし、大雨に打たれているカツラの大木の根方《ねかた》の眺めには、思い出すたび若木の葉と水の臭いが湧き立ってくるだけの、兄の使う言葉でいうならリアリティーがある。そういう装置を、二日がかりの大雨を見越して、昨日も今日も強い雨の森に入って、誰が準備したか? それが兄であり、それは何のためだったかというなら、あの時一目瞭然だった。子供ながらわたしはそれを見ぬいて、兄の両くるぶしを摑み、引きずり出そうとした。

しかしわたしは、いったん兄の身体がズルズルとすべり始めると、その動き自体の勢いに合わせて脇に押しのけ、そのまま兄を残して自分ひとり谷間に向けて走り降りた。そのうち傘を差して登ってきた農家の小母さんが（夕食の準備に、そのあたりの畑へ菜を摘みに、というようなことだったただろう）目に入る小道の角にしゃがみ込んでいた。

秋も終り方、冷たい雨が降り続く日々だったが、まだ昼過ぎなのに暗い雨の森から、兄が、頭にかぶっている布の帽子（村の子供らが兵隊の戦闘帽を真似て作ったのを、戦争が終っても、他に帽子がないもので相変らず、ということだった）、その帽子から、膝の破れているズボンの先までグショ濡れになって、離れていてもわかるほど震えながら降りて来た。

兄はわたしを見向きもしないで、狭い道のこちらの、すぐ傍を通り抜けて行く。わたしは腰をあげ兄に遅れて従いて歩きながら、自分はこれからも兄が水のいっぱいあふれている柴木のかたまりに頭を突っ込むことがあれば、足頸をつかんで引っぱろう、と決心していた。

アサが動き始める

I

「三人の女たち」を結成して、それぞれに自己表現をしてゆくことを言い出したアサが、すぐにも自分の書いたものを送り付けて来たのは事実。それに合わせて幾つもの活動を展開することになった。

まず森のへりから音楽教師のリッチャンを派遣して、アカリの音楽室の、震災以来手付かずとなっていた整理を手早くすませてくれた。二週続けて、土日に成城の家に現われたリッチャンは、真木、千樫それに、アカリも独得な働きをする助手にして、整理を終えてくれた。

リッチャンは、すべて完了して引き揚げる際、アカリの音楽に関係したものを私の古トランク二個に詰めて女手には余る重さにしてしまい、宅配便にして別送した。千樫が、――アカリには手放すという文字はないと格言を作ったほど、アカリは、十五、六歳でやるようになった作曲に関わるすべてのものを溜め込んで来た。

この機会に千樫の「英断」があって、音楽関係の古雑誌は全部処分した。そのかわりかれの書いた楽譜、ノート類は段ボールの箱に入れて整理した。それより大量にあったのが、テープやカセット、ヴィデオの類。CD以前のレコードの蒐集は音楽室を作った時に、これも思い切りの良い千樫が売り払って、私の書庫の整理よりまとまった金額になった（と報告された）。

ところが、録りだめたテープの量がなまなかではなかった。永年お世話になった作曲の先生が、作品を仕上げるたび自分でピアノを弾いて作られた録音がある。アカリの作曲のCDが出てブームを引き起し、小さな地方の会場をふくめ（アカリの障害を超えての成長を主題にした、私の講演と合わせて）、三年ほども毎月開いた演奏会で、家族の友人となってくださった演奏家たちの、コンサートの演目とはまた別に、集まって自由に弾かれた録音まで、残っていたものはリッチャンが全部持って行った。

それが一段落したところで、アサがアカリと真木のこれからの生き方について、話しに来ることになったのである。そしてそれは私たち家族と、アサの管理して来た四国の家に関わって変化をもたらすことになった。加えて、アサにはもひとつ大切な用件があった。千樫がこれまで彼女と真木、そしてアサの間では、むしろ「三人の女たち」の件より身近なことで、そもそもは真木がアサに持ち込んだプランがあり、ゆっくり話を聞いてもらいたい、といったのだ。

私には、厄介なことどもを取り揃えて、一挙に目の前に押し出すと感じられた。当の私が、「三・一一後」関係で出かけねばならなくなるのはそれとして、用事がない日も自分ひとりの作業に熱中して（小説家としての仕事というのではない）、多くの時を過していたせいもある。アサは、真木に案内されて、家族より他は誰も入れたことのない仕事場に入って来、真木がカヴァーこそ掛けていたがこちらのベッドに遠慮なく座ると、私がずっと向かってきたものと、その参考にしている資料幾種かを見渡した。そして、

――真木に聞いたけれども、昼となく夜となく、これをやり続けてるんだそうね、といった。確かに根をつめてやるほかないのはわかるけれど。こんな作業を六隅先生はブリコラージュといわれると、兄さんは大学の休みに真似てたでしょう？　あのようなことにいまも熱中するのね。

——その六隅先生の『敗戦日記』をコピイしたものをさ、A4の用紙のままじゃなくて、先生が書きつけられたノート大に切り取って……しっかり揃えてね、一枚の表うらに貼り付けてるんだ。先生が亡くなられた後、先輩のNさんが発見されたのを、発表するべきかどうか相談されて、一緒に『世界』へ持ち込んだ。その際に二部だけコピイして、原本はお宅にお返しした。印刷用の原稿にした方は、編集部に日本語の部分を書き写してもらった。フランス語の部分は息子さんが翻訳されたのへ、先生のラブレー関係を整理していて日記に出合われたNさんが、幾らか手直しされたのを、同じようにした。校正の人に原文の全体を参照してもらう目的で、コピイを二部作ったんだ。刊行された本はそこにあるが、きみにも送っただろう？　そうした手続きを僕がやって、こまかなところがよく見えるように、その時分は値の張ったカラー・コピイにした。全体が終ると、校正に使われて帰ってきた一冊を僕がもらった。いま、それを復元してるんだよ、もとのノートのかたちに。いつかそれをやりたいと考えていて、「三・一一後」に、小説の仕事はしないし本も読む気にならなくて、時間があるものだからやっている。

——全体がきれいだけれど、とくにフランス語で書かれてる部分、行の頭と間隔のとり方が揃ってるし、書き直された部分は殆どないのね。時間をかけて清書なさった、ということかしら。

——清書する時間はなかったと思うよ、敗戦直前には研究室の本の疎開があったし、東京空襲が始まると教員が交替で夜番に動員された。そのなかで、これを書かれたんだから。

——真木はコピーを見て、フランス語で書いてあるところ、詩の引用かと思って兄さんに訳してもらうと……そういう内容ではなくて、自殺することを思うとか、この国の軍部や政治家や、日本人一般にすら、希望を持つことはできないとか、そういうことが書いてあった、と……あと一週間、終戦が遅れていたら、この美しい書体で、もう自殺すると書いて、日記が終ってたかも知れないといったら、兄さんもそれを感じると……

ほら、こういうところ。《自殺を考える。今まで日本人を買いかぶっていたが、ふとそれが、追いつめられ破れかぶれになった、醜怪な獣のように思える。人間らしさの片鱗すら持つことを許されていないのだ。軍部の考えを是認する知識人さえいる。彼らの古臭いイデオロギーが、祖国の滅亡を招こうとしている。》

いま兄さんが処理してるのはフランス語の、日本語より暗い文章でしょう？　こんな狭い場所で、ノートの寸法通りに紙を切りとったり、貼り合せる方とズレないように気をくばってブリコラージュしてると……憂鬱な気分にならない？　六隅先生は戦争も末期の、空襲にさらされてる東京にいられたんだし、兄さんは原発事故のあとの、放射性物質が降り続けてる東京、という違いこそあれ……いや、似てるのか？

――先生の暗い気分に僕が引きずられそうになるのは、じつは先生の文章には出て来ない……しかし今度の「フクシマ」で政府や保安院が、東京電力はもとより、記者会見のたびに繰り返した「想定外」という言葉のせいだ。今朝の新聞で原子力安全委員会が「想定外の津波」についても被害を抑える対策を、と言い出してるが、これまでもとくに津波についてね、「想定外」という言葉を見ると、それがなにやら大きい威力のものと響いてね。被害を少なくする手だてはあったのじゃないかという生き残りの声は、「想定外」の大暗黒に吸い込まれるようだった。

それがね、永年励んでこられた津波の研究者の本を読むと、政府にも地方自治体に向けても、科学的な想定に立った警告は幾度も出されてるんだ。ところが、そうした学者もふくむ研究会の、総体としての結論を電力会社の人間がまとめる時、いつの間にかそれらは「想定外」の敷居の外にドケられてしまう。そこを超えてやられるべき、予防の企ては「想定外」の遠方に外された。

この「フクシマ」の経験が、「想定の限界」と連中のいってた敷居をいかに拡大するか、その期待はね、しかしすでに危うくなっている。それを今朝の新聞で感じる……

「想定外」の暗闇に隠れている、より大きい限界をあえて越えてゆく準備にはつとめない。その危機を乗り越えるために「想定外」の現実に立ち向かうことは、ハナからあきらめている。そこにね、僕は六隅さんのペシミスティックな日本人観と重なるものを見る。

この日記の、フランス語でのしめくくりは、Joie d'écrire quelque chose d'intime dans ma langue maternelle. Je commence. だけれども……

——いや、真木はね、兄さんから先生の日記の、そこの翻訳を聞いて嬉しかった、といってます。ちゃんとコピーして、若い人たちに配ってはどうですか？　憂鬱なブリコラージュを終える前に、とアサは話をしめくくった。

そして新しく始めたのが、彼女に上京をうながした事柄の話。

——わたしの書いた文章は、その点ボカしてありますが、兄さんはあるところまで見てとってられた。『懐かしい年への手紙』のエピソードを取り入れたリッチャンの合唱曲が、あるアメリカ人の関心をひいた。かれはユネスコ後援の「アジアの子供たちの新しい遊び」という一連のヴィデオを作ってる人、という話を真木に聞いて、リアリティーが稀薄な感じだ、といわれた……こうした合唱と輪唱の組み合わせが、いま時の子供の「新しい遊び」になるものだろうか？　実際にそういうことがあって、その人に伝わったというが、むしろ何らかの理由があって『懐かしい年への手紙』に関心を持ってた人で、という方が自然だろう、と……御明察でした。

そして、そういう人物がいるとすれば、ギー・ジュニアですね。もともと兄さんと会うために日本にやって来て兄さんを喜ばせた青年が、これはわたしにもその理由が今回までわからなかったんですが、帰国するとナシのツブテ……それで兄さんとの関係は絶たれたけれど、かれとわたしは、クリスマス・カードの交換をしていました。そのうちかれが、いまテレビ番組のプロデュースをしているが日本を素材にするので、兄さんの作品になにかないか、と尋ねて来た。それなら、わたしの友人がNHKで賞をもらったものが、あの『懐かしい年への手紙』をもとにしていると、リッチャンの作品全体のテープを送った。それが、始まりです。

トントン拍子に話は進みましたけど、兄さんとは事情があるわけで、あなたにはいよいよその時が来るまでと伏せたままにして真木が契約をすませました。ヴィデオ制作の段になって、ギー・ジュニアは来日しましたが、できあがったものが兄さんの気に入れば、じつはこういうサプライズを仕組んでると打ち明ける、そういう企てをしてたんです。

ところがその時期に劇作家の岡厦《ひさし》さんが亡くなられるという、兄さんには苦しい出来事があり、じつはその前から起っていて厦さんに心配をしてもらってもいた、兄さんとアカリさんの間柄が、さらにコングラカッていました。それでも先方のプロデューサーが会いたがってる、という話だけは、あの際リッチャンが兄さんに持ち出したでしょう？　また千樫さんから、ギー・ジュニアが東京へ来て滞在した際の、楽しかった思い出を兄さんとの夕食の話題にしてもらったりもしていました。

それでいて、ギー・ジュニアの来日は兄さんとの再会ということでは空振りに終ったんですが、東京でかれと会った真木は、ギー・ジュニアの方にも兄さんへのわだかまりがあって、それが原因をなして、兄さんとの友人関係を続けられなかったんだと聞いたそうです。

しかし話はそこまでで、それからギー・ジュニアとの交信はなかった。「三・一一後」ギー・ジュニアを思い出すこともなかった、と真木はいうんですが、突然、東京では震災二百日後ですが、という書き出しのファクスが真木の管理してる兄さんの番号に届きました。ギー・ジュニアの親愛の感情は直接兄さんに向けられていて、先のリッチャンの音楽作品をヴィデオにする仕事をした仲間が、インターネットで入手したという、兄さんが車から反・原発のビラを差し出している写真が示してありました……ファクスのせいで真黒でしたが、それでも白髪になった長江さんの表情は穏やかで、それを見てこの通信を送る勇気を得た、とあり……できるだけ早く大震災と原発事故の見舞いに行く、というんです。

——愛媛の新聞にも、通信社の写真は出るから、きみも九・一九の大人数の集会を見たと思うが、予想を越えて、六万人が参加した。僕も呼び掛け人のひとりということで、最初はデモの最前列にいたんだが、足が痛み始めてね、十字路の渋滞で行き場を喪ってるタクシーに乗せてもらった。三十分ほどそのままでいた後、車が走り始めると、ゆったり行進している参加者の雰囲気がとてもいいんだ。こちらはタクシーで伴走してる者のように受けとめてもらえた。そのまま追い越しても先はまた渋滞でね。そのうちタクシーからプラカードは突き出せないからと、「原発はいらない」という短い横幕を渡してくださる婦人がいて、それを胸の前にひろげて窓ガラスをおろした。確かにインターネットで見たという人から連絡があったよ。しかしアメリカでまでとはね。

——そういうことで……真木とわたしに千樫さんも加わってもらって、ギー・ジュニアがあらためて来日すれば、兄さんとしっかり仲直りさせよう、そう相談しました。あなたは仕事場でブリコラージュの労役中で、内緒の電話するには好都合でしたよ。ところがギー・ジュニアと急テンポで作業をすすめてるのは、かれの仲間なんです。かれらの都合で、まだ兄さんに話を通さないうちに、もう日本に来てしまいました。

これまでかれらは「フクシマ」への、海外からのヴォランティア集団に加入していたんです。とても大きい数のヴォランティアの人たちが登録して、現地でもよく働いている。ギー・ジュニアの仲間は、自分らのテレビ報道の番組を作りながらの構えでした。ところが当の大きいヴォランティアの団体も、大震災二百日を節目に解体したんです。そこで小さなグループが自立して、ここでの仕事とヴォランティアを続けることになりました。自分らのそれの立て直しにギー・ジュニアは日本に来て、それも四国まで足をのばしたんです。

わたしはかれらがヴィデオ制作の際にも一、二泊した、テン窪人造湖の家を宿舎として提供しました。ギー・ジュニアはもとより、かれの仲間もあすこがとても気にいった。そこを基地に、ヴォランティアとテレビの仕事を続けてゆけないか、と考え始めているようです。もともとあすこはギー・ジュニアの相続した資産ですしね。

それもこれもあって、わたしはギー・ジュニアと話し、これまで兄さんには相談しないまま真木と進めて来た、二人を再会させるプランを、今度こそ本気で兄さんに計ろうと決心したんです。話が長くなりましたが、それをおねがいするのが、東京に出て来た第一の目的です。

それと重なってるけれど、話を詰めて行く間に、兄さんとかれの衝突というか、行き違いというか、その原因がよくわかりました。ともかく聞いてもらえば、兄さんはもともとギー・ジュニアのことがあれだけ気に入っていたんだし、むしろ進んで会ってくれるだろう。そのように考えてね、わたしはギー・ジュニアにかれの言い分を録音させて、兄さんにゆっくり聞いていただくことにしました。それにはギー・ジュニアが職業的に身に付けていることが役に立ってるわけです。

2

そういう進み行きで、アサの計画に乗せられた私は、彼女の取り出したソニーの新製品で聞いた内容を（アサはディスクを差し出し、必要ならそれを文字化するようにともいった）ここに書き記すことにする。

ギー・ジュニアの方も東日本の被災地をふくむあらためての日本滞在で、かれのドキュメントの世界を拡大する意図のようだ。ギー・ジュニアは、自分のやる公式・非公式のインタヴューについて、最新の装置ですべてを記録する。対話した相手には、ディスクにして渡す習慣で、アサは再生する小型の器具も持たせてもらっていた。

——アサ小母さんは僕が長江さんを訪ねて、……初めて会うのじゃなかったけれども、幼児の時の記憶はありませんから、これが初めての会見だったといっていいんですが、あの時の長江さんがとても喜ばれた、——昂奮してさえいた、といわれましたね。

——そうですよ、わたしにその首尾を電話で伝える兄の声は……その昂ぶり方が並じゃなかった。あの時、兄は六十代で、失なわれた青春に立ち戻ったという気持かと痛ましかったほどです。あれはギー兄さんの息子じゃない、僕が「屋敷」に通って一緒に勉強させてもらった時期の、ギー兄さんそのものだ、とさえいったんです。

兄はあなたを歓迎しました。わたしの知るかぎり兄が他人にそのような態度を示した記憶はないほどです。成城の家の一室を開けて、そのまま三週間、泊めました。オセッチャンから久しぶりに手紙を受け取って、カリフォルニアから成田までの往復切符をあなたに送ったのも兄でした。そのようにして親しみ合ったギー・ジュニアは、しかし帰国すると、それきりナシのツブテだった！

――僕に理由はあったんです。僕が長江さんを訪ねて来た動機は、『懐かしい年への手紙』でした。あの本の出版から十年たった日、母親から読んでみるようにいわれた。それから一年、僕は母親に漢字を助けられながら読みました。長江さんが書いてられたのは、父の……直接記憶してるのじゃない僕には、懐かしい、というのじゃありませんが……父のことでした。殺人を犯して、冤罪かも知れないというふくみはありましたが、入獄する。そのような恐しい記述もあります。しかし小説の終りには、語り手の長江さんの、父への懐かしい思いがあふれている。そこであの小説への、僕の印象は、まさに懐かしさでした。

東京のお宅での僕は、その懐かしさにスッポリひたっていました。過度なほど良くしてもらいながら、それを自然なものに受けとめていました……とくにアカリさんとは本当に仲良くなりました。夜は楽しく食事をして、自分の日本語の不自由さを感じなくなるほど話しに話して、それだけで一日の時間はいっぱいでした。長江さんの小説を幾冊ももらっていながら、読もうとしませんでした。『懐かしい年への手紙』を丸一年かかって読んですぐでしたから、さすがに日本語でもう一冊、という気はなかったんです。

それがアメリカに帰ると、もっと長江さんの小説を読みたくなった。しかも英語で早く読みたい。そこですぐ、『万延元年のフットボール』を……“The Silent Cry”ですね……読み始めました。ところが、小説が始まってすぐ、僕はショックを受けたんです。裏切られた気持でした。僕がそれ以前に、長い時間をかけて読んでた小説は『懐かしい年への手紙』です。そこで、よく覚えています。父が半分は事故かも知れない殺人を犯して、自殺をはかるシーンがあって、僕は心に刻みつけられていました。

ところが、あのシーンが“The Silent Cry”にそのまま出て来たんです。実際に書かれた順番でいえば、『懐かしい年……』の時より二十歳若い作家として、長江さんがこの小説を書いていた。ところがそのシーンを、こちらは僕の父親とはっきり特定できる人物に、まるごと再演させてるんです。そこの本棚にアサさんの持ってられるハードカヴァーの『万延元年のフットボール』がありますね。見せてください。

僕はこの部分を英訳で読んで赤線を引いたところを、日本語でゆっくり読めば感じが違うかと考えて、幾度も読みました。そうすると、英訳よりもっと露骨な感じで……僕の印象では嘲弄的な感じで、書いてあります。《この夏の終りに僕の友人は朱色の塗料で頭と顔をぬりつぶし、素裸で肛門に胡瓜《きゅうり》をさしこみ……》日本人が読めば、ここで笑うんだろう、と僕は思いました。こういうことを実際の友達の自殺の描写に……未遂ではあったわけですが……応用する。そんな友人関係があるか、と僕は腹を立てました。

　アサが説明する。——『万延元年のフットボール』の出版は、一九六七年です。『懐かしい年への手紙』の出版は一九八七年です。二つの小説の出版の間の二十年に、小説でギー兄さんと書かれているモデルの呼び名どおりに、いまわたしたちはあなたのお父様を呼んでるわけですが、ギー兄さんは刑期を終えて帰って村のために働らかれたし、兄との付き合いも回復されたわけです。それから、あらためて現実に起った、あのような死に到られるまでのことが、実際に私も知っているギー兄さんその人をモデルとして、『懐かしい年への手紙』に書かれています。

　一方、『万延元年のフットボール』も、ギー兄さんの事件後に書かれているけれど、おそらくまだあまり生なましい事件だったので、直接それにはふれてありません。わたしもいま気が付いたんですが、『万延元年のフットボール』の語り手が、ずっとエピソード的に、ある死んだ友人のこととして語ってるこの挿話だけが、二十年後に書かれた『懐かしい年への手紙』と共通してるんです。

　どうしてあれら二つの小説に、片方はまったくのフィクションのかたちで、もう片方は土地の新聞に大きく出た事実のまま、土地の者なら誰でも知っている殺人と奇態な格好をしての自殺、あるいは自殺の試みを兄が書いたのか？　わたしにはよくわかりません。ただ、その出来事が兄の人生に大きい経験だったことは、はっきりしていますが……

わたしはあの殺人事件と、それに続いての犯人の自殺未遂の話を、それはもう村の伝説になっていたものですし、繰り返し聞いていました。結局はその実際の出来事の、当の部分が兄の心にとても深く刻みつけられていて、二十年をへだてる二つの小説に、唯一、両者に共通する細部として出て来た、そういうことだと考えます。それを書かないではいられない兄の内部にあったものが、グロテスクで悲痛な記憶ではあっても、嘲弄的な気分につながりさえする小さな滑稽さの挿話ではなかった、と信じています。わたしは『懐かしい年への手紙』を読み返すたび、あすこで涙を流してしまいます。

——……そういうことならば、僕にも長江さんの二つの小説につながって流れているものが、わかるように思います。そして僕の父が実際にやってしまった、滑稽だし悲惨でもあった殺人と自殺未遂が、長江さんにずっと残り続けている意味もわかるように思います。そのことの、作家としてまだ若い長江さんと、二十年後の長江さんの内面にあったものは……両方とも本当に真面目な問題だっただろうと思います。あの滑稽で悲惨な挿話は、現実に、いや現実以上のレベルでも、僕の父と長江さんに共有される経験だったかも知れません。

しかし父親の側に立って考える僕にとっては、未遂に終ったにしても、滑稽かつ深刻な自己演出をした自殺への小説の進み行きが、読み手に十分楽しめる仕方で書いてある。まだ二十歳を過ぎたばかりの自分が腹を立てたのもムリはなかった。しかもその意味を問い詰める実力は、まだ僕にない。それで今度、長江さんにあらためてお会いする機会に、これは必要だけれど辛い大仕事になるはず、と覚悟していたんです。

それがいまあなたに、この話をもう自分からは長江さんに持ち出さなくていいだけ説明していただいたと思います。ありがたかったです。

——本当にそうなの？　そうであれば、わたしこそありがたいわ。このように二つの小説のシーンを突き合せての指摘には、これまで兄は出会っていないと思う。あなたが直接、兄に向けて持ち出されるとすると、まさに厄介なことになって、問う方も答える方も時間を食われてしまったはずだから。

——そこで僕はこちらについては、長江さんになにかもうひとこと聞く、という気はありません。その代わりもうひとつの懸案を持ち出そうと思います。それは父親が、実際にとげてしまった死についてです。いまはもう長江さんと会える見通しが立ったんですから、ほかにも大切なことを沢山準備しておいて、質問したいと思いますが、その中心的なひとつにします。

……それにしてもあなたが、いちいちの出来事の、時間的な前後とか、執筆時の問題とか、スッキリ答えていただいたので、よくわかりました、ありがとうございます。アサ小母さんは、長江作品の本当に注意深い読者ですね。

——あなたも！　わたしはね、いま自分が、あなたと同じ大切な問題を幾つも抱えてるんだ、と思っています。今度、あなたがこの上、そしてわたしが考えていたよりずっとそれに時間をかけて深入りしようとされてるのは、なまなかの気持じゃないんだ、と思います。

むしろ、あなたの問題を兄に向けて問い掛けられて、それへの兄の答えを傍で聞くことは、それこそわたしにも、なまなかのことではないでしょう。よく耳を澄ませていなければ、と思います。

3

録音を聞き終った私は、久しぶりにその声を耳にしたギー・ジュニアについての新しい感想はアサにのべなかった。かれと二人で（またアサをいれて）話し合わねばならない時間はすぐにも待ちかまえていたから。アサもこの場での話を長びかせる気はないことを示した。再生装置からディスクが押し出されて来ると、そのあとへ、同じように実用的な見てくれの、もう一枚のディスクを差し込んでいた。

――この間は、アカリさんの音楽関係を整理しにうかがったリッチャンを歓迎してくださいました。仕事がはかどるのが愉快だった、と喜んでいました、とアサはいった。これは彼女が大切に別送した録音テープを、やはりひとりで試聴して……少し聴けば探してるものかどうかはわかるので、それほど手間はとらなかったといってますが……わたしにも母に関連して大切なものを教えてくれました。ギー・ジュニアに教わった仕方で、編集して持って来ています。

わたしの関心があるのはリッチャンも興味を持ってるもので、「森のフシギ」関係です。真木にも、今朝聴いてもらいました。真木は、正確なことはいえないけれど、森のなかにアカリさんと夏休みの間ずっといた時、パパから送られて来てお祖母《ばあ》ちゃんが聴かれた音楽も、これらのひとつだと思う、といいました。

私もそれらを聴きたい、とアサにいった。そしてしばらく聴くうちに、次つぎの小さい録音のなか、とくに懐かしい音と出くわしたのだ。最初の一小節で、弾いている人が作曲家の篁透《たかむらとおる》さんだと思いあたっていた。三分間ほどの……しかももっと短いはずの曲を、ゆっくりと弾く……それが終って、東京の居間のざわめきのようななかに、少年時のアカリの、おかしがっており、かつ真面目な声が跳び出して来た。

――とってもゆっくりでしたねえ！　そしていかにも若い千樫の笑い声。

――篁さんがフラリと家に寄られた際、『空の怪物アグイー』の音楽家のモデルとしたことはそれとして、あの短篇自体が好きだといってられたので、届いていたそれが原作のヴィデオを一緒に見たんだ。終ったあと、テレビ・ドラマのおしまいに流れたアカリの「アグイーの主題」を自分で弾かれた。不機嫌で、僕をチラリと一瞥して、そのまま帰られた。

――……これだけれどもどういう曲かはっきりしない、篁さん流に編曲して弾かれたようでもあるし、とアサはいった。わたしは、確かに「森のフシギ」と「アグイーの主題」は似ていると思うけれど、これをアカリさんに聴いてもらって、「森のフシギ」の曲のひとつだといわれたら、リッチャンと真木の作ってる組曲に使ってもらいますけど。

さて、わたしが兄さんと相談したかったもうひとつの問題として、しばらくでもアカリさんと真木にあらためて四国へ来てもらいたい、ということがあります。やはり話がコングラカりますが、ギー・ジュニアが、森のなかに、仲間たちと日本で暮す基地を作ろうとしてるのともつながってくるんです。かれらはある期間「ソクシマ」で働いては、あすこに避難して休養しようと思ってるので。いまのところ四国山脈のわたしたちの側は、放射性物質の汚染度が低いから……伊方原発が事故を起せば、なにもかもフイですけどね……アカリさんが、東京からアグイーと疎開してくれば、ギー・ジュニアは喜ぶでしょう。

わたしはアカリさんにくらべると、健常な日本人は放射性物質にドンカンだと思いますが、アメリカ人のギー・ジュニアとその仲間は、初期の「フクシマ」で被曝してるし、これからも時どき自分のグループで「フクシマ」に帰ろうとしてるわけで、放射能にとても敏感なんです。それである量のベクレルを受けると、ギー・ジュニアとそのテレビチームは、放射性物質の少ない森のなかで仕事をする。アグイーとアカリさんは、かれらの良い仲間でしょう？

もともとね、わたしは真木から、アカリさんと二人で東京の家から自立して……真木の言い方でなら、パパの抑圧から自由になって暮したいと聞いて来ました。そして「三・一一後」、東京の空も汚染されて、アカリさんに会いたいアグイーが高みから降りて来ると危い、とアカリさんが惧れてる。その話を聞いた時、これはチャンスだ、と思いました。

じつは真木にその話をしたら、兄さん自身、放射能汚染を逃れてテン窪大檜の森に避難しようとする夢を見たという。それでアカリさんと真木を……そして、その結果、アグイーを……四国に来させないかと切り出せば、兄さんを説得することができるかも知れない。そう思いました。どうですか、今日の廻り道だらけの話のうち、この部分については？

もし兄さんが、わたしの提案に対してね、いやあのアグイーという奇妙な生きものは、いうまでもなく想像上の、それもフィクションとしてのものだ、そうわかるように書いてあるといえば、それはわたしたちにチャンスが来た、ということなんです。真木がずっと「三人の女たち」に向けてもらして来た、兄さんへの批判を直接に始めさせます。

パパはアカリさんに対して、本気で話をすることがなくなったように感じる。それは自分自身に対しても真面目な話はしなくなったということじゃないか？　アグイーという生きものが、心を病んでる人の幻想だとしても、その話を自分が小説で語り出していながら、アカリさんに対して真面目に話し続けない、ということなんだから。

パパはアカリさんが生まれた時も、それによって自分がどうなるかという仕方でしか受けとめることはなかったのじゃないか。小説の最後で、カッコ良くその子供への責任をとって見せてるけれど、小説が終ってしばらくすると、他の生き方もあったのじゃないかと後悔したんじゃないの？　しかも本気で考え続けることはしないで、ただナリユキでアカリさんと暮して来たんじゃないの？

　パパは、アカリさんの知的障害を、根本のところで尊敬してないんじゃないか、と思う。養護学校や福祉作業所でそこの大人たちがやってたように軽蔑こそしなくても、じつはアカリさんを尊敬していない。篁さんがテレビ・ドラマに腹を立てられたのは、あの作り方にパパが本気で怒らなかったから、とママはいってました。こういうことがはっきりしてくる以上、私はパパから自立して、アカリさんと四国へ行く、それにアサ叔母さんとママは賛成すると思う！　わたしは真木にそう言い張らせようと考えています。

　どうですか、兄さんは真木、千樫さん、そしてわたしの「三人の女たち」を前にして、アグイーというカンガルーほどの大きさの赤んぼうの話は、冗談、誰かがあれを本気にすると思ったこともない、とアカリさんにいえますか？

　アカリさんはいつも本気です。アカリさんの目を見返せなくなって、久しぶりに雨水をためた柴木にうつぶせる真似を思い立ちますか？　その期に及んでも、兄さんの両足頸を引っ摑んで放さぬ者はここに控えていますが、それはむしろ、あなたを逃げ出させないためでもあるんです。

4

この日、千樫は翌日四国へ帰るアサのために、駅前のイタリア料理の店を予約して、私たち一家で彼女を囲む夕食会を準備していた。さてその時刻が迫って来た時、私は昼間のアサの批判・攻撃に圧倒されていたこともあるが、あれこれ考える時間が永びいて、短い午睡をとる余裕がなかった。これも、この数年の老化現象のひとつだが、それが頭痛と不眠に連なってしまうこともある。私は夕食会を欠席して、簡単な食事をひとりすませた後、例のブリコラージュの作業を続けていた。

そこへ千樫がひとり上って来ると、昼間アサが座って私に迫った、ベッドの同じ位置に腰をすえた。そして、アサさんから今日あなたに話された内容を聞きました、といった。そのあとアサさんは真木とワインで乾杯までする上機嫌さで、真木とアカリに、あなたたちの四国の森への移住の計画は、ほぼきまった、といわれましたが、真木はかえって慎重です。そこで私があなたと相談し、今夜は疲れて早く休まれるアサさんに、明日の朝、私たちも少し詰めた上での、真木とアカリが移るプランを話す、ということにしました。

　真木とアサさんはもっぱら実際上のギー・ジュニアとの共同生活の手順のような内容を話すということが続くうち（それにはアカリと、向うでの音楽の先生を引き受けてくださるリッチャンとの契約条件も入りましたが）、アサさんの、そういえば自分が談判した後兄はあまり元気がなかった、というコメントがあって、私も気にかかってることをいってみたんです。

　それはあなたには直接話したことでないので、自分が「三・一一後」どうもよくわかってない、と思ってたことについてでした。

　なによりそれはあなたが私たちの雑誌の、最初の巻に書いていられることです。あなたは深夜に「フクシマ」のテレビドキュメントを見ながら吾良の遺品のブランディーを飲むうち、声をあげて泣かれた。私もアカリさんもその声を聞いて驚いたのでしたが、真木も話に加わって、あなたが思い出していたと文章に書かれたダンテの何行かは、自分もキチンとはわからないところがあるので確かめて見た、といいました。イタリア語を勉強した人ですから。

　そうすると、アサさんが例のカラカイ癖を出して、兄は英語もフランス語も、イタリア語はさらに発音があやしいから、あの詩は胸のうちで日本語の訳を思い出して繰り返すうちに泣いたんでしょう、とあなたの口真似をされた。「よっておぬしには了解できよう、未来の扉がとざされるやいなや、わしらの知識は、悉く死物となりはててしまふことが」、そしてウーウーと、ということですね。それを聞くうちに、私にもあれは幾らか変だったな、という気がしたんです。

あなたは誰もがいうとおり記憶の人で、子供がアメリカ小説の翻訳など持ってるはずはなかった戦中に、ハックルベリイ・フィンの一節を覚えていたそうです。そこでね、自分らの大切に思う都市が、近い将来亡びるということを聞いて、未来の扉がとざされると、それでわしらの知識は、悉く死物となりはててしまふ、という一節を思い出して泣くというのは、おかしくないですか？

しかも、この本棚にある本にも冷淡になった、と……そのこと自体は、私も、どうもそのようだ、と感じてましたが……むしろあなたは、国の未来が閉ざされても、自分は年をとっていて長くはないんだし、本の知識だけはなんとか持ちこたえて死んでゆこう。そういいそうな人じゃないですか？　どうしてあんな気の滅入らせ方をしたんだろう。私はアサさんにそういってみたんです。

ところが真木がすぐ答えて、アサさんも私も、そうだ、その通りなんだろう、と相槌を打つことになった。真木は、こういいました。

——私はパパの頭にアカリさんのことがあったからだと思う、と……

アカリさんはバッハやモーツァルトや、具体的にこまかな音楽の記憶がスゴくて、一度聴いた一節なら思い出せないものはない。篁さんもアカリさんの記憶を頼りにされてたくらい。ところが、それが何時からだか、私がＦＭやテレビで聴こえて来るメロディーをアカリさんに確かめると、何でしょうねえ？　と困っていることがある。自分が思い出せないのが不思議なふうに。それがきっかけで、注意してると、同じことが幾度も続く。そしてもっと実際的なことで、ママや私が、ああしたこと、こうしたことがあった、と話していると、やはり思い出せないようです。最近のアカリさんからは記憶が消えてゆく一方なのじゃないか？

ママは、またパパは、年をとって物忘れがひどくなったと冗談にしていたのが、もう真面目な気がかりになってるようだけど、アカリさんの脳には、以前は信じられないほどの音楽の記憶があったのに、逆転して、いまは反対の方向に同じことが起っているのじゃないか？　アカリさんは健常な人よりずっと早く、なにもかもを忘れるのじゃないか？

そこでパパの頭のなかで、都市や国の未来がなくなってしまうと、自分らのたくわえてる知識も死んだと同じという詩の言葉から、アカリさんの記憶のことへとつながったのじゃないか？　もうすぐにもアカリさんから記憶が喪われて、真暗になった頭の働きのまま年をとり、死に移行するということになる……

そしていまは、自分らみなについても、国じゅうの原発が地震で爆発すれば、この都市、この国の未来の扉は閉ざされる。自分らみなの知識は死物となって、国民というか市民というか、誰もの頭が真暗になる、滅びてゆく。そのなかに人一倍何もわからなくなったアカリさんがいる、そういう行く末を連想して、パパはウーウー泣いたのじゃないか……

真木がそう説明すると、アサさんが本当にそうだ、と感情を込めていわれて、千樫さんはどう思う、と私を見られた。私も本当にその通りじゃなかろうか、と思ったんです。

どうですか？　あなたの考えていられることと、真木が誰よりアカリさんと近しく暮して来て感じていることと、重なると思いますか？

私はそれに不用意なことを答えそうなのを惧れた。

——……きみ自身、アカリにそういう記憶力の減退ということを感じるかね？

——はっきりそうともいえないけれど……　以前のアカリは、音楽というと、音楽の海に入り込んで自由に泳いでるようで、むしろ脈絡がないような、勝手気儘にそこで遊んでるふうだったでしょう？

　そのことをずっと以前にあなたに話すと、レヴィ＝ストロースが神話素ということを考えていると教えられた。それはこの世界に数知れない神話が、数知れない民族によって作られているけれど、それを根本のところでひとまとめにできるかも知れない着想なんだ……　私の誤解かも知れないけれど、私はアカリさんもそのようなレヴェルでの音楽素とつながってるかも知れないと思った。

　ところがいまは一日じゅう、どんなＣＤも聴こうとしない日があります。そしてＦＭでグルダの演奏があって、それがたまたまドビュッシーだとすると、ＣＤの棚の前に立ってじっと自分のなかの脈絡を辿るようにして、やっと一曲聴いて、それからもうひとつ別のドビュッシーを聴く、というふうなんです。

　それをあなたも気が付いたのね、ピアノの先生に、近頃、アカリはドビュッシーにこっってるようです、といって、あれはドビュッシーにこって、というのではないのじゃないかな、と留保されたでしょう？

　後で先生に確かめると、以前はなにかで面白いドビュッシーに出会うと、次から次へと、森が自然発火して山火事になるように、いつまでもドビュッシーを聴いたり赤線を引いて楽譜を読んだり、作曲にもその影響があらわで、困ったな、と思うほどでしたよ。なんというんですか？　天衣無縫だったんですけど、いまは何か違っていて、と寂しげでした。

それから千樫は、深夜とか早朝とか、眠りが浅くて目ざめるとテレビの大学講座というようなのを見るが、そこで若い人の認知症という疾患があると学者の方がいってられて、初めて聞くような話だった……と、つかみどころのない進み行きになりそうだった。しかしすぐ立ち直ると、この夜準備して来ていた、彼女らしく具体的な話に移ったのだ。

――アサさんが食事の間に、真木があなたを自由に批判する気になれば、こうもいっただろう、と昼間あなたに話した。そういわれたひとつですけど、こんなものがありました。そしてそれは、マンザラ創作でもないのよ、といわれた。たとえばパパは、アカリさんの知的障害を、根本的なところで尊敬しなくなったんじゃないか？

それが私にはとても意外で、聞きまちがいかと思いました。ところがアサさんは、同じことを真木のメールで読んだともいわれました。そこで私はね、あなたがアカリさんのいうことを面白がるその仕方に、アカリさんを尊敬してというのとはまた違ってのものを真木が感じ始めてるのじゃないか、と思いました。

ずっと幼児の時から、アカリさんのいうことをいちいちあなたが面白がる、アカリさんの使った言葉を繰り返しては、じつに面白いねえ、かれのいうことは本当だねえ、と感心する。それは、アカリさんに言葉が発生してすぐといいたいほど早い時期からやって来られたことです。そしてその発展として、あなたの小説に色の濃い活字で印刷されるアカリさんの会話のスタイルができました。それがアカリさんをモデルとした小説でとくに評価されることさえあった。そういっていいくらいです。

ともかく私たちの家庭生活では、アカリさんのいうことをあなたが無条件で面白がる、感心する、尊敬しているようですらある。そのモードが基調をなしていました。真木には、アカリさんより素早く言葉について進歩する、その自分の能力についてはも親から何もいってもらえないことに、不満や嫉妬の気持があったのじゃないか。ところがそれを小さい胸のなかでひとり克服して、自分の方からも、アカリさんのいうことを面白がって、誇りにさえするようになった。そこが真木のすばらしいところだと、ずっと以前から思っています。

ところがアカリさんはもう大人ですから、無邪気なだけの面白さじゃなく、大人らしい屈折のこもった、独特なことをいう時がある……とくに専門家の誰かれの演奏について、コンサートに行くたび思いがけない発言をする。そしてその面白いものを、あなたが新聞のエッセイに書くことがあります。それは、風変りなところを単に面白がってというのではないと、私たちの家庭の友人といっていい人たちは認めてくださる。しかしそうでない人たちもいられます。

端的にいえば、コンサートの後でアカリさんを連れて楽屋にうかがって、初対面の演奏家にかれがなにかいう時など……演奏家がムッとされる展開もある。そんな場面で、あなたがアカリさんのいったことを笑いにまぎらす発言をすることはありました。そうしたアレコレを脇で聞いていて、パパはもうアカリさんのいうことを本気であつかっていないと感じとるとすれば、それは真木が、いわゆる場の空気を読みとっていないということです。しかし真木は生真面目な人ですから、時にはあなたを妥協的だと感じる、そういうことはありうるでしょう。その胸の内をメールなどであかすと、アサさんはああいう人ですからまっすぐに受けとめて、今日の昼間あなたに向けて、それを真木による批判として自分の声に出された。そうであったのならば、その点においては、アサさんの振舞いは、かならずしも正しくなかった。私は正直、そう思っていました。

ところが、これはもっと大切なことだと思いますが、真木のメールにそれを心から心配しているものがあって、それも真木が正直に発言するならこうじゃないかと、兄に問いただしてみた、とアサさんはいわれました。それは、あなたがアカリさんに対して本気で話をすることがなくなったように感じる、それはパパが自分自身に対しても真面目な話はしなくなったということじゃないか、という展開です。これはまさにその通りの言い方で、真木のメールが私に訴えたのも覚えています。

そして真木は事実、あなたがアカリさんのこのところよく口に出すアグイーのことについても、本気で受けとっていないと不満なんです。あれはそもそも、まだ大学病院の特児室にいて、頭がもうひとつ付いているように見えたアカリさんを、看護師さんが抱き上げて見せてくださった時、ガラス窓で隔てられてますから、その顔が見えたきりで、しきりに何かいってるように見える声は聞こえてきませんでした。しかし私が帰りのエレベーターでアカリさんの口の動きを真似てみると「アグイー」という声が出て、周りの人を驚かせた。そうあなたに報告したのが始まりです。

例のとおりあなたが面白がって、ちょうど書いてた短編小説の、中心になる存在の名前につけた。まだ引っ越される前で、よく遊びに来ていられた篁さんが、あの短編のモデルでもあって、気持よくそれを許してくださった。そこであなたも私も、篁さんのアクセントで、アカリさんにアグイーの話をするようになった……　その続きで、真木が生まれてからも、真木と散歩する時、空のあのあたりに木綿地の肌着を着たカンガルーほどの赤んぼうが浮んでいて、とあなたが真木に話して面白がらせた。それが真木の心には残っていたんです。

ところがずいぶん時がたった「三・一一後」アカリさんがアグイーの降りて来る話をして、私たちを驚かせました。それであらためて真木に、私たちはアグイーがどうしてアカリさんの記憶に……おそらく真木のそれにも……きざまれているのか、という説明をしました。

しかしアカリさんのアグイーは、いま「三・一一後」の「フクシマ」と結んでいるんです。単にファンタジー的なイメージを懐かしんで、あなたの小説を童話ふうにとらえ直してアカリさんに聞かせることがあったからじゃなくて、放射性物質の浮かんでいる空気のなかのいま現在の、私たちの身の上にことよせての、アカリさんの受けとめなんです。

アカリさんの口から空中に浮遊する放射性物質の話が出る以上、あなたはなにより「フクシマ」の子供たちの被曝のことを考えざるをえない。あなたの頭のなかで、アグイーと放射性物質を結んで不安になってるアカリさんの思いがジャストミートしたに違いありません。あなたがアカリさんのアグイーの話にあまり乗らなかったように見えたとすれば、それは、あなたが、アグイーというカンガルーほどの大きさの赤んぼうの話は冗談、誰かがあれを本気にすると思ったことはない、とアカリさんをなだめるというようなこととはまったく逆じゃないですか？

そこで私は、いままでいったどの点よりも、アサさんの昼間あなたに突きつけられた問い掛けは間違っている、アグイーのことを出された言い方は的外れだ、と思いました。それもね、アサさんは、私たち「三人の女たち」の前で、アカリの顔をまっすぐ見て、あなたがそういえるかと問い詰めてやる、といわれたそうですが……

あまり遠い過去とは思えないのですが、あなたとアカリさんとの間に（しかも過ぎ去ったこととして）、小鳥のさえずり合いのような声のやりとりがあったのを思い出すのは確かで、あの頃はよかった、と思うのも確かです。しかし、このところずっと憂鬱そうに黙っているのはアカリさんの方なんだから、そこを公平に見れば、アサさんが自分で心から真木の内面に入り込んでくださってるのは認めても、アサさんの非難の的外れはあきらかだと思います。

ただ、あなたがアカリさんに対して、本気で話をすることがなくなったように真木が感じ、それをアサさんが見てとっていられるのは、ムリがないと思う。あなたがアカリと話す絶対量が少なくなったという点、事実だからです。それも、あなたのなかにアカリと話す言葉が少なくなっているというのではなくて、アカリのなかにあなたと話す言葉がなくなって来ているのではないか？　その気持が……むしろもっとも恐れることとして私にあります。アカリさんに言葉の絶対量が少なくなっているということは認めるほかありません。この点についてはね、今夜、アサさんが昼間あなたを批判した論点の報告として反復されたことに、ひとつだけ私は同意したんです。

そうしますとね、真木がすっかり覚悟したようにして、アサさんと私に向けた言葉が、いま気になるんです。真木は、こういいました。ママとアサ叔母さんが二人ともそのことにふれられた。アカリさんの言葉の絶対量が少なくなっている、と……音楽も、アカリさんにとって、言葉の表現に違いなくて、アカリさんにはなによりその大きい量があったのに、最近は作曲をしなくなっている。以前のようではないけれど、FMとCDを聴くということはしますが。パパがこれは本当に面白いなあと、いわば喜び過ぎるようにさえ感じられた表現は、ともかくアカリさんを幸せにしたのに、いまはパパと話すこと自体少なくなって、憂い顔で黙っている……

こんな状態をもとに戻すことはできないだろうか、それをずっと考えてきました。そして私は、アカリさんと二人で成城の家から出て行こうとしています。それもね、私にこの考えの湧いて来たきっかけは、お祖母ちゃんのいってられた「森のフシギ」です。それはもともと四国の森のなかの伝承で、お祖母ちゃんは少女の頃も娘さんになっても、森の深みから「森のフシギ」の音楽が鳴るのを聞いていた、といわれた。

そして、お祖母ちゃんの永い人生での一番嬉しかった出来事は、アカリさんの作曲したピアノ曲のカセットが送られて来て、それをかけてみると、耳に残っている「森のフシギ」の音楽だったこと、といわれた……

そこで私はアカリさんと二人で四国の森に住まうようになれば、まず「森のフシギ」の音楽がアカリさんの身体に伝わって来るはず、と望みをかけているんです。それがあらためてアカリさんの音楽として表現されることにもなるのじゃないか？　音楽は言葉のなかでもいちばん純粋にアカリさんの内面のものだから、その音楽を作曲してリッチャンに演奏してもらう日々が私たちの手に入る、それが一番いいことだと思いました。アカリさんと二人では話しますが、注意深くして二人だけの秘密のプランとしよう、と約束して来ました。

それでも東京から出て行くことはピアノのレッスンを受けられなくなることですから、成城に来ていただく先生にだけお話しすると、あなたとアカリさんは、やはり特別な人に違いないお父さんから、抑圧を受けていると感じてきた、二人ともその抑圧から自由になりたい、とねがって来たんでしょう、といわれました。

じつはこの言葉を私に初めて示されたのが、先生なんです。アサ叔母さんが、私のメールに、東京の家から自立して、パパの抑圧から自由になって暮したいと書いてあったといわれて、なんだ、そんな他人からの借りものを使っていたんだ、と気が付きました。しかしそれをアサ叔母さんからパパが知らされて、真木とアカリはおれの抑圧から抜け出したいとねがってるのかと、もともとは私の言葉じゃないその言い方に傷つくことはあるとも考えます。

　私は真木がそう加えた時、これを聞けばあなたは嬉しいことだろう、と思いました。真木は時どき思い詰めてあなたにきびしいことをいう人ですが、根本のところでは心の優しい人です。

　私は明日の朝、アサさんにアカリさんと真木の四国の森への移動は、まだ本ぎまりになったのではないと、少し余裕をおねがいするつもりです。それとひとつ真木のめずらしい文章が、海外向けの事務をやってくれてる関係文書入れから出て来て、あなたについて彼女がどのように考えているか表現されてます。次の「三人の女たちによる別の話」用に、アサさんに渡そうと思います。もちろん本人の許可は得ました。

三人の女たちによる別の話（三）

父にも長い作家生活において、ある時期までは、アメリカやヨーロッパからのインタヴュー申し入れに時間をかけて答えることがあったようだ。海外で賞をもらった時、また時々の社会的な動きにあわせて。ところがその回答がたいてい単純化され、先方の意図にそくして歪められもする経験を重ねることがあったらしい。そのうち返答をサボルようになった。事実上、その申し込みがマレになって来たといってもいい。

ところが父への郵便物を整理する役割が私に渡ってから、そこに海外からのものがあると、気になって仕方がない。時を置いて続いてはいたのだという、イタリア語への翻訳が、父のずっと若い時の『ヒロシマ・ノート』の再刊と新作の小説が重なって、ある反響を呼ぶことになった。小説『﨟《らふ》たしアナベル・リイ　総毛立ちつ身まかりつ』の翻訳がミラノの出版社から出て見本が届くと、それは父の書庫にある訳本が、ジャポニスムの、それも一時代前の女性のイメージによるものだけなのとは、一線を劃すスマートさだった。私が書籍小包みを開いてタメッスガメッしていると、めずらしくイタリア語のインタヴューの手紙が扉のページにはさんであった。イタリア女性の署名。私には幾らか慣れている外国語なので、翻訳を作って本と重ねて父の仕事机に載せておいた。翌日父は次のようなことをいって私に役割を押しつけた。

——この人の文章には、いま時の若い女性のというか、お国柄か、攻撃的な感じがあって面白い。いま作家は直接返事を書けないから話を聞いて、代筆する、といってみないか？　真木が答えるとしたら、攻撃性と攻撃性の角突き合いになって話がはずむかも知れない。きみも久しぶりにイタリア語の実習になるだろう。もちろん、自分の考えをのべればいいんだ。きみのイタリア語に訳す前の文章も見せてくれ。僕がきみたち家族の女性にどういう感じをあたえているか、自覚してもらいたいというのが「三人の女たち」の考えでもあるんだろう？

そういう次第で、始まったことだ。

質問　あなたがここに書いている人物たちはみな、それに触れられたくない、過去の出来事を描写される。子供の時、占領軍の兵士にレイプされ、そのシーンを8ミリ映画に撮られたというような。フィリップ・ロスが、かれの作中人物のひとりにいわせている「きみが人について書くことは、その人間にとって社会的に当り障りのあることになる」。あなたが書いていること、とくにそれを書くためにあなたの採用する手法について、あなたは罪悪感を抱かないか？

初めのうち私は、長い手紙のイタリア式の挨拶にヘキエキしていた。ところがこの質問あたりから、私は記者に問いかけられている作家の娘として、本気で答えてみよう、という気持になった。攻撃されている父を弁護する気持を起してというのではないけれど、アメリカの大作家の名まで持ち出しての質問に、なにかフェアじゃないものを感じて。フェミニズムの勢いに慣れていない日本人男性作家が気の毒になった、ということも確かにある。そしてなにより私が乗り気で答え始めていた。父の代りに自分が答えているという意志がそのまま出ているあたりから、全文を写すことにする。

答え　作者が書いているヒロイン、つまりアメリカで長く女優生活を経験した（そのような人生を送ることになったきっかけとして、結局は幸運に転じることにもなった、先にあなたのいわれている悲惨な出来事に見舞われた）女性。彼女に実際のモデルが居ないのではない。しかし作者は、徹底的に彼女を変形している。そこでそのモデルが、この小説を自分の肖像として読まれることで、いま現在の社会的な体面を失う、ということはない。

それでも、作者は社会的に名を知られた作家が「私」として物語る手法を用い、やはり社会的に知られているその女優の、戦後すぐの被レイプの経験を描いている。このような「手法を用いる」場合、その小説を現実にあったことと受けとる読み手がむしろ普通ではないだろうか？　そう反論されるかも知れないが、これは語りに小説的リアリティーをあたえるための手法であって、読者の目を小説の背後の現実社会に向けさせはしない。その点、作者は日本に独自の、いわゆる「私小説」として書いているのではない。作者は、在来の日本の「私小説」にあった、語られることが作者の実生活であるとする特殊な慣行を破棄する、書き方を作り出した。つまり、ヨーロッパではむしろ普通の、フィクションという約束事に立った上で、しかも「私」に語らせることでのリアリティーをかもしだす意図なのだ。あなたは、小説の仕掛けとしての、作中のレイプされた幼女の8ミリ映画を、実際にあるものとして受け取っているが、そんな事実がありうるはずはない。

質問　そうであるならば、私はあなたの小説の手法に対する関心と、あなたの小説家としての実生活への関心とを結んで、自分にとって切実なインタヴューに入り込むことができると思う。

　そこで私の個人的な事情をお話ししておきたい。じつは私は、このインタヴューの掲載される新聞の文学担当の記者であるが、本業は小説家で、私もまた、自分の、障害を持っている子供との、共生とカタストロフィーについて書いている。私があなたという作家に関心を引かれたのは、『人生の親戚』の翻訳を読んでからだ。そこには知的障害を持つ少年と、健常な頭脳を持つが事故で下肢の自由を失ったその弟が、二人で心中してしまう出来事が描かれていた。クダクダしい説明はしないが、それはまさに私の家庭で起ったことで、あなたの小説で子供たちに死なれた母親はメキシコまで人生の場を拡げた上で、癌を病んで死ぬ。私は彼女の英雄的な生と死をどんなにうらやましく思ったか。しかし自分がなお生きている母親として小説を書き続けていることをのべて、私のインタヴューの本筋に戻る。

　あなたは「私小説」という日本の小説の手法の、作家がその個人生活に根ざして物語を書いてゆくやり方とは別に、フィクショナルな物語を「私」の語る手法で書き、語りのリアリティーを確保する、という。確かに、作品にはあなたという作家と知的障害を持つアカリという息子、その母親、またアカリの妹が、リアルに描かれる。しかしそのような手法がどうして必要なのか？　三人称の小説として書くことが可能ではないか？　どうしてあなたは長江古義人という小説家、千樫という妻、アカリという障害のある息子、その妹の真木という娘を、日常生活のヴィデオによる実写のようにして小説を書くのか？

すでにあなたの家庭の実在の人物たちをそのまま撮ったドキュメントとして、国際エミー賞を取った作品がイタリアでも評判だった（私自身、感動してこの新聞に長い紹介を書きもした、そこにはアカリの作曲家としての作品が演奏されていて、確かに感動的だった）、そのテレビ作品と、あなたの小説はどう作り分けられているか？

答え　ヴィデオによる実写は、あの時現在の、作家の実生活の光景を撮っている。しかし小説は、アカリの誕生以来のすべての物語の一部なのだ。そして物語の最後には、ついに大きいカタストロフィーが現われるかも知れない。作家は息子が知的障害を持つことを受容し、その障害と積極的に共生する決意をすると共に、作家である自分のフィクションの総体を支えるライトモティーフを選び取ったのであるから。そのライトモティーフを嘲笑することまではしないものの、そこに文学的立脚点を置くことへの批判（その種の匿名の手紙は、作家の政治的なスタンスに関わって、とくに三十代、四十代のかれに向けて集中した）、それによく使われた言い方 Political correctness というようなことより、息子の障害は、作家が引き受けた運命なのだ。

質問　あなたの小説が、しばしば二人の並行者の、または相交わりもする生き方の、二者の冒険を語ることについて。この小説での、作家であるあなたと、ドッペルゲンガー、分身（たとえばこの小説での大学の同級生）二者のうち先に死んで行く者は、決して語り手のあなたではなかった。そこで聞きたいが、あなたは自分という存在の終りのことを考えるか？　あなたは死を怖れるか？　あなたは死後のあなたに現われうる、何ものかを信ずるか？

答え　確かにこの作家の根本的な人的構図は、自分で名付けているように「おかしな二人組」だ。似たところも、違ったところも際だっている二人組を、小説の中軸に据える。それはかれの表現に、わずかなズレのある二者とか、ズレのある繰り返しがよく出るのも同じ。かれは単一な、一様なものを、つねにズレのあるもうひとつのものと共存させてとらえる。

質問　しかし、作家＝私によるナラティヴが、小説を語っている以上、ハードボイルド小説のタイトルめくが、つねに「死ぬのはあいつ」、かれのドッペルゲンガーの方だ。かれが生きて小説を書いている間、かれの小説で生き残るのはつねに作家＝私だ。

答え　それを認める。しかしそのような作家＝私が、かえってつねに自分の死への思いにとりつかれているのかも知れないと、あなたは想像できないだろうか？

父は私の書いた右の回答を見て、――真木は、インタヴューの書き手が非礼だと腹をたてたようだね、といった。私はその反応が、父への私の同情を読みとってのことかと思った。しかし、私に父への感情移入があったのじゃなく、ニュートラルな気持で、七十代後半に入っている小説家が、自分の死について考えることは当然ありうるじゃないか、友人たちは次つぎ死んでゆく。自分だけは例外で、八十、九十になっても生き続けているとノンキ坊主を決め込んでいるとしたら、そのような小説家はアホじゃないか？　なんという質問だろう、と鼻白んでいた。

しかしこのように書きながら、一方で私に、――いや、パパには案外そうした性格、もっと正確にいえばウッカリ坊主のところがあるのかも知れない、そしてそれはつまり作家＝私というかたちで書く小説家に独特なもののはず、とシラケル思いがあったことも事実。そこでいまの一問一答でついにイタリア人女性ジャーナリストと喧嘩別れに到ることはなく、なお次のような問い掛けにも真面目に答えている。

質問　この小説を翻訳した人物が、とくに日本の批評家のコメントを引用して「ファンタジー化した私小説」といっている。作家の私生活をそのまま小説に書くという、あなたが先に説明した日本的な様式としての「私小説」を指してるが、そこにファンタジーに近付くほどのフィクションの要素もまじっているというのだろう。その通り、あなたは自分の身の周りの人々をモデルとする人物たちに、小説のなかで劇的な振舞いをさせる。これだけドラマティックな出来事に包まれて生きている人たちの集合は、現実の家庭にはなかなか見当らないと思う。

答え　ある家庭のメムバーについていって、その現実生活で、長い期間に、作家が小説に書くより苛酷な経験をした人たちはいくらもあるだろう。作家として滑稽な言い方になるかも知れないが、むしろ実際の社会で小説に書かれるより恐しい体験をしている者はザラにいるのじゃないだろうか？　かれらの多くには、この作家のようない、家付きの報告者は用意されてないが……

もしこの作家が、自分だけはどんなに危機的な状況にあっても最後にはスルリとそこを抜けだして、死んだ者は死んだ者、仕方がないと考えるタイプだと、そして次の小説に向かって行くわけだと……あなた方のようなキリスト教の倫理観のなかで育った人たちとして、不愉快に感じられるのであれば……かならずしもそれはそうでない、と思う。

作家は、死すべき者として自分をとらえることをしばしばして来た。子供の時から父親の死にあたって、父親のかわりに死ぬ、少なくとも父親と同時に死ぬということが起りえたのを忘れなかった。それを小説に書いて来た。自分こそ死すべき人間であったのに、それをまぬがれた、という罪悪感を幾度も告白している。

質問　この作家は、「三・一一」の悲劇の国で生き残った者だが、「フクシマ」で死んだ人たちの側に立って感じたり・考えたり、ということをしているか？

答え　「三・一一後」作家がやったことは、生きている自分について考えるというより、「三・一一」より前に死んだ人たちについて考えることだった。たとえば、作曲家の篁透という人を、「三・一一後」の風景のなかに置いて、かれがいまここに居ない、ということがどんなに大きい欠落であるかを考えていた。

さて私は右のようなことを父がインタヴューを受ける代りに答えるものとして書いたが、それを読み返して、ここにふれている篁透さんのことを加えて置きたい。

父が深夜のテレビ特集で福島原発の事故を見続けるうち、酔っていたこともあってウーウー泣いた。その後、父がショックを受けた作品の再放送を私たちも見るうち、確かに仔馬が生まれたが牧場は放射性物質をふくむ雨に汚染されて、自由に走らせてやることはできないということが話されていた。そして、続くシーンに遠景として映ったのは、阿武隈高地の連山だ、と母がいった。そしてその山なみは、私たちの信州の夏の家から、篁さんの山の家を訪ねる車でいつも見上げた、と……

絵を描く母の、風景の記憶は正確。

それを聞いて、私は父の作っている放射能汚染地図を調べることを思い付いた。父は、放射性物質の降下の発表が行なわれるたび、新聞の地図を日本地図に重ねて、幾種類も準備した色鉛筆で降下量の大きい場所を描き出すことをして来た。その色鉛筆のとくに濃い地域の範囲内に、篁さんの仕事部屋のあった場所がふくまれているのが認められた。

母はこの話を父にはしないようにといっていた。しかしそのうち父が、原発事故の報告が次つぎ出版されて来るのを読むうち、自分でそれに気付いた。

そしてある日父は、篁さんの夏の家を見て来ることを思い立った。そこは事故を起した原発から三十キロ離れていない、毎時二〇マイクロシーベルトの測定器の検出限界を超えたという場所なのだ。避難区域になっていて、立ち入りは制止されているに違いない。しかし父は出かけた。

父はしばらく前に癌で死んだ篁さんの脇に、近い将来こちらは「三・一一」での放射性物質の影響で死ぬのかも知れない自分を置いてみようとしたのだろう。

――そんなことをして、何になる？ といっても、小説を書く時、幾度も書き直すのに、自分にはまだよくわからないところをまず書いてみる人だから、と母はいった。

サンチョ・パンサの灰毛驢馬

I

アカリと真木が四国の森のへりに移る計画は、根本の所でもう疑う者はなかった。ただそれを実行に移すに到って、いつも千樫が彼女にしかわからない理由を見つけ出して先送りするのである。

いまついに、東京の家に私と千樫のみが残るという状況になって思うことは、これまでもある期間の、私の海外滞在という事態こそあったけれど、今回アカリと真木が家族からはっきり自立する意思を表わして出て行ってしまうと、まず私にショックをあたえると千樫は見抜いていた。それが彼女にこれまでのような態度をとらせていたと、身も蓋もなくあからさまに私は気付いた。

ところが私は、それを千樫にも老齢からの気持の衰えが来ていると思っていたのだから、アサがしばしば私に苛立つ様子を見せたのも当然のことだ。それでいて千樫はもとより、アサにも、私への気兼ねがあったのが、私の無神経からの失敗が重なって、ついに彼女らは、私にはっきりした態度をとったのである。

久しぶりに大きい余震があった夜のことから書く。

その日、朝の早いアカリがめずらしくなかなか起きて来ないので、整理ができてもうかれの戻っている寝室兼音楽室を真木が覗きに行った。その気配にベッドから起き上ろうとしたアカリが、この数年記憶にない大きさのてんかん発作を起こした。それが起ってから気が付いてみると「三・一一後」の緊張状態にまぎれるようにして、やはりてんかんの小さい発作は続いていたのである。私はあらためて、若い頃熱中したオーデンの、――「危険の感覚」は失せてはならない、を思い出したが、社会全体を覆っている「危険の感覚」によって、そうした家庭内のこまかな点に鈍感になっていたように思う。

真木がやはり後から反省していったことだが、ドアの前で声をかけようとして、無、音、の、ひ、し、め、き、を感じた真木が黙ったままドアを開くと、ベッド裾に立ち両腕を前に差し出していたアカリが、横ざまに倒れ込んで来た。真木がやっと避けた足許のアカリの顔に、いっさい表情はなく見開かれている両目は石のようだ。真木が体勢をととのえるわずかな時間に、アカリは大きい身体を転がし、自由になった左の掌と肱で床のカーペットをバタ、バタ叩き始めた。

真木は床に落ちていたタオルケットを掌に巻いて、アカリの口に差し入れた。アカリはその二本の指の関節を噛んだが、すぐ顎の力を緩めたので呻き声をひとつたてただけですんだ。介添えする真木の腕の力のまま転がったアカリは、威嚇的なほどのい、び、き、をかいて昏睡した。それでも真木は脇にしばらくしゃがみ込んでいた後、階下に降りて千樫に救急車を呼ぶように頼んだ。

2

それは床に倒れたままのアカリを、上躰だけでも抱き起すことが父親の衰えた腕力では無理で、階下に運びおろすことなど論外だと見てとってのことだ。私が何も知らぬまま書庫のベッドから出て行った時には、アカリは永年お世話になっている大学病院に運び込まれており、脳波ほかの検査が続いていると、留守を守っていた千樫はいった。千樫は昨夜十二時を過ぎても私が書庫で真木と話し続けていたことを知っており、アカリはその話し声を隣室で聞いていた様子であって、そのようにして長時間緊張していたのが、今朝の発作の原因ではないかといった。そしてその指摘が、アカリに起った大きい発作でまず一撃受けている私に、追い打ちをかけた。

私の顔つきにそれを見て取ると、千樫はもうその話はせず、私の朝食兼昼食を作るためにキッチンへ入って行った。私は千樫が立った後のソファに腰をおろし、そこに置いてある（千樫がそれまでどのあたりを読んでいたかはわかった）、懐かしい本を手にとってみるほかなかった。もともと公刊された本はB６判だが、その『新しい人よ眼ざめよ』が賞を受けた時、担当の編集者が小部数作ってくれた本。

ひとまわり大きい判にした表紙を、その詩が作品の主題をなしているウイリアム・ブレイクの水彩画がまるごと包む仕方で使ってある。ブレイクは同時代のゴシック詩人の作品をかざる絵を多く描いた。もともとその複製は、私がそこで教師をしていたバークリーの古書店で手に入れた。憂い顔の中年女性が、淡水の生物のような質感の星形を額にいただく半身像、天上の淡い暗がりに向けて片腕を伸ばしている。遠方にも星が二つ、その下に見える、ザクロ色の円周の一端は月かも知れない。千樫がそれを気に入っていたので、特製版の装釘家に使ってもらった……

脇で見ている人がいたら、私が本を開くのをためらっていると思っただろう。ページの内容は、やはりてんかんの大きい発作の後、振舞いが粗暴になっているアカリに私と千樫、真木がそれぞれ声をかけているところ。あの時、かれは私らにほとんど対応せず、ただFMを高い音で聴くのみだった。

《それが数時間つづいて、家族の誰もがまいってくる。そこで妹が兄に、

――アカリさん、すこしだけ音を小さくしてね、と頼んだのだった。息子は荒あらしく威嚇の身ぶりを示して、かれの躰の半分ほどの妹をすくみこませた。

――アカリさん、だめでしょう、そういうことをしては！　と千樫がいう。私たちが死んでしまった後は、妹と弟の世話にならなければならないのよ。いまみたいなことをしていたら、みんなから嫌われてしまうわ。そうなったらどうするの？　私たちが死んでしまった後、どうやって暮すの？

僕は、ある悔いの思いにおいて納得した。そうだ、このようにしてわれわれは、息子に死の課題を提出しつづけていたのだ、それも幾度となく繰りかえして、と……ところがこの日、息子はわれわれの定まり文句に対して、まったく新しい応答を示し

たのだった。

——大丈夫ですよ！　僕は死ぬから！　僕はすぐに死にますから、大丈夫ですよ！

一瞬、息をのむような間があって——というのは、僕がこの思いがけない、しかし確信にみちた、沈みこんだ声音の言明に茫然としたのと同じだけ、千樫もたじろいでいたのを示しているが——それまでのなじる響きとはことなった、むしろなだめるような調子で千樫がこうつづけていた。

——そんなことないよ、アカリさん。アカリさんは死なないよ。どうしたの？　どうしてすぐに死ぬと思うの？　誰かがそういったの？

——僕はすぐ死にますよ！　発作がおこりましたからね！　大丈夫ですよ。僕は死にますから！》

私は頭を垂れたまま、これに続く幾つかの文節を読んだが、そこに提出されていた死の主題と同じだけ、いやそれ以上にいまの私を揺さぶるものとして、ここには三十年前のかれの話しぶりの力があった。

現在アカリは、少年時のかれにあったそれなりに知的なものに加えて、中年男の分別すら持っているが、今かれがそれを表現するのは、沈黙において、またその沈黙しての表情によってである。かれが終日音楽を聴き楽譜を読み、新聞のテレビ・ラジオ欄に目を通すのは、かつてと同じ。しかし今のかれは、この小説にゴシック活字で印刷してある言葉の半分の量も発しない。

　私は朝食の準備にいつになく手間どっている千樫に声をかけた。

――コーヒーだけ、こちらに運んでもらおう。真木には、昨晩のことまで説明する余裕はなかっただろう？　結局、夜遅くまで僕がしゃべってたのが原因だと思う。……書庫の奥の明り取りと通風の窓を開けているのを忘れていた。アカリの耳なら、何でも聞きとってしまったはずだ。

　その高い所にある横に長い窓は、アカリの音楽室を整備したさいに、防音を完璧にする意図の工事をやってくれた編集者の、完全主義によるもの。もともとは建築学科を出て、実際に建築事務所で仕事をしていたこともある人で、徹底した工夫をつらぬいている。私の書庫の棚を、奥のものはすべて音楽室との間の壁に密着させて、天井までつないだ。高い方の段には各種の全集をぎっしり詰めたので、防音効果は確実。ところが真木が、工事の進行を見ているうち気にかけ始めた。この数年、アカリは肥満と足の故障がともに進行して、もう父親との散歩は行なっていない。下半身の具合の悪さは素人目にもあきらかだ。

　てんかんの発作とはまた別に、家の中、自分の室内ですら、パタリと倒れることがある。しかもいったん倒れてしまうと、自分から積極的に救助をもとめることはしない・できないから、そのまま放置された具合になることが幾度もあった。アカリが音楽室で倒れた場合、隣りの書庫兼仕事場の私か、階下の千樫が物音に気がつけばいいが、誰も聞きとりえなかったなら危ないことになるのではないか？　二階でひとり倒れているだけでも、なんとサビシイことだろう……

そこで完成していた書庫の奥の棚、中央の最上段を抜き取って、二重ガラスの堅固な窓が嵌め込まれた。左端から垂れている紐を引くと、こちら側に六十度、ガラス窓が倒れて来る。もう一方の紐を引けばしっかり窓枠に戻って、ピアノのレッスンの音も洩れて来ない。一方、その横長の窓を開いておけば、音楽室の物音はいかなる死角もなしに書庫へ筒抜けになる。

初めは千樫か真木が、朝夕、通風窓を開け閉てしていたが、そのうち閉じたままになった。ところが「三・一一後」、書庫の整理が終った段階で、積もり積もった埃を大掃除したけれど、いったん窓を閉じると残ったものが書庫じゅうに浮遊する。そこで幾日か掃除を重ねるうち、窓を開いたままでおくことになった。そのうち埃もおさまるか、と……　そしてあの前夜、いったん自分のマンションに戻った真木が、すでに私がベッドに入っている書庫に、気にかかる夕刊の記事を持ってやって来た。そこで半身を起した私と、仕事机の椅子に掛けた真木とで長話が始まったのである。

その記事にあつかわれている、三人の地震学者が連名で発表した雑誌論文を、真木と千樫に話して聞かせたことがあった。この日の記事には、地震をもたらす断層が密集する、不安定な地盤に原子炉が設置されている実状への、あらためての警告がなされていた。さらにあまりに多くの発電所で、耐震安全性の前提となる活断層調査や安全審査に重大な欠陥があると、正面から告発してもあった。

とくに真木はこの記事の結びの、地震が発生した時、働いている原子炉への制御棒の挿入が困難となり、原子炉緊急停止ができなくなる危険性がある、というところを詳しく知りたがった。私は先の雑誌論文を取出して調べた。原子炉に設置してある地震計がある強さの地震動を感知してから、制御棒の挿入に二秒前後かかる。原子炉直近の活断層が地震を起せばどうなるか、という真木の問い掛けに、当の論文を要約していた私の方が、つい黙り込んでしまう……

ところがこの日の真木は、理学部を卒業した同窓の友人から、まだ正式な発表が行なわれてはいないし、東大と京大で学者たちの行なっている確率計算に差異があるようだ、と留保つきながら、東京にマグニチュード7級の地震が起る確率は高く、もしそうなれば……という話を聞いて来ているのだった。

思い返してみると、真木に若い頃あった、心理的に差し迫ってしまう傾向が「三・一一後」あらわなようにも感じている。この日はさらにこだわって次つぎ質問を繰り返す。ある時期からそれに続いての時期の、いったんは回避できた地震の確率はどう積算されるのか、彼女に問いつめられて私はお手上げになった。その間、私らの間に、いかにたびたび地震という言葉が行きかったことだろう？　それをアカリはずっと聞き続けていたはずだ……

片方で真木は、主治医の先生に、これまで報告されてきた症例より激しい発作だったようだが、脳波ほかの検査によって異常がみられるということはないといわれた、と安堵してもいた。もう十数年来アカリを見てくださっている先生が、今度は地震という言葉を自分の口から出すたびに、アカリが両耳をしっかり押さえてしまうといわれ、次のような話が出たともいっていたのだ。

――アカリさんは敏感すぎるかも知れないけれど、今のこの国にはむしろ鈍感すぎる人たちが多すぎる、ともいえるのじゃないですか？　人間の真面目さの質ということは、知的な障害のアル・ナシとは別ですな！

そうこうするうちに、アカリは再び病院へ救急車で運ばれることになった。今度は私がおなじ医師からアカリの症状を説明されたが、医師は冗談をまじえてくれる気分ではなさそうだった。その朝アカリが倒れていたのは、音楽室の、街路に面した側のガラス戸の外側で、一メートルほどの奥行のヴェランダを囲む、胸ほどの高さの煉瓦塀をアカリが攀じ登ろうとし、腕の力が足りなくて後ろへ滑り落ちたことで、むしろ大事に到らなかった、ということなのだ。

もしヴェランダからアカリが半身を乗り出しえたところでてんかんの発作が起っていたら、街路に頭から激突していただろう。こちら側に滑り落ちて狭いところにあお向けに倒れ込み、自力では起き上れなくなったアカリは、そのまま低体温症におち入りそうなところで、先の落下の物音が気になった千樫が二階を見に来る幸運があったのだが。

私はこの夜、早いうちに強い地震があったことは知っていたが、大きく横に引き込むような揺れの、二度、三度の繰り返しに、——これは三・一一の経験をそのまま夢に見ているのだと、このところ続いている疲労のなかで思っていた……

それでも実際に起っていた地震に、アカリがおさまったと見極めをつけてトイレに行けば、私はその寝室にベッドを整えに入り、戻って来るかれに毛布を掛けてやり、余震についてかれと二、三語取り交わすこともしただろう。アカリは地震があればすぐに震度を胸のうちで計算し、ＦＭのニュースが地震を報道するのを待って、自分の観測の正確さを見ようとした。それがまだ十歳にならぬ頃からの習慣なのだ。ところがアカリは三・一一以来、ひんぱんに繰り返された余震に父親と同じく疲労して、震度のこともいわなくなり、ただ自分の身の周りを叩いて怒りを表現するだけになっているのである。

この夜はそうした地震への反応もないままアカリが眠り込むようだったので、私も寝た。それが夜明け近くなって、もう一度、さきのものより強い余震があり、私はベッドサイドの燈を点けようとしたが、スイッチを押しても反応はなかった。停電だ。

そこで初めて、私はアカリのことを考えてベッドから身体を起した。かれの横たわっている方向に聴き耳をたてながらのことだが、アカリが地震に腹を立てて身の周りを強く叩く、それが今度も起らない。私はベッドから降りようとしてもう一度スイッチを押したが、燈は点かないまま。懐中電燈を置いてある方向に見当をつけて暗闇のなか足を進めたが、考えてみるといま懐中電燈の光をアカリに向けて何を話すか。この前の大きいてんかん後、アカリが私を避けている感じがあり、まだ私はかれに言葉らしい言葉もかけていないのだった。私はベッドに向けて後戻りし、脇の小卓に載せてある紙箱のコップと水差しを手探りして、風邪薬を二錠だけ服んだ。それが不必要だったかと思うほど、すぐさま眠気がさして来た。

ある時の経過があって、もう停電は過ぎ去っており、千樫が廊下の燈を背に受けて私のベッド脇に立つと、――アカリさんが、寝室の戸を開けた表側の窪みに倒れていました、いま真木が救急車を呼んだところです、と告げた。私の頭に不意の切迫感と不思議なマザリ方をして、これは千樫が眠っている自分を起して声を掛ける、三度目の出来事だ、ということを思った。二度目の時、私は、――この前こういうことがあったのはケネディ米大統領の暗殺の時だ、というクッションを意識にはさんで落着こうとした。その二度目の時とは、塙吾良が死んだことを知らせに、千樫が深夜のベッド脇に真っすぐ立って（寝ている私に向けて身体を屈めるというのじゃなく）よく通る声を発した時だ。

3

この出来事がアカリに後遺症状を及ぼしうる、と医師からの注意を受けることはなかったし、もともと私がそのようなカンを働かせうる人間でもなかった。私は、平日も病院の待合室で永く待つ役をなしうる時間を持っているのが取りえの後期高齢者だった。しかしアカリの心理的側面についていうかぎり、今度のそれは私らの家庭生活に「三・一一後」もっともきわだった影響を及ぼした。アカリはまず丸二日間、多面的な健康チェックを受けたが（それには、真木が申し出て精神科の先生にも加わってもらった）、私に直接は先生の考えられたことの報告はなかった。数日ガマンした後、千樫に確かめると、あれ以来ずっと積極的に働いている真木が、これからアカリの介護に類することもやるつもりで、そのために注意すべきところを医師に話してもらっている、ということだった。

そして退院して来たアカリは、すぐ前のトイレに往復するよりほかは出て来ることがなく、もっぱら寝室で生活するようになった。私には退院して来たかれと言葉をかわすヒマがなかった（「三・一一後」の市民的な運動に、私が呼び出されることが重なっていたのでもある）。

退院して来た日、アカリは緊張している様子で、タクシーからベッド脇まで付き添っている真木とも話をかわさなかった。翌朝もCDやFM放送を聴く基本的な暮しぶりに戻りはしたけれど、アカリの方から何か言い出すことはなかった。そこで、こまかな一問一答の形式で自発的な言葉をうながすことを、医師のコーチ通り真木が続けた。今度のことで彼女にはこれまでにない危機感が生じている様子。

――このままでゆけば、アカリさんは「死んだようにして生きている」ということでしょう？　パパが若い時そういうふうに鬱ぎ込んでしまう時があって、あまりそうしたことをいわないママが突然抗議して、パパを反省させたそうですけど……その抗議は、こんな暮しじゃ私はつまらない、というのだったんでしょう？　私も、今つまらない。

アカリにも聞こえるようにそういって、真木はその思いが並でないことを示していた。現に真木は、日中はもとより暗くなっても、アカリのベッド脇に持ち込んだ金属パイプの椅子に座りづめなのだ。

そして真木は、独り言のように、アカリが聞きとっているかどうかさだかじゃない呟きを続けている。そのうち、ずっと黙っていたアカリが、こちらは案外はっきりした声音で、

——昔は面白かった、というのが私にも聞こえた。それがたまたま、真木がギー・ジュニアについてアカリに話している時だったことを、私は後から確かめた。

真木は兄の反応に力をえると、それまでの自分の問い掛けをまとめ直したというのだ。

——アカリさんは何をして面白かったの……誰か、面白いことをいったり・したりする人が来たの？　それは誰？

そのうちFMのクラシック音楽を、脇でただ耳にしている真木にはどんな曲目が演奏されているかもわからない音量で聴いていたアカリが、

――……ギー・ジュニアが居ましたからね、といった。

――そうなの？　ギー・ジュニアが来てた時！　ずいぶん昔のことだけど、面白かったの？

――面白かったですよ、とアカリが続けて、真木は事故以来初めて、本当の会話が成立するのを感じた。ギー・ジュニアはまた来るのよ。アカリさんが元気になったら、私たちは四国の森へ行きます。もうすぐ、ギー・ジュニアに会えるよ。あの時は、どんなふうに面白かったの？

――昔のことですからねえ……

アカリが安らかな寝息をたて始めるのを確かめ、階下へ降りて行った真木は、食卓に拡げた税の申告書類を整理している千樫にその話をした。アカリさんがそんなにギー・ジュニアの滞在のことを覚えていたのは意外、ギー・ジュニアとアカリは仲が良かったとは思うけれど、と千樫はいってから、思い出すことを話した。

――不思議な気がしたのは、ギー・ジュニアがアメリカへ帰った後で、アカリさんが何かをなくしたようだったことね。もうベッドに入ってからも、起きて来て食堂を

探していた。何をなくしたの？　といってもそのものの名をいう人じゃないから、わからない。自分でもこれこれだといえないなにかを探しているのね。ただ私もそれがパパのものだということは、気が付いていた。しかし私にはギー・ジュニアが、アカリさんの大事に思っていたあなたのものを黙って持って行ったのじゃないか、と直接パパに尋ねることはできなかった。アメリカへ帰って行ったギー・ジュニアが絵葉書一枚よこさないのだから、その話は持ち出しにくかった……

こういう母との会話があった後、メールで真木がそれにふれると、ギー・ジュニアから反応があった。

――あれは長江さんの仕事部屋の、机の前の棚に掛けてあった品で、木枠におさめられていた。当時、長江さんが書いていた長編に関わるもので、『ドン・キホーテ』のなにかだということだった……長江さんは、英語版の厚い本を出して来て、この硬い背表紙から、ノリ付けしてある本文を外して一丁分だけ抜きとったと説明してくれた。ある本の数ページを使いたいが、切り取ると後に戻せない時、大切な本ならこうすればいいんだ、と。たとえばこの挿画がおさまる額縁に一丁分を折り畳んで入れておけば、接着剤で本に戻す処理はできるから、と……

ああ、それともうひとつ面白いことがあったんだ。長江さんがその額をおろしてしつかり見せてくれてる脇から、アカリさんが、これは僕と友達の絵です、といってね、長江さんをビックリさせた。あの絵自体の内容は忘れたのに、それだけ覚えてるよ。そういうこともあって、僕は東京の家から出発する時、長江さんの記念でもあればアカリさんの記念にもなる気がしてね、その絵を無断で持って来てしまった。

話はそれだけだったのだが、間を置かずに、真木が勢い込んで、ギー・ジュニアの新しいメールの内容を知らせに来た。

――パパの仕事場から無くなって、アカリさんが気にかけてた絵の行方がわかりました。ギー・ジュニアが学部の学生の時、お母さんと住んでいたバークリーの住居の、いまは半分を家具やら本やら何もかも入れた倉庫にして、もう片方を友人に貸してるフラットで、見つけ出したそうです。まだギー・ジュニアも実物を見たわけではなくて、四国の森のへりのこれから住まう所まで直接送らせる、と……　そのことをアカリさんに話すと、――ホーッ、ホーッ！　と声をあげて喜びました。その絵をお土産にしてギー・ジュニアは、アカリさんと私が四国へ早く移ってくれるよう成城へお願いに行くと……そう書いてあるメールを見せたら、アカリさんは本当に嬉しそうでした。

これで本決まりです。どんな絵か、楽しみです。十年ほども前に、アカリさんが自分と友達の絵だといってた絵なんですから。ギー・ジュニアもアカリさんにこんなに良いお土産ができた以上、あの時盗んで行ったのは正解だった、と得意気でしたよ！

4

その絵がどういうものであるか、私は思い当たっていた。しかし私には、それを真木をつうじてアカリにいうことにためらいがあった。私は判型こそ違え、そのオリジナルはひとしくする（ギュスターヴ・ドレの挿画）、精巧な印刷の岩波文庫版『ドン・キホーテ』新訳を見付けていた。さらに三十二ページ分が抜き取られている大きい判の本（"The History of Don Quixote" The Hogarth Press）にも書庫の隅で行き会っていた。むしろそれゆえに、真木に言いにくいところがあったのである。アカリが喜んでいるというのはいいがかれの記憶には思い違いがあって、すぐにもそれに気が付くのではないかと思われたから。

しかし、いたしかたないことだ。私は手っとり早く手許の岩波文庫を見せることにした。抜き取られているページにふくまれていた五十三章の挿画の一枚が、問題の絵。後篇（三）の、その挿画下段に短かく説明されているが、本文にもっと詳しくあるサンチョ・パンサの台詞を、私は声に出して読んだ。「さあ、もっとこっちに身を寄せな、おいらの大好きな仲間、苦労や難儀をともにした友だちよ。」

文庫版の挿画は、ホガース版の二分の一に縮小されているが鮮明で、画面右半分を黒ぐろした驢馬の頭が占め、それが見開いている大きい左目には、むしろ人間的な感情があらわれている。驢馬の鼻面を抱きしめて涙を流している男は、この本に沢山ある挿画のサンチョ・パンサの、どれより生真面目に、農民の労苦や悲哀を表現している。私はこのようなサンチョ・パンサの肖像にこそ、自分の書いていた小説の底に流れる感情に結ぶものを見て、それを額縁に入れ仕事部屋の壁に吊りさげていたのだ……

私は真木にそうしたことを話した。そして自分が本から外して額に入れていた絵はこれに違いないが、あの時、アカリがこの絵にかれ自身とその苦労や難儀をともにした友だちを見ているとは想像しなかった。いまもそう見ることはできない。この驢馬と泣いている男の、どちらがアカリにとって彼自身であり、どちらがかれの友だちであるかと迷ってしまう……

話を聞きながら図版を見つめている真木は、私の表情なり態度なりに懸念をはっきり読みとった。そして先ほどまでの勇み立った様子を静め、つまり意志的にそうしてから、ゆるやかに静まって来るものを声に表わし、つまり私の見せたものに受けたショックを自然に消化している感想をのべた。

——私は『ドン・キホーテ』を注意深く読んだのじゃないから、物語のなかでのこの挿画の意味はわからないけれども、美しい絵ね。アカリさんも、音楽を聴いてそうするように、意味は別にしてこの絵に感動したんでしょう。これが少しでも大きい図版として印刷されてるものを見たら、昔を思い出して喜ぶでしょう。私からギー・ジュニアの伝言を聞いて喜んだのが、ヌカ喜ビということにはならないと思う。

もし実際にギー・ジュニアから渡されたものを見て喜ばなかったら、アカリさんは未練なしに額を私に渡すはずだから、それでこの絵のことはおしまいにしましょう。それとは別に、パパは久しぶりに再会するギー・ジュニアと話をしてください。……アカリさんの気持を盛りあげてやるつもりでも、無意味なことは話し掛けないでください。この絵の驢馬と泣いてる男の人と、アカリさんの気持ではどちらが自分で、どちらが友達か、そういうことを聞かないでほしい。この絵を発見して大手柄をたてたつもりのギー・ジュニアが、同じことをしつこく質問するようであれば……アカリさんと私はアサ叔母さんの所に移りはしますけど、かれと親しく付き合うことにはならないと思うわ。

　このような心配もあったけれど、アカリと真木の四国行きのプランは実現した。あのサンチョ・パンサと灰毛驢馬の絵を懐かしい額縁に入ったかたちで受け取り、しみじみとそれに眺めいったアカリは、昔の雄弁を取り戻したという。

　——これは空から降りて来たアグイーを、僕が迎えてる絵なんですよ！　この前は、音楽室の広い方の窓の向うにアグイーが迎えに来たのを見て、こちらも上って行こうとしたのに、BSテレビのアンテナに引っかかって、落ちてしまった……その僕を見おろしてるアグイーの目は（灰毛驢馬のことね、と真木は言い添えた）、この絵の通りでしたよ！

三人の女たちによる別の話（四）

I

アカリさんと私が四国の森のへりに移住してから、五週間たちました。私はずいぶん前、パパの友人のアメリカ人女性から、ママへの深い依存を批判されました。今度のことで、あれ以来の懸案がやっと達成されたかと思いますが、東京に毎朝電話して、アカリさんの様子を報告しがてら、私自身の不安もチャッカリ相談しています。

一方、パパへの準備して書く手紙は、せっかく家族から離れてアカリさんとの新生活を始めるのだから余裕を置こう、とにかく森のへりからの最初の手紙は、幾らかでも「自立」の効果が私たちに現われたら書くことにしよう、と考えていました。

実際にどういってるかは、続いて書きます。まずは東京の暮らしの、こちらから見ての印象です。パパがアカリさんと私の移住による気持の落ち込みから回復したかどうか気にかかるなどと、御挨拶みたいなことはいいません。ママから一部始終を聞いています。ママがパパに内緒でそうしてきたとも思いません。

停滞した気分のなかで、パパが七万人もの人たちの反・原発の集会に出て、これから始まる行進の気勢をあがらせそうでもない、短い挨拶をされるのは、テレビで見ました。アカリさんが興味を持って、新聞の番組表をチェックしていたのです。週間ニュースの時間に、気になって寝室を覗くと、ベッドに半身起して見ていました。しっかりやりましょう！　という、パパのそれなりのアジテーション。兄の感想は、私にもあのように言いました、でした。

パパは来週、久しぶりのパリに出かけられるそうですね。二十名を超える、小説家や漫画家の……書籍展の参加者グループに、最年長者として加わって。いまさら何のために？　と疑問ですが、反・原発の集会でいったことを、この国と同じく原発の国フランスで話す、そういうつもりかとも思います。アカリさんの欠けた成城の家でじっとしてるよりはというのなら、無気力の域を出ないという気もしますが、若い世代の代表的な理論家に都合がつかなくなって、そのプログラムの欠落をおぎなうということらしい、とママはいっています。まんざら無意味な参加でもないのでしょう。それこそ、しっかりやって来てください。

あわせてママの方もパパの一週間の不在の間、「三人の女たち」の会議を開きに来ます。ギー・ジュニアもそれに合流するといっています。

四国の森のへりでのママの日程はこうです。パパは今週の月曜日の朝、成田空港発の全日空便で出発しますね。それを送り出した翌日、ママは羽田空港から松山空港へ向かいます。いま私たちもお世話になってるアサ叔母さんの息子さんの車で谷間へ移動しますが、その途中、松山市内の塙吾良記念館に寄って、ママの幼女の頃の吾良さんとの写真が展示してあるのを見るそうです。ママはアカリさんと私の今の住居に落着きます。翌朝、その並びの、ギー・ジュニアが仲間たちと利用している、住居兼オフィスで最初の話合いをします。リッチャンにも適宜参加してもらいます。そしてママは、パパが帰って来る月曜日の前日、成城に戻っておいてパパを迎えますから、森のへり滞在は、五日間です。

ギー・ジュニアはできるだけ早く東京に行って、以前から私がパパに伝えて来たかれの今回の日本滞在の主な目的、「カタストロフィー委員会」への報告のための取材をしたい、そういっています。

さて、これからアカリさんの暮しぶりの話をします。それは私がパパにしっかり報告しようと準備して来たアカリさんと私の「自立」の成果です。

アカリさんと私は、移住して来た週のうちに、アサ叔母さんに同行してもらって、もとの彼女の職場の赤十字病院眼科を訪ねました。綜合的な検診を受けて判明した事実、そして必要な処置がなしとげられての展開、それが私の話の焦点です。

今回はアカリさんにとって初めての病院なので、初診の患者が受ける詳細な検査がされました。続いて担当の先生になると、その方は私に通訳をさせて、アカリさんに長い問診をなさいました。たいてい付き添いに来ているパパが事情を説明して、以前からのカルテに連続した診療をしていただき、いまに到ったのですが、今度の先生は、私にアカリさんへの質問を繰り返させ、その答えをさらにしつこく聞きとられました。その上で最新の機器によって結論をみちびかれました。

これまで、根本的に矯正することはできないとされて来た、アカリさんの視力薄弱はそうじゃなかったんです！　強度の乱視と近視であるけれど、矯正できるものだ、と見抜いていただきました！　そして先生が新しい眼鏡を作るために、幾枚ものレンズを取り替えては問いかけられる言葉に、アカリさんは本気になって答えました。私の人生で、最良の通訳をしました！　ついに眼鏡は、アカリさんに有効な道具となりました。アカリさんの見るすべては新しいものとなり、かれと世界との関係は変った……そういいたいくらいです。

長時間にわたって丁寧な処置をしてくださった先生は、穏和な方ですが、――これまで定期診療のたび、あのお父さんが医師との間に介在したというんだから、お父さんの思い込みにさからってなにかいうことができたはずはない、これは積年の犯罪だ！　と憤慨されましたよ。

2

さてこれからのことは、パパの帰国を待ってすぐギー・ジュニアが始めたいと考えてる、「カタストロフィー委員会」のためのインタヴューについて。私としてはギー・ジュニアの秘書というか、助手というか、それを仕事にすることになります。いまになってギー・ジュニアは、これまで私にeメイルで話して来た「カタストロフィー委員会」について、じつはまだ確定した組織ではなくて、自分や友人間の構想が先行してる段階、と修正を始めています。しかしかれ個人としては、積極的に考え進めて来たものであって、今度の滞日の仕事は、やがて同時代の世界に向けて拡げることの、自分らの範囲での準備、つまり、自分との関わりの深い人物にそくしてテストすることだ、というんです。

アレアレとは思いましたが、話を聞くと、むしろその限りにおいて、真剣だと思います。アサ叔母さんとも相談して、私はギー・ジュニアのために働くことにしたわけです。それなりの給料を提示されていますから、この森のへりでのアカリさんと私の生活には足りるはずです。住居費は不要だし、アサ叔母さんの厚意にも甘えるとして、これでやってゆこうと思います。

ママはアカリさんの新しい生活のテストケースとして、成城でのアカリさんのピアノ・レッスンと同額のお礼を、リッチャンに受け取っていただくといってます。また東京でギー・ジュニアがパパにインタヴューをする間、長いつながりがあってのことだし、かれにはアカリさんの音楽室に寝泊りしてもらって、食事ほかのお世話をする、といいます。ママはギー・ジュニアの研究対象に塙吾良監督があることを思っているんです。

さてギー・ジュニアの調査・研究には、ギー兄さんと、いまいった通り吾良伯父さんが、まず対象になります。そして、そのどちらについても、パパは第一級の情報提供者です。かれはパパの全面的な協力を信じています。この土地でのギー兄さんの「根拠地」の運動と、そして結局は、不幸な死と、その全体が「カタストロフィー委員会」の主題になる、というんです。

これはもともとパパの小説からギー・ジュニアが理解したことですが、戦中日本の子供の時分から戦後にかけての、農村にも徹底していたファッシズムと民主化運動、その社会史のなかで、個人としてのギー兄さんに伸しかかって来るカタストロフィー、これは自分の父親でなくても調査・研究にあたいする、とギー・ジュニアはいっています。

このギー兄さんの調査・研究について（パパがつながっていることはいうまでもありませんが）、アサ叔母さんも貢献できることがあるようなんです。アサ叔母さんが、この間の『懐かしい年から返事は来ない！』にとても心をこめられていると思いました。そしてこれはもう少しずつ始まっている準備段階で、アサ叔母さんから聞いたことですが、彼女にはパパの『懐かしい年への手紙』ほかの作品の中での、ギー兄さんの描き方・評価に、異議を申しのべたいんだそうです。

さて、先にもいいましたが、ギー兄さんへのものの次に出て来るのが、塙吾良監督に関してです。吾良伯父さんの死について、これまでマスコミのインタヴューに答えたりは決してしなかったママが、ギー・ジュニアにはすべて話す、といってるそうです。

その上で、ギー・ジュニアが第三の調査・研究の対象としているのは、パパ本人です。ギー・ジュニアはこうしたことをいいました。かれとパパはもうすぐ本格的な話し合いを始めるわけですが、芸術家・思想家の、社会的また個のカタストロフィー、つまり表現する生活の側面でのカタストロフィー的なものと、かれ自身の死の危機の課題は、エドワード・W・サイードをつうじて、長江古義人の（「三・一一後」から始まったというのではない）晩年の主題そのものであるはずだ……

3

終りにもうひとつ、私にとって気がかりなことをあげておきます。これからはギー・ジュニアの助手として、ギー兄さん、塙監督、そして小説家長江に対して、誰にもニュートラルな立場で働くことになりますから、パパについてこういうことが私の頭にある、という点だけいっておきたいのです。

若い読者でパパに真面目な関心を持っていて、かえって切口上になってしまう質問状を送って来る人たちがいます。私はかれらの、まず自力でよく考えてある問いかけが好きでした。同じやり方で、私も自分の言いたい根本をまとめています。

パパは自分の家庭を基盤にして、個人的なことから社会的なことまで小説にして来た。長年そうやっているものだから、時どきそのこと自体を弁解したくなるのらしい。例をあげるなら、小説論的にいえば、と書きそえることで。つまり小説という形式に責任をとらせて……

たとえばこうです。小説が始まって以来、その書き手が「私」はといってしゃべり始めるのが小説の歴史の主流、自分もその語り方で書く。それなら小説に書かれているどの人物よりも、書いている「私」が長い間しゃべることになって当然じゃないか？　長江の小説の「私」は、自分の書く登場人物の誰より長生きするつもりらしい、あれだけの老人になっても、という悪口はこの前のイタリアの女性ジャーナリストの問いかけにもあったけれど、無意味じゃないだろうか？

そうかも知れません、確かに小説家には小説論的に生き死にする自由があるのでしょう。しかしアカリさんと私は、いまそれぞれの、これからの「新生」を実感しています。そして私たちは、原則的にパパの死後も生き残る覚悟です。

カタストロフィー委員会

I

　約束の日、私がこのところ閉じたままの表門の、といっても手軽な木製のカンヌキを外しに階下へ降りたところへベルが鳴って、出て行くとギー・ジュニアが録音機器の堅固なトランクを脇に立っていた。真木から私の家に駐車する空間はないことを注意されて、近くの駐車場に車をあずけ、トランクの重さは気にかけず携げて来たのらしい。その上躰にまとっている、チャコール・グレイのブレザーに見覚えがあった。

　――四国からアカリさんがひとりで帰って来た、と思ったんじゃないですか？　真木が、僕とアカリさんのよく似てるところを見せるつもりでこれを……

　――アカリが塙吾良のをもらったもので、それを着ると、アカリに吾良の面影がある、そういってるんだ。アカリは吾良ほど姿勢がよくないけれど……

——いや、アカリさんはいまよく歩いてるから変って来ていますよ。僕の父親は長江さんには本家筋にあたるんだし、僕とアカリさんの体型が似ていることはありえます。そこで、遺品のブレザーで、真木が演出したんです。

——きみもニューヨーク・タイムズ紙でオビチュアリを読んだ通り、吾良は急に死んだから、誰も形身をもらったりはしていない。

ところが死のしばらく前に吾良が大きい車を……ベントレーだよ……乗りつけて、少し離れた、ちょうど更地になってる脇に駐めてさ（永く住まわれていた人たちが次つぎ亡くなって相続されるなかで、更地がよく見られた頃だ）、千樫に会いに来た。少し前のテレビ放映でロシアのヴァイオリニストが協奏曲の出だしを間違えた話に、アカリも加わって盛り上ったが、吾良が帰ってみるとそのブレザーが置き忘れられていた。

ピアノはもとより、CDの棚とアカリの永く集めて来た楽譜と自作のそれの棚も移され、広くなった部屋に私はギー・ジュニアを迎え入れた。かれは「カタストロフィー委員会」の話をしようと思い立っているんだから、小説家的話術で脇に逸らせることはしないで、と真木に念を押されていた。千樫はもう森のへりでギー・ジュニアと話をしているとのことなので、紹介に居間には案内せず二階へと導いたのだが、お茶を運んで千樫が音楽室に顔を出すと、やはりギー・ジュニアが着ているブレザーの話になった。

――その、吾良の気に入ってた上衣ですけど、本当に忘れたのか、そんな仕方で甥に贈りたかったのか、残されてたものをアカリに着せてみると、かれのために仕立てたようで、そのままになっていました。

――いま長江さんからその話を聞きましたが、長江さんと僕の父は、骨格も身ぶりも似てた、兄弟のようだったとアサさんがいっています。アカリさんは当然長江さんにそっくりだから……

――しかしアカリは、ギー兄さんやあなたのように活潑で男らしい身体の動かし方というのじゃない。

――それが、もう長江さんにいいましたが、テン窪大檜の家に移って一月のうちに、アカリさんは変って来ています。大股に力強く歩くようになって、身体的に元気ですしね。そうしてみると、一日じゅう再生装置の前に座っていた時はそうしたところも父と似てたけど、と真木もいってます。

――真木はもともと、東京にいる間アカリは私に抑圧されていたという意見でね。

――僕もアカリさんが、昔は面白かったといってるというので、力を得ていますよ。その方向へかれが解放されて行くのなら、僕が役に立つかも知れない……

――真木だけじゃなく、僕もそれを望んでますよ。家内もそうです。

私はそういって、千樫にギー・ジュニアとの話の区切りを示したつもり。しかし千樫が下に降りて行く前に、ギー・ジュニアにはもうひとつということがあるのだった。

――真木に事務を受け持ってもらってる、僕のオフィスにやって来る人たちが、僕の父のことを覚えてる老人たちです。かれらは村が合併した町の活性化ということを考える地位にあって、僕らのやってゆくことに興味を示していますが、その人たちも、それぞれアカリさんに一目置いています。本町からアカリさんの再生装置の整備にやって来る若い人たちは、都会的ですが、真木が車の運転をやってアカリさんが堂々とまかせ切りなのを格好良いと思うようです。アカリさんを知的障害者とはあつかっていないのじゃないか……

もともとアカリさんの徹底した絶対音感が印象的だったふうで……先生と呼びかけています。アカリさんは穏やかに、それは違うというふうにあしらいますが……その風格というか、それがどこかで見たことがあると考えてみると、映画の、いわゆるメイキングフィルムのヴィデオに出て来る塙監督その人なんです。

――ああ、それならね、アカリが本当に機嫌の良い時にやる……もうしばらくやってるのを見ることはなかったように思うけれど、いわゆるものまねなんですよ。その時なにかのきっかけで思い出した、たとえばこの場合、撮影所で先生と呼び掛けられる吾良かな、自分の面白いと思って覚えてる人のふりをしてるんです。千樫がそこにいればすぐ気が付いて、ゲームの趣向がみんなに理解される成り行きだったんです。

――確かに真木は笑ってましたよ。いや、あの本町から来た連中も、アカリさんの演技を見ぬいていた。監督のメイキングフィルムの話は、僕がそれを口にするとかれらが乗って来ましたから。塙監督の亡くなられた後で、本町でやった映画の自主上映の話もしていました。アサさんが協力してくださったんだ、ということで……

――私もアサさんが電話でいって来られた話を、兄のプロダクションに連絡しました。

――あれが大成功だったんです。本町の若い連中は良い思い出にしていて、かれらが僕のオフィスに来ているのは、アカリさん中心の音楽会をやりたい気持があってのようです。『懐かしい年から返事は来ない！』の撮影にも協力してくれた人たちだということで、真木は信頼しています。

――音楽会なら、アカリのＣＤが出て評判になった時期だけれども、その演奏者たちに森のへりまで来ていただいて、長江が開きました。しかし、当時は若かった演奏家もそれぞれ一家をなされているから、もう一度というのはお願いできないのじゃないかな。あなたも、あの仲間で中心だったピアノやフルートの方たちと、もうお付き合いはないでしょう？

――いま、若い連中が企ててるのは、アカリさんの作曲を、アカリさん自身に演奏してもらうことなんですよ。

――時どきそこを誤解されてね。以前から、アカリがどのように音楽をつうじて自己形成したか、それが主題の僕の講演と、アカリ自身の演奏を合わせた会を言って来られるけれどそれは不可能なんです。アカリに、聴衆の前でピアノを弾く能力があるのではない。

――長江さんがそう思い込んでいる一方で、弱視と乱視の程度を重く見過ぎて、その矯正の可能性を専門家に訊ねられなかった。それらが重なって、結果としてであれ、アカリさんの自己解放というか、自己実現というか、それを妨げてきた。その長い日々があったと、真木は考えています。あなたの圧制があって、という真木の批判は一貫しているわけです。

ところが、いまアカリさんの演奏能力ということでは、新しい事態が起ってると……それは千樫さんから実際に見て来たこととしてお聞きになってるでしょう？

――いいえ、あれは別にして、私のいるところでリッチャンと合奏を試してみようと幾度もいわれたけれど、アカリは照れて真剣にやらないから、よくわからなかったんです。まだ確実なことが起っているというのじゃないし……長江はあいまいなことをいわれるのが嫌いですから、みんなの評価がしっかりしてからあの人に話そう、と言い合わせていました。真木もその点慎重ですから。

――今度の森のへりでの「三人の女たち」の集まりに、千樫さんは黒い大きいケースのキーボードを抱えて来られました。後期高齢者の女性が飛行機の座席に持ち込めるものじゃないから、と飛行機会社の人に特別あつかいしてもらえたそうですが……

――それよりアカリのピアノは送り届けたよ。リッチャンの、アカリの音楽室の整理が終った時……

――長江さんはいま森のへりで進行していることをちゃんと把握してられない。ピアノを、森の奥まで運び上げられますか？

千樫さんが運んで来られた「ポータブルグランド」を録音機器の蓄電装置につないで、今度の作業を始めました。そしてうまくゆくことが証明されました。

長江さんが、御自分で小説に書いてられることです。アカリさんが作曲を始められた後、村へ行ってお祖母《ばあ》ちゃんから子供の頃、森の奥で音楽を聴いたと教わった。「森のフシギ」の音楽。

　大人たちは誰も信じないのに、アカリさんはお祖母ちゃんにその場所へ連れて行ってもらって、それを聴こうとしたという。その経験から、後にＣＤにもおさめられる「森のフシギ」の「主題」を作曲した。それをあなたのお友達のピアニストが弾かれた。録音されたものをお祖母ちゃんに送ると、非常な喜び方だった、と……　僕がバークリーで買ったＣＤにもそれは入っていました。

　さて、アカリさんとリッチャンの間に、新しいプランがゆっくり進められていました。アカリさんはＣＤを聴いては楽譜を読む、それを何十年も続けて来られた。とくにバッハは、ＢＷＶの大半、知らないものはないという人です。東京でもそれを弾くレッスンを受けているけれど、正確に素早く指を動かす練習をするのじゃない。自分の目では、ピアノの鍵を見分けることも、そこに指をちゃんと置くことも、できなかったくらいです。

　それが自分に合う眼鏡を作ってから、すぐにひとりで、覚えているピアノ曲を弾くようになった。とくに「平均律クラヴィーア曲集」の旋律を弾いている。前奏曲の分をゆっくりゆっくりゆっくり弾き終ると……続けてリッチャンがフーガの分を弾く……そうすることで、新しい楽しみを覚えたわけなんです。それから毎日、リッチャンのレッスンの際にやっている。

第一巻の第一番のハ長調は終ったそうですが、長期間の楽しみとして続けてゆくそうですから、さすがのアカリさんも、もう少し手っとり早いことをやりたくなったんでしょう。かれはその手法で「森のフシギ」の主題とフーガを作る、と言い出したんです。それをお祖母ちゃんに教わった場所で弾くというと、長江さんならお祖母ちゃんの鎮魂に？　と言い出されそうですが、そうじゃない。それをやってアグイーを降りて来させるつもりらしい。僕らはそのプランに乗りました。

林道を登れる所まで車で上って、アカリさんの指さす場所まで幾らかくだる。そこでキーボードを弾いてもらったんです。アカリさんは「森のフシギ」による前奏曲を、単純な旋律とわずかな和音で、しかし確信を込めて弾きました。それは美しいもので……その主題によって、リッチャンの演奏するフーガが続いた。

アグイーこそ降りて来ませんでしたが、僕らは満足しました。帰り道、もう真木に頼らず歩いているアカリさんに彼女が質問していました。

――「森のフシギ」をあのようにしてアグイーに聴かせるつもりで、アカリさんはリッチャンとバッハを練習してたの？　どうして始めからそれを話さなかったの？

アカリさんは、——誰も私に聞きませんでしたからね！　と答えました。長江さん、僕たちにはアカリさんに聞かないことが沢山あるのじゃないですか？

2

ギー・ジュニアが録音したものを真木が文章に起す手法による、最初の報告から。

《真木とのeメイルに使っていながら、それがそのままあなたに示されたらどういう意味合いで受けとめられるか、僕が気にかけていたのが、「カタストロフィー委員会」という呼び名です。カタストロフィーという言葉が、僕の仲間内でよく使われるものでありながら、あなたの晩年の仕事によく出て来るものでもあるのに気付いたのは、最近のことです。それまで人間観のレヴェルでは、あなたがカタストロフィーとは対極にいる人間じゃないか、と僕は思い込んでいました。

実は僕が友人たちと「カタストロフィー委員会」と言い始めていた頃、正直まだその内容を具体的に把握しているのじゃなかった。カンと語感とで、自分らはかれらがカタストロフィーの時代を文化的にも最先端で示す者らだと、「カタストロフィー委員会」に選ぶ芸術家という企てをやりました。その顔ぶれでただひとりの日本人が、作曲家の篁透です。僕が推した。篁さんの音楽をよく知ってたのじゃない。ただあなたの家に世話になっていた時、篁さんがあなたの大切な友人で、いつもそのCDを聴かせてもらってたからです。

それが、推した僕に責任があるということになって、真木に頼んで、あらためて篁さんのCDを送ってもらって説明した。この作曲家は大きいカタストロフィーに立ちむかっている。決してそれを避けない。大家らしい円熟など一切考えない、と……僕はあなたの友人という点でやはり意識していたエドワード・サイードの、カタストロフィーを避けない大家リヒァルト・シュトラウス、という考えを篁さんに重ねたんです。

とくに僕は晩年ますます冒険的になる篁透を、日本最大のカタストロフィーの作曲家と定義した。それで仲間たちに一目置かれた。しかも僕は成功している大学教授としてのサイードを、現実的にカタストロフィーとは対極にある人、社会に許容される円満なタイプとして、拒否していた。

その点僕の人間観が、あなたに対する拒否を含んでいたこともあきらかです。あなたは小説にギー兄さんを愛している・尊敬していると書きながら、結局はギー兄さんが滅びるままにした、という思いがあった。あなたも世界的な賞は受けた、その点、サイードが拒んでいるとはいえない、コロンビア大学での大きい評価と変らない、と考えた。

しかしサイードの死の後、僕はかれへの自分のケチな反撥が誤っていたと認めるほかなかったんです。終生のパレスチナ問題への参加にしても、白血病と闘い続けての死にしても。かれは端的にカタストロフィーを避けなかった。カタストロフィーのただなかへ自爆して行くようにして、これも僕があなたの言葉に影響されているのを認めますが、人間らしさと威厳を持って斃れた。自分らの「カタストロフィー委員会」があの人を見落すことはできないでしょう。

それでは篁透と、またサイードと同じように、遠からず死んでゆくあなたを僕が「カタストロフィー委員会」に推すかというと、まだ躊躇があります。いま僕はあなたが反・原発の大きい集会の発起人になったり、その方向で講演したり、新聞にエッセイを書いたりしても、それは大きい賞を背中に背負ってのフルマイと感じる。

ただ、あなたが後期高齢者のひとりとして、原発に囲まれた地震国に生きている以上、カタストロフィーと無縁だとは思いません。その危機にまるごとさらされて生きてることを自覚してもいる人、と知っています。それは、真木からあなたが書いた詩のことを聞いて……小説の一部分じゃないです……やはり感銘を受けたからです。真木には、あの詩をこの録音起しの一部にしてもらいます。

アカリをどこに隠したものか、と私は切羽詰っている。／四国の森の「オシコメ」の洞穴にしよう、放射性物質からは遮断されているし、岩の層から湧く水はまだ汚染していないだろう！　避難するのは七十六歳の私と四十八歳のアカリだが、老年の痩せた背中に担いでいるアカリは、中年肥りの落着いた憂い顔を、白い木綿の三角錐のベビーウェアに包んでいる。どのようにゴマカセバ、防護服をまとった自衛隊員の道路閉鎖をくぐり抜けることができるものか？

耳もとで熱い息がささやきかける。

――ダイジョーブですよ、ダイジョーブですよ。アグイーが助けてくれますからね！

長江さん、これは率直にいって、いま現在のあなたが把握しているカタストロフィーの自己表現です。そしてあなたのどんな散文よりも、僕が「カタストロフィー委員会」に日本人の自己表現だ、と示したいあなたの晩年の仕事なんです。明日にでも、東京がM９級の直下型地震に襲われ、周囲を複数の原発事故に遮断されても、これはなおあなたの自己表現として通るものです。

僕はこの自己認識における、自分はカタストロフィーをひとり免がれうる者ではないと覚悟をきめているあなたの作品と、ギー兄さんの、また塙吾良さんの、実際に生き死にしたカタストロフィーを検討したい。そしてあなた自身がこれからそこに向かうカタストロフィーを見定めようと思います。それならば、私の「カタストロフィー委員会」への報告は成立するでしょう。》

3

これまでギー・ジュニアの言動を記載しながら、かれの日本語として書きつけて来たものは、ごくわずかな挨拶レヴェルの言葉を除いて、英語でなされたものを私が訳した。かれへの対応も英語だったものは日本語とした。真木が私へのインタヴューにもとづくギー・ジュニアの報告書を日英語双方で作るようになってからは、その英文のものは「カタストロフィー委員会」に提出されるし、日本文のものはここにおさめている。

しかし私らの関係が続くうち、ギー・ジュニア自身の日本語の発言が増えて来ることに（なお英語まじりではあるが）なった。そこにはギー・ジュニアの日本語の形成史が浮かぶし、また会話するなかでかれの心理的な束縛が解けてゆく経過も反映している。

ギー・ジュニアはこの国で生まれ育ち、少年時アメリカに渡ってからも母親とはつねに日本語で話し続けて、大学院は日本研究科を選択した。私との場合、ギー・ジュニアとの日本語での話し合いが重なるうち、話題がギー・ジュニアにとって英語による進行を望ましくする進み行きになっても、私がその内容をノートに再現しようとすると、私とかれの合成したというべき日本語の文体になった。私へのインタヴューが始まってからの対話は、ギー・ジュニアの職業的な技術による録音がなされている。そしてそのディスクを文章に起す真木の作業は、十分な時間をかけて行なわれた。

そのためにギー・ジュニアが前もって準備した、英文の発言はそのまま採録されている。それとの関連で私が行なう、こちらも英語での発言を、意味の通じにくいところがあればギー・ジュニアの反問と教示に応じる仕方で、よりまともな英文に言い替えることをした。真木は私とギー・ジュニアを「バイリンガルな二人」とカラカッタものだ。それも時には「不自由ながらも」と加えたけれど。

ギー・ジュニアは、真木が日本語にまとめあげる作業を私がチェックした報告書を、熱心に読む。いまやこの『晩年様式集(イン・レイト・スタイル)』自体、注意深い五人の読者を持っている。それぞれに具体的な批評は私らみなに有効だった。

このようにして作った、最終的に「カタストロフィー委員会」に上げる英文の報告書を、まとまってくる章ごとに清書する段階で、真木は、自分がこれまでネイティヴのアメリカ人と話していて、ギー・ジュニアの英語ほどにも完全に理解できると確信できたことはない、といっていた。そこには、次の一句がやはり付け足されたのでもあった。――私は、パパが、自分の文章のつながり具合やそこに使われている難かしい漢字について、ギー・ジュニアに日本語で説明するのを録音で聞いていて、パパがこんなにやさしく微妙な話をする人かと驚いた。

4

このような仕組でのインタヴューは、まずギー・ジュニアがタイプして来た英文の質問状を、そのまま私に向けて読みあげることに始まった。録音の場所として提供したアカリの音楽室にその機器を設置するギー・ジュニアの慣れた働きとその成果こそ上乗だったものの、私がなんとか英語で答えるものがディスクにおさめられ、続いての自由な談論に移ってからの進行はかならずしもスムーズに行かなかった。

ギー・ジュニアの録音は、この国でのテレビやラジオのインタヴューとは質の異なるものなのだ。まず三十分の録音をする。そのディスクを二人で聴く。お互いに相手の発言をよく聞き取りえないまま答えているところがある、とわかる。そこをチェックする。その上で、あらためて録音し直す。私の説明で、かれの質問をよく了解したとギー・ジュニアもOKした上で、こちらの発言をやり直す。それでもなおギー・ジュニアに理解しにくいところがあれば、問い直される。そこで私があらためて話し直す。その連続なのだ。

私の英語の表現は貧しく、それにギー・ジュニアは率直な不満を表わす。私は補足するが、なおもギー・ジュニアは質問を重ね、私がさらに説明し直すのだから、進行は渋滞する……

そのうち、ずっと録音しながらであるが、私は自分で納得するために日本語をまじえて説明しなおし、英語でまとめる。それでもギー・ジュニアがフォローできないとわかると、あらためて英語でやり直す。ギー・ジュニアはかれとして自由にやれる英語での質問を向けて来る……それは最初の二十分間のやりとりを、一時間半かけてやり直す結果になった。さすがに最終の段階になると、ギー・ジュニアは確かな手ごたえがあったといい、私も自分の言いたいことを理解された、という思いを持った。このようにしてついにできあがったところを、ギー・ジュニアは、自分の質問、こちらの答え、と整理して、録音し直すわけなのだ。そして、疲れを知らぬかれは、インタヴューの第二段階に移るのである。

それがどのように英文と日本文の報告書に仕上げられるかも、ここで語っておくことにする。ギー・ジュニアはこのようにしてできたディスクを四国に持ち帰る。そしてかれの立ち会いのもとに、真木がまず英文で清書する。勤勉な彼女はそれを日本文にもして東京にファクスして来る。そして、日本語になってみると、私は自分の発言を自分の文体で書きあらためずにはいられない……

このようにして完成したものを、私は『晩年様式集《イン・レイト・スタイル》』に引用することにもなる。もともと自分の書き物での第一稿の作り方、それへの度重ねての改稿という、私の「人生の習慣」を思えば、この方が望ましい手続きなのだ。そうして初めて、確定した日本語によるインタヴュー記録が、私の文体の産物ともなる。そしてギー・ジュニアにはかれの英語の文体（プラス真木による re-writing）の報告書が成立するのである。

5

遅くまで続いたインタヴューの終りを待ち構えていた千樫が、ギー・ジュニアと私の夕食の進行を見届けると、手伝いの女性を連れて、インタヴューに使った部屋をギー・ジュニアの寝室にする準備に上って行った。ところがその段になって、千樫の立てていたプランがゆらいだ。アカリの音楽室からは、洋服箪笥やセーター、ジーンズの類の収納家具を四国へ発送した。再生装置、ラジオ、クラシック音楽演奏のＤＶＤ装置などは、それにベッドを加えてトラックで運んだ。すっかりガランとした場所にソファと肱掛椅子三つ、録音機器の態勢を整えていた。

そこへ書庫の奥から、地震の日々アカリが避難していた兵隊ベッドを、ギー・ジュニアに用立てようと運んだ。千樫がシーツや毛布を設置してみると、いかにも規模が小さい。ギー・ジュニアにそこへ横たわってみてもらうまでもなく、それは不適格だ。とくに大男の骨格というのではないが、成長期をアメリカの食生活で養なわれ、ハイ・スクールから大学でもラグビーをやったギー・ジュニアには、狭すぎるどころじゃなかった。千樫のイメージにはアメリカから不意に訪ねて来た際の、スラリとした若者の身体があったわけだ。

失策に気付いた千樫は、階段を駆け下りると、食卓に着いているギー・ジュニアにベソをかいたような表情で謝まり、私にともかく二階に戻ってくれるようにいった。そこで私はアカリの音楽室に整えられた兵隊ベッドの、シーツやら枕やらが、そこでアカリが寝ていたのすら不自然に思われるほどであるのを見出した。つまりアカリは、その兵隊ベッドで眠るのに慣れており、それが不釣合いになっても身体を折り曲げるなど工夫をして、なんとか落ち着いていたわけなのだ。唖然としている私に、千樫は訴えた。

――ギー・ジュニアには、失礼なことになってしまいました。どうすればいいか……午後の間ずっとあなたとギー・ジュニアが話し込まれるのを見て、いまアカリに良いことが起ってるように、こちらでも楽しい出来事が……そんなことはもう長い間無かったのに……起ろうとしている気がして、アガッテたんです。

森のへりでは、軽率なことは決してされないアサさんまで、真木の上機嫌にのって、吾良のブレザーをギー・ジュニアに着せて、かれとアカリがどんなに似てるか、デモンストレートされた……私も、明日の朝、音楽室にコーヒーを持って行って、兵隊ベッドにギー・ジュニアが横になってられるのを見るんだと、ドキドキしていました！

ギー・ジュニアは、あなたとの長談義でヘトヘトになってられるのに、使っていただくベッドもない始末です。ただ、念のために、あなたがアカリのように身体を曲げてここに横になってみてくれますか？

——そういうことをして、何になる？　と私は、腹を立てていた。いまから書庫のおれのベッドをセットし直す。ギー・ジュニアにはそこに眠ってもらう。おれならこちらで、身体を曲げてなんとかできるかも知れない。

そして私は、シュンとして書庫まで付いて来る千樫に、この間のパリで自分の本の出版社主にもらい、そのまま書棚に横にしていたワイン三本が入っている布の手提げを渡した。

——自分が手間どるようなら、冷やした白と赤と一緒に開けて、ギー・ジュニアに食事を始めてもらってくれ。

この手提げは丈夫なもので、土産にする書物でトランクがいっぱいになった後……それでもう重量制限は超えていた……会議通訳の人たちに贈りたい大野晋さん最後の辞書三冊を詰めて、座席へ持ち込んだ。受け取ってくれたひとりから、一冊ちょうどワイン一本の重さだ、といわれた。帰国する朝、上等のワイン三本がホテルに届いたので、それを納めて持ち帰った。

ベッドの工夫ができて、食堂に戻ると、ギー・ジュニアはワインに上機嫌で、しまいには三本目を私に開けてくれた。

——長江さんの抜け出した巣穴に、潜り込んだつもりで寝ます、ともいっていた。

さて、兵隊ベッドの裾から毛布で包んだ両足を突き出した私は、千樫が処方されているトランキライザーを服用して眠ったが、アカリの音楽室と書庫の間の高い窓こそ閉じてあったけれども、短い眠りと覚醒の短い交替のなかで、書庫のなかを静かに歩き廻っているギー・ジュニアの足音を、夜明け方まで聞いていた。

6

翌朝、もう昼近くなってから、私は階下へ降りて行って顔を洗う前にキッチンで立ち働いている千樫にギー・ジュニアの様子を尋ねた。

——とても早く起きられて、あなたを起さないようにと、コーヒーだけ飲まれて書庫に戻られました。それから一仕事なさって、朝食に降りられた間ベッド周りを掃除させていただきましたけど、遅くまで勉強されて書棚から下ろされた本は、自分で戻すといわれました。もう脇に片付けられてます。そうした整理の仕方が、あなたの流儀と違うようですよ。

静かな気配の書庫のドアをノックしてみると、ギー・ジュニアはすぐ立って来てなかへ入れてくれた。

――今度の滞在できみが録音したものを、四国に持ち帰って文書化してゆくわけだけれども、ここでの仕事も続けて進めるということだし、その期間、ベッドと僕の仕事用の空間は自由に使ってください。

こちらは目下の仕事といえば、『晩年様式集《イン・レイト・スタイル》』の草稿を書く程度だから、そのための資料や、読んでる本と辞書、それだけ向こうに運びます。僕がここで長い仕事をしてるうちに溜ってる、きみには不要のアレコレもどうにかします。

話を聞きとっていた様子があって、千樫は、日頃より大きいトレイに二人分のコーヒーを載せて上って来た。私がそのトレイを受け取り、テーブルに載せるのを、ギー・ジュニアもこまめに手伝った。

私らは石榴《ざくろ》の新しい茂りが力をみなぎらせる南側の窓に向かって（ギー・ジュニアは植物の精気に対抗する感じなのに、こちらはクラクラする思いで）、コーヒーを飲んだ。もう一度階下に降りた千樫は、皮を剝いた果物の深鉢と取り皿と保温式のコーヒーポットを置いて行った。

——きみは若いのに朝が早いんだね。一度目をさましてトイレへ行った時、廊下の向こうに燈がもれていた。

——長江さんの安眠を妨害したのじゃなかったらいいけれど……僕はたいてい朝の三時には目をさまして、それから本を二、三時間読んで二度寝します。

僕に貸していただいたベッドの周りは、長江さんが今というか、ある長さをかけてというか、どんな本を読んでいられるかわかる並べ方ですね。

あなたの小説に、幾度も Malcolm Lowry が出て来ますが、頭の脇の棚にずっと並んでるし……といっても作品は少ない作家だから、かれについての研究書が主ですが……僕は寝ていて毛布のはじに塊りがあるのを引っぱり出したら、"Under the Volcano" の翻訳でした。いまも読んでられるんですね。

——ずいぶん久しぶりに新訳が出た……それが出版社から送られて来て。つまり僕はこの小説に関心を示している、数少い日本人の作家のひとりだからというんだろう。

ギー・ジュニアは、その新しい一冊をきっかけに、マルカム・ラウリー関係を幾冊も取り出していた。もっとも千樫がいったようには本をすべて元に戻すのでなく、べッド脇に降して置いたままのものもあった。私はその一冊を取り上げて、自分の仕事机の脇に椅子を引いて掛けた。“Under the Volcano”のペンギンブックス、懐かしい本だ。

——きみもマルカム・ラウリーに特別な興味を持ってるんだね。アメリカの若い人たちに“Under the Volcano”のリヴァイヴァル人気があるんだろうか？

——ラウリーに大きい関心が集中して、ということはないでしょう。むしろ僕や友人たちにもなじみのない作家でした。その名があなたの小説に出て来るので、読んでみようと思ったんです。

——学生の頃の僕にも、ただ名前を聞いたことがある程度だったよ。それでも『活火山の下』という本を広告で見つけて買った。ところがその翻訳は、学生の僕が使ってた言い方でなら「読まれることを拒否する本」でね。その頃の僕は翻訳書を買い込んですぐさま読み始めながら、「読み終えても無意味な本」と「読まれることを拒否する本」の二種を選別して、すぐ脇にどけた。そしてそれらが溜まると古本屋に売った。

僕の記憶では『活火山の下』というタイトルのその本は、ある時調べてみたが残ってなかった。その時書庫を見たきっかけは、ニューヨーク・タイムズ・ブックレヴューにDouglas Dayという人の評伝“Malcolm Lowry”の紹介が載っていたから。それからずっと注意してた本を、丸善の新着書が平積みされる台に見つけた。僕は熱中したんだ。そしてやはり丸善のペンギンブックスの在庫品一掃セールで“Under the Volcano”を見つけ出した！

僕が翻訳を読みかけて止めた時からある年月たってた証拠に、その本を発行元に注文したが返事はなかった。僕は大学を出てから、それほどひんぱんに辞書を引く必要のある本を読んだことはなかったけれども、今度は文体にこちらを引きつける力があってね。読み続けた。しかもそれに呼び起されて連作短編を書くことにさえなった。それが『「雨の木《レイン・ツリー》」を聴く女たち』だから、僕のマルカム・ラウリー時代の見当はつくよ。

——僕はまさにその『「雨の木《レイン・ツリー》」を聴く女たち』で、マルカム・ラウリーを知ったんです。『懐かしい年への手紙』を長い間苦労して読んで、しばらくは日本語を読む気にならなくて、あなたの小説の英訳が主でしたが、そのうちあらためて日本語の本をということで、僕はあなたの、もう一冊を選びました。母親がアサさんにずっと送ってもらっていた本から、長い作品じゃなく、しかし短編のひとつずつが全体につながってゆく……そういうことで選びました。

それはあなたがハワイの大学のリサーチ・アソシエイツとして働いた経験を書いてるそうだ、と母から説明を受けました。そして僕は、初めてあなたの小説を日本語で読み終えた二十一歳の時以来（もうあなたを東京に訪ねるということはしてたんですが）、それまでとは違った仕方で、あなたへの態度を決めようとしました。日本語を読むことを大学院の専攻の基本ともした。そして生まれて初めて猛勉強をしたんです。『「雨の木《レイン・ツリー》」を聴く女たち』を読んだ時期も確定できます。あなたがあの本を発行された一九八二年は、僕の三歳の時でした。ずいぶん時間がたっています。二十年ほどもたっていたんです。

そこでいろいろ思い合せてみると、僕が二十六歳の時ということになります。二〇〇五年。まず母親が僕の「人生の時」をはっきり見きわめて『懐かしい年への手紙』を読み始めさせた。その時から六年後です。僕にとって二番目に大切なあなたの本を、僕は大学での日本語学習に助けられながら、読みました。

なにより始めに僕は、あなたがどんな人間かというイメージを、『懐かしい年への手紙』で作りました。それに加えて、今度は、『「雨の木《レイン・ツリー》」を聴く女たち』に描かれているものを発見して、追加したり修正したりしたんです。僕のこれだけの読書の時間によって（説明を加えます。それは僕が本を読む脇から、母親に漢字の読み方と意味を助けられて、というものです）、作りあげたあなた像ですが、後の方のあなたにはマルカム・ラウリー像も加わっているわけです。

『「雨の木《レイン・ツリー》」を聴く女たち』の僕にあたえた影響は、その点でも強いものでした。いま七十七歳のあなたが、寝る前の本を読んでられる背後に、『「雨の木《レイン・ツリー》」を聴く女たち』を書いてられた四十代半ばのあなたが見えて来るような気がします。

そして今朝は、本の大きさですぐ目につく、マルカム・ラウリー評伝を見つけました。そして古い、古いペンギンブックスも！　あなたがラウリーを読む人であるだけじゃなく、それに呼びさまされたものを書く人になられた頃は、いつもこれを傍に置いていられたのでしょう？

ここにある古い書き込みにもあきらかです。その実物を僕もしみじみ読みました。作家が他の作家の小説を読むというのは、こういうことなんだと思いました。その上で、あなたは初めて、『「雨の木《レイン・ツリー》」を聴く女たち』となる作品を書き始められた……

――最初の『頭のいい「雨の木《レイン・ツリー》」』を発表した時、四十五歳で、三年かけて連作を終えた……ダグラス・デイの評伝が手に入ったのは、日本の洋書店にそのハードカヴァーが少部数入ってということだから、それを読んだ後ペンギンのテクストが僕に読めたのは四十になってだったんじゃないか……

あの頃の僕は、文化人類学の新しい研究者に影響を受けていて、「遅れて来た構造主義者」などとカラカワレル数年でした。『小説の方法』という、自分としての文学理論も書いた。学生で小説を書き始めて、自分の小説の方法を考えてというヒマはなかったから、こちらが僕には小説理論の最初の学習だった。それに基づく小説としては、『同時代ゲーム』を書いた。それから『「雨の木《レイン・ツリー》」を聴く女たち』までの丸三年間、僕が読んでたのが……さきの文学理論期の反動のように、もっぱら小説と詩だった……　それも小説はマルカム・ラウリーだった、いまきみに正確に時期を示されて、いろいろ思いあたるなあ。

――僕が『「雨の木《レイン・ツリー》」を聴く女たち』を読んだのは、もう日本語・日本研究のドクター・コースに入ってからで、二十一世紀のことです。八〇年代の始めには出ていたあの本のハードカヴァーからいえば、それこそ「遅れて来た読者」でした。それでも日本から来ている同年輩の留学生で、いまはバリバリの研究者ですが、その女性に、「遅れて来た構造主義者」を卒業した長江から読み始めるのは……じつは『懐かしい年への手紙』からの読者ですがね……スジがいい、と賞められました。

“Under the Volcano”の話が長くなりましたが、いまもあなたが新訳の『火山の下』を読まれているのを見て思うのは、あなたとマルカム・ラウリーのつながりの特別さということです。それが僕に意味があるんです。僕はマルカム・ラウリーに対して、特別なアンビヴァレンツを持って来た人間ですから。まず『「雨の木《レイン・ツリー》」を聴く女たち』という小説でラウリーに会った自分、ということから来ています。さらにあなたとマルカム・ラウリーという主題は、いまの「カタストロフィー委員会」の主題にまっすぐつらなっています。

もちろんあなたにとってのギー兄さん、僕にとっての父は、それこそカタストロフィーを典型的に演じた人物で、かれこそわれわれの主題の具体化です。もうひとり、塙監督もそうです。そしてかれらについてのあなたという最上の語り手を持ってることが、僕の「カタストロフィー委員会」への報告書を特別にしています。

あなたサイドに焦点を置いてそこを見直しますとね、あなた自身、カタストロフィーの生存者です。なによりあなたは、「三・一一後」の破局的な危機に直接な関心を示しながら、この国に生きている。その危機に関連して自分なりの活動をして、表現することもしていられる。

あなたについて考えながら社会的な危機と、個人的な老年・死の危機とを、検討しないということは、むしろ無礼じゃないですか？　あなたは「三・一一後」の日本の知識人の一モデルですが、そのあなたが絶望的なほどの危機感を表明してられる次の原発事故が起れば、もうあなたに未来を語ることはできない。それへの心残りは、この一年間この国とアメリカとヨーロッパの知的な階層に、あなた自身が演説して廻ってきたことじゃないですか！

われわれの「カタストロフィー委員会」が、あなたを報告書への協力者として期待するのも当然でしょう？　僕にこうしたことをいう資格はありませんが、あなたはエドワード・W・サイードと、かれの死の十年前から、あなた方お二人の「晩年の作品」についてリアルな話を続けて来られたのでしょう？

しかしやはり自分はまだ生きている者だといわれるなら、その晩年を生きるあなたに、死んだマルカム・ラウリーの、早過ぎた「晩年のスタイル」について語っていただくことを、インタヴューの軸のひとつにします。

ここに取り出したままのあなたの御本を……昨夜貸していただく約束をした、あなたが書かれて、書き直してもいられるテクストと一緒に、録音機器のあるところへ運ばせてもらって、話を続けましょう。これまでの分は、ポケット型レコーダーにとってありますから、真木と一緒にそちらも合わせて編集します。

——青春の始まりで、あなたが英文学者に語学ではカナワナイのに、かれらの翻訳を読むのを望まない。そういうことはありえたと思います。作家になってゆく人なんだから。そして四十代に入ったあなたがこの小説家の生涯について知った。そしてオリジナルのテクストで“Under the Volcano”を読まれて、深い印象を受けた。そしてあなたはその文章のトーンが気にいった。それが日本語と異質な英語のものでありながら、しっかりあなたのなかで続いてるうちに、『「雨の木《レイン・ツリー》」を聴く女たち』を書かれた。そして僕をマルカム・ラウリー読者に仕立て上げられもしたんです。

僕はあなたの本に名前の出て来るラウリーの詩集や、わずかな数の短編も読んだ。あなたが名前をあげられた評伝は手に入らなかったんですが、昨夜、あなたの書棚で見つけてパラパラ読みました。

僕のようなアマチュアの読書でもそうですから、あなたがたまたま出た新訳を贈られて、昔のテクストを読み返されて、いろんなことを考えられている。それに新しい線も引いて、検討されている。僕もそれを追いかけるように読んで、昂奮しました。

7

たとえばですね、"Under the Volcano" の領事は、僕にまだよくわからないところが残っていますが、妻とムゴイ別れ方をしたのらしい。その別れた妻に対してというよりも、もっと根本的な……人間そのものに対する罪悪感を持っていて、そのことから永く苦しんでるじゃないですか？　あれは、どういうことなんですか？　長江さん、あなたにもそのような罪悪感は、おありですか？　あらためて領事にも共感をよせてられるのが、新しい傍線で読みとれます。

　領事がそのカタストロフィーの仕上げに渓谷《バランカ》へと落ち込んで行く。かれの死体に続けて、叩き殺された犬の死体も投げ込まれる。この "Under the Volcano" のエンディングを、あらためて赤鉛筆でなぞっていられます……　アサさんによると、あなたには僕の父が死んだ後、相当ひどいアルコール中毒の時期があったようですね。その悪夢をあらためて見られることはありませんか？

　私が黙ったままでいたのは、この年齢になって、近い記憶もあいまいになり、そして夢の記憶は、一体そういう夢が本当にあったものかどうか、それによる動揺のなごりは色濃いのに確かに思い出すのが難かしいからだ。自分にいま思い出せないからといって、苦しい夢はなかったといえるか？

　どのように私の無言を解釈したか、ともかくギー・ジュニアは、質問の方向を変えた。

――『「雨の木《レイン・ツリー》」を聴く女たち』は、僕が『懐かしい年への手紙』のように母に強制されてじゃなく、自発的に日本語で読んだ最初の本だと、もうお話ししました。そして“Under the Volcano”について知り、『「雨の木《レイン・ツリー》」……』に書いてられる言葉ですが「地獄機械《マキーナ・インフエルナル》」に取りつかれた人物の死も、作家自身の生の終り方も知ってましたけど、あなたからは、もうひとつ別のラウリーの顔も示されたのを忘れません。あなたは『「雨の木《レイン・ツリー》」……』で、ラウリーの短編のひとつを紹介していられました。ラウリーは人物を作曲家に作っていますが、あきらかに小説家として苦しい仕事を再開しようとする自分の願いを、神に呼びかける。その「祈り」を、あなたは訳出していられました。

《親愛なる神よ、心からお祈りいたします、私が作品を秩序づけることができますよう、お助けください、それが醜く、混沌として、罪深いものであれ、あなたの眼に受けいれられる仕方において。……乱れさわぎ、嵐をはらみ、雷鳴にみちているものであるにはちがいありませんが、それをつうじて心を湧きたたせる「言葉」が響き、人間への希望をつたえるはずです。それはまた、平衡のとれた、重おもしい、優しさと共感とユーモアにみちた作品でなければなりません……》

この一節を読んで僕が考えたのは、そのように訳しながら、現に新しい小説を書いていられた長江さんが、自分の「祈り」も重ねていられないはずがあるか、ということです。

そしてそこに、苦しんでいる読者へのメッセージが込められている、と思った。“Under the Volcano”のなかに肯定的な人物が居ないわけではないけれど、多くの読者が領事にイカレてしまうのじゃないか？　それはやがて自分が足を突っ込んでしまうはずの苦しい所から、それでも出て行くことはできるという、その励ましがあるからだ。つまり僕にとって、マルカム・ラウリーという人は、根本的にアンビヴァレントな作家なんです。

さて、あなたが『「雨の木《レイン・ツリー》」を聴く女たち』を書かれてからでも三十年たっているいま、今度の新訳が……あなたにはあの恐しい最後の一行まで日本語で読みぬかれた唯一の“Under the Volcano”になるわけですが……そこはどうでしたか？

じつのところ私はギー・ジュニアが初めて示す真情にドギマギしていたこともあり、こういう答え方しかできなかった。

——いまのきみの引用で、僕はラウリーの短編を自分の短編に使ったことを思い出した。僕はその「祈り」を引用してるけれども、自作の主人公に当の「祈り」を担わせてというのじゃなかった……

——『さかさまに立つ「雨の木《レイン・ツリー》」』という短編として、連作にふくまれていますが……作家自身にこんなことをいうのも奇妙ですが、あなたの短編で中心に置かれる高安カッチャンは、カタストロフィーにある人物で、それに対比して積極的な人物として描かれているのは、かれと同棲しているペネロープという女性です。

——そこまで聞いてもよく思い出せなくてね……自分の老年の端的なしるしなんだが、僕の短編はどういう筋立てのものだったろう？

——ラフなストーリーを話します。あなたがハワイの大学に教えに行って再会された同級生で、しかし専門教育を受けたコースからは脱落して女性の世話になっている人物。その愛人があなたに窮状の果てのかれの死を伝えて来た、手紙による語り方のものです。

しかしそのペネロープは、男の窮状が、個人の性癖の歪みや無能力にもたらされたのではなかった、という。社会、あるいは国、世界という規模で人間がひとしく落ち入っているものだとする。

ユダヤ系のこの女性は、それをカバラの神話的な世界イメージの、「セフィロトの木」としてとらえ……それは世界が健常な時、真っすぐ立っています……いまやさかさまになった状態だというんです。彼女はあなたをプロフェッサーと呼びかける手紙で、あなたの「雨の木《レイン・ツリー》」の暗喩を、さかさまの「セフィロトの木」と同列に置きもします。そこを読んでみます。

《プロフェッサー、あなたと会うことは二度とないし、手紙を書くこともないと思う。だから最後に、マルカム・ラウリーの祈りの言葉をもういちどあなたに送る。それ以上のことは、さかさまになったセフィロトの木の側にいるプロフェッサーのためにしてあげられない。それを悲しいと思うが、ラウリーも高安もやはり絶望して死んだのだ。プロフェッサー、あなたの「雨の木《レイン・ツリー》」も、ひとり炎に焼かれたのです……》

　ここに言及される「雨の木《レイン・ツリー》」は、あなたの小説ですでに失なわれています。この短編のストーリーを長江さんが思い出せないといわれたのは、あなたの潜在意識のレヴェルで、それを思い出すことを惧れていられるからかも知れません。

　このペネロープは、日本をふくむ大国の核兵器による（いまや原発も入りますが）全面的な破局の後の、メラネシアの島で生き延びる先住民による未来世界という構想を、あなたに手紙して来たのでした。その結びを引用することで、長江さんの小説は終っています。彼女は先進国すべての破局の後、先住民の若者たちと生き残って、かれらに協力し、かれらの先祖の「千年王国」の予言、将来は海から届く荷物《カーゴ》によって豊かに暮らせる、という予言をいまこそ成就させよう、といってるんです。それが可能でありうるかどうか、今の「フクシマ」が疑わしめますが。

そこを引用します。少なくともこの小説には先住民の若者たちにヒントをあたえられた、カタストロフィー的想像力の気配が見えますから、じつはあなたも「三・一一後」の一年、骨身にしみて自分の小説に欠けていた部分をふくめ、思い出されることがあったのじゃないですか？

《(自分らは) 新しい荷物《カーゴ》カルト運動を始めるつもりだ。それを原水爆荷物《カーゴ》カルト運動と呼びたい。

ソヴィエトとアメリカ、ヨーロッパと日本が、核の大火に焼かれてしまえば、多くの物資が荷物《カーゴ》として、太平洋に漂い出るにちがいない。島の人びとは、それをただ拾えばいいのだ。(中略) 最後に、マルカム・ラウリーの祈りの言葉をもういちどあなたに送る。それ以上のことは、さかさまになったセフィロトの木の側にいるプロフェッサーのためにしてあげられない。それを悲しいと思うが、ラウリーも高安もやはり絶望して死んだのだ。プロフェッサー、あなたの「雨の木《レイン・ツリー》」も、ひとり炎に焼かれたのです……》

死んだ者らの影が色濃くなる

I

この日、私は全体に茫然としていた。ずっと眠れずにいたまま、朝の七時、私は起き出して来る千樫を待ち受けて、彼女に処方されている安定剤を、一瞬、二瞬考えてではあるが二錠もらい、５００㎖の缶ビールで一息に飲み（相手が不審そうだったのを覚えている）、書庫のベッドに入った。

正午に起してもらい有楽町一丁目の日本外国特派員協会の記者会見に向かう予定。午後二時からだったはずが、ランチョンをふくむ時間帯に変更する連絡があったと起されて、十時に身づくろいをし小田急線の駅に着いたのが三十分後。千代田線にそのまま接続する電車で日比谷駅の改札に向かい、ＰＡＳＭＯで通過しようとして、邪険な機械に遮ぎられた。乗り込む際、まだ半ば眠っていてスイスイ通り過ぎた様子で、乗車駅が入力されていなかった。

駅員に「電気ビル」と教えられて、駅から出ようとするが、地下通路から上に出ることができない。ウロウロする私を、注意深く見つめて来る、濃い茶と白髪の縞の頭の外国人が両腕で抱え込むように押しとどめてくれた。おお、あの三十代だったP・Pと面影の通う人物……そう認識して、肩を押されるまま歩き出していた。「三・一一後」すぐ電話で連絡を受け、顔は合わせなかったもののファクスの往復をして、筋の通った一ページ分のインタヴューを仕上げてくれたル・モンド紙の特派員なのだ。

歩き続けて行くとエレベーターの前、こちらもP・P同様私と同年輩の、お互い後期高齢者の日本人が（日頃よりずっと身ぎれいにしていて見違えたが）、記者会見を主催する作家Kさんで、私はやっとこさ、居るべき場所に自分を見出していた。

その安堵からか、私はわれながら不思議な勢いでフランス語を話し始めていた。

――このKさんの、もう古典ですが、当時は出たばかりの『自動車絶望工場』に感銘していたのが始まりです。大学の同級でパリでの編集者留学を終えて来た友人……白血病で死んでなければ、いまこの国最良の国際ジャーナリストだった友人に、日本の自動車産業についてP・Pさんがインタヴューする人を探していると相談され、K

さんの話をしました。そしてあなたは、素晴らしい報告を書かれた。そのような関係でいて、三人で直接会っているのはいまが初めてです。僕はそのヨシヒコのフランス語社会でしっかり活動できる学力と、労働の現場に入り込んで知的なルポルタージュを作ったKさんの……そしてP・Pさんの働きに付いてゆけない、ただ感銘している小説家でした。ヨシヒコが死んで何年だろう？　かれの通夜の晩、僕がP・Pさんに日本酒を無理強いして、夫はダイエットをしている、と夫人にたしなめられたのが、この言い方に出会った最初でした……

急に感情的になって黙り込んだ私を、自然なかたちで導いてくれる二人に挟まれてエレベーターを降り、英国風調度のクラブの玄関に先導するKさんが、P・Pさんに自分を発見させたのはまだパリ帰りの日の浅い雑誌記者じゃなく、かれの同級生の若い作家だった、それは知っていたけれども、いま原発再稼動に反対する大集会を一緒にやることになるまで、かれと直接話したことはなかった、というような話をしている。

さて、いかにも簡素な（魚であったか豚肉であったか記憶にない、白い板のようなものなら確かに食った）ランチョンの後、やはり四日後の代々木公園での集会の準備に働かれた経済評論家U氏に加わってもらって、記者会見は終った。それにしてもやはり量を多く取り過ぎた安定剤とビールの相乗効果がもたらしたものは残っていて、私は会見の終った会場で強引に話しかけて来る、千葉県下で大学教師をしているというイタリア人と物騒なことになった。

青年は、新党派を立ち上げたばかりの大物保守政治家が、日本はすでに三百を超える核兵器を所有していると、公開の席で話をするのを聞いた、という。——きみたち倫理的な反核派のモラルと、その事実はどのように整合されるか？　私はそういう情報の伝達のされ方は信じ難い、こういうあいまいな談論も、日本外国特派員協会は許容するのか、と受けつけない。しかし相手は、これは世界中が知ってることだ、という。それでは、当の政治家の話をきみが聞いた場所をいえ、その席に参加する資格はどういう仕方でえたのか、と問い掛けても、答えない。確かにシドロモドロになりながら、あくまでこちらの認識の「世界性」の欠如を言いたてる。

そのうちこの青年に立ち向かう女性が出現して、一挙に面倒を片付けてくれた。じつはランチョンの席に着いている人たちのなかに当の女性を見つけて、気になっていたのだ。彼女はもちろん英語で話したが、要所にいたると、私にもわかるゆっくりしたイタリア語で、それも初歩の文法をイタリア人に念を押す仕方で、つまり日本・日本人が核攻撃をする能力を隠し持っているという話か、日本・日本人を核兵器を搭載したミサイルで攻撃する能力を某国が持っているという話か？　きみはアベコベに受け取っている。もし後者のケースをいうのなら、確かに世界中がそれを知っている、といって青年を追い払った。

そうすると、彼女とこそ話したい私を新しい質問者にゆだねて、女性は姿を消していた。なお次つぎ出て来る質問者との立話が続いた後、壇上で同席した人たちに挨拶し出口に向かうところで、さきの女性が再び現れた。しっかり待っていてくれたのだ。

2

記者会見の間、同席する人たちとは、共有する思いを抱いて、「三・一一後」の情況に足を踏まえて来た。一緒に前へ出ようとしている。これは大切な仕事だ。その一方でいま、私は少年時から自分にとって特別な存在だった人物の、おそらく最後の同伴者だった女性と再会している、と認めていた。

私たちが、一列で並んで座っている壇。前の床に直接並べた食卓に、五人並ぶヨコ列がタテに連なる、その奥に、立っている人たちの群がある。つまり予想されたより多数のジャーナリストが、壁ぎわに肩をくっつけ合った立姿で詰まっている。この国の記者たちより海外からの参加者が多い。かれらに私らの答えうる大方は、去年の九月に実現した、市民たちの大集会で話したことだ。原発の再稼動を認めないと私らはいうが、政府と地方自治体はそれを強行するだろう。市民としてどう抑止しうるか？事態をよく知っている、食卓に座った人々がそこを問い詰めようとするのではなかった。

むしろ散会となったフロアに、待ちかねて壁ぎわから出て来たそれぞれの意見の持主たちが、目当てのメンバーを摑まえようとする。私の場合の、そういう相手を撃退してくれた、大柄の花模様の布地のワンピースをゆったり着ている女性が、じつは会の間私の目を引きつけていたのだ。まだ若さの残っている女性はさらに十五歳ほど若かったが、問題を抱えて千樫とリアルな方途を話すため私の家に来た。その人がイタリア人との問答を終らせてくれる成熟を現わしていた。私が、その礼に頭を下げたのに応えて、――シマ浦です、と名乗った。

そして約束していたように私と並んで、人込みのできているエレベーター・ホールを迂回すると、レストランで向かいあうことになっていた。

――四国でアカリさんと会って来ました、日本に着いた日、千樫さんに電話をすると……このような記者会見で、盛岡から仙台へ回って戻られると聞いたので……まず私ひとり四国へ行ってみました。東京でのそれに長江さんとお会いしに行きたい、というと新聞社関係の人に私のための保証書を書いてもらって、ここの受付けに届けさせる、と例の通り至れり尽くせりだったんです。

千樫さんが見て来てくれ、といわれた通り、アカリさんは日灼けして活潑に動き廻っていられましたが、アカリさんと一緒にいられる真木さんによると、最初自分が東京に報告したほど体調がいいわけじゃなく、鬱屈することもあるといわれたのでしたけど、ともかく日灼けしているでしょうと、愉快そうでした。

——真木はいまアカリの日灼けについて話したいんですよ。

——そして、そのもとは長江さんから見せられた本にあるといわれましたよ。年齢的にどういう時だったかはっきりしないそうですが、父親に、センダックの“Outside Over There”の特別なページを見せられた、それが忘れられなくて、ということなんです。ゴブリンどもがやって来て、生まれて来た赤んぼうを盗みますね。そして自分らの仲間の老人を、替りに置いてゆくんです。そのシーンのことを、あなた自身、御自分の本に「グロテスクな白い赤んぼうが揺り籠に残されている……」と書いていられました。

あなたから、絵本のそのページを開いたところを、押し付けられた……絵本の内容のわからない時に、そうされて泣き出した。それを聞いて、私も確かにそのページが恐かったことを思い出しました。ゴブリンどもが赤んぼうと取り替えるために氷で作って来た、白っぽい老人が、融けかかっています……アイダは、そのすぐ前まで老人を赤んぼうと信じて抱きしめていたんです。真木さんは、アカリさんがその融けかかってる氷の老人と同じことにされるなら、自分がアイダになって防いでやろうと思ったそうです。

それで、いま日灼けして生きいきと行動できるアカリさんと並んで森のなかを歩いてると、東京の父が融けかかってる氷の老人として目に浮かぶことがある、ともいわれました。私は自分に子供ができた時、氷の老人と赤んぼうを取り替えられはしない、と意気込んだのを思い出しました。

真木さんはそれから十年もたった後、あなたがそのシーンを小説に書いてられるのを読んで、自分はアイダとしてがんばらなくちゃならない、とあらためて考えたそうです。それがアカリさんへの父親の抑圧から、自分も一緒に二人で自立しようと思い立ったきっかけ、といってられました。それに対して、私は子供を殺させる父親に抵抗しようと決めたのを、千樫さんに助けていただいたんです。

まず私は、あなたが吾良さんの子供の頃以来の友達であることを知っていました。吾良さんから話を聞いていましたから。また私は、南ドイツの新聞に書かれた小さなエッセイをつうじて、あなたに好感を持っていました。あのエッセイを覚えていたので、私は自分が苦しい情況に立って、東京へ戻るほかなくなった時、吾良さんのお友達としてただひとり知っているあなたに、連絡をしたんです。それでもね、あなたは日本人の大人だから、私の父親の考えに賛成されるんじゃないか、と疑ってました。

ただ私をお宅に引きつけたのは、あなたの所には、吾良さんがベルリンで私と一緒にいた間に描いて妹さんに送った……色鉛筆でスケッチして、水に濡らした筆でこすると水彩画になる絵です。それがあるはずだから見せてもらいたい、と思ったんです。それは私が、もう亡くなってた吾良さんの優しかった日々を思って、ということでした。

ところが、あなたのお宅にうかがって話の相手をしてもらっているうらに（あなたにではなくて吾良さんの妹の千樫さんに、です）あのように実際的な仕方で、私と私の赤んぼうを助けていただくことになりました。一度千樫さんが私と私の子供のことを本当にはどうお考えになってるか不安になって、ダダをこねるような言いがかりをつけたことがあります。私は千樫さんに、ベルリンにまで助けに来ていただいていいものか、とても辛いと文句をつけたんです。

そうしますとね、千樫さんはおっしゃいました。私がしていることは、長江も承諾している、むしろ長江が、こうすることのできる基盤は作ってくれていた、と……そういえば、長江さんが森のなかの子供の時の話を幾つも小さい物語に描いて、それに千樫さんの挿画をあわせて、本を出された。長江さんの女性の知り合いの方たちはみな、それがよく売れるのは千樫さんの絵のおかげだ、といわれてたそうですね。

長江は吾良の妹の私が暮しやすい家庭を作ろうとしているので、アカリをあのように大切にするのは、それは心からだと思うけれど、アカリが吾良の妹の子供だからということもあると思う。長江にとって子供の時から一番大切なのは友人で（まずギー兄さんですね）、そのひとりが、私の兄だったんです、といわれました。

今度、森のへりでお会いした真木さんにこうしたことを話すうち、アメリカのテレビ番組制作者が長江さんへの長いインタヴューをなさると、そこには吾良さんとのことも大切な要素として入るはず、と聞きました。それで、私は真木さんに紹介してもらって、ギー・ジュニアと話しをしました。そしてあなたとのインタヴューに……私がその時日本にいれば……立ち会わせてもらいたいといいましたら、長江さんの同意を得ろということで、ここに来たのはそれをお願いする気持もあったんです。

3

帰宅して、私は千樫にシマ浦と会った話をした。もう直接電話があった、ということだった。

――浦さんはこれまで永い間、あれだけお世話になっていながら、音信不通に近い状態で申し訳なかった、と挨拶されました。けれどもね、浦さんが私たち一家に向けて、もっと正確には長江に向けて、手紙を出すことを難しく感じられるとして当然だと思っていた、と答えました。

あなたは『取り替え子《チエンジリング》』で、吾良と浦さんについて、あれだけのことを書いたんですから。しかし、あれはあなたに浦さんに対して悪意があったというのじゃなくて、吾良があなたにした自慢話を、あなたがそのまま書いてしまった、ということです。

今日は、あなたとの間でその話になることも無理はなかったと思うけれど（これからは、というのは浦さんの滞日中、何度も訪問してもらいたいからですが）、もうあの小説の話はヌキにするのがいいと思う、ともいいました。そうすると、私の考えてきたのとまったく同じことを浦さんが答えてくださったんです。

最初に読んだ時は自分についてショッキングなことが書かれていると思ったけれど、もともとは吾良さんが打明け話をした、その微妙な再現の様子を感じる。そして、あれだけのものでしかなかった吾良さんと自分の性的な関係に、吾良さんの寛大さを思って（端的にいって、ドイツの若者との、あるいはベルリンに来ている日本人の男との間のことだったら、性的なことについての私たちの間の約束は守られえなかったでしょう）、あれを読み返すことで、本当に、吾良さんの優しさを感じます。しかしそれを他の人に理解してもらえる仕方で話すことができるとは思えない。それはわかっています、と彼女はいわれました。

4

翌週の土曜日、シマ浦は、吾良さんが使っていたのと同じ模様のクッションが銀座の洋品店にあった、と手土産にして現われた。吾良さんのはもっと大型でしたけど、懐かしいので。

――吾良さんは映画祭の招待側当局が準備した、中・短期滞在者用マンションの住人なのに、付いている家具が気にいらず幾つかを自費で買い入れてました。

千樫はそれが父の病室にあった、広範囲の芸術活動で知られたウィリアム・モリスのデザインだ、とすぐ反応した。戦争半ば、ナチス・ドイツの監督を日本に招いて合作映画が作られ、父が協力したが、出来上った作品に不満で、クレジットに名前を入れさせず、報酬も受け取らなかった。その後、病臥したことを知った先方から贈られたものを愛用していたが、戦後すぐそのクッションが日光消毒されているのを見て、ドイツ製品であれば占領軍に咎められるといった見舞客があり、父がモリスは英国人だ、と書棚での訳詩集の在りかを教えて母を安心させた。

——この生地の細かな模様がきれいでしょう？　紺と青と黄の……金色がかった茶の鳥が草花に囲まれる図柄をクッションにしたんでしょう。大きい方は、ゆったりして素敵でした。

——描かれてるのはヒヨドリですけど、長江は庭に来る野鳥にやるエサをヒヨドリが独占するので、森のへりの子供の頃に作った罠で、番《つが》いを捕えたのね。この先の川の上流の林に放しましたけど、新聞のエッセイに書いたので、放鳥しても法律違反、と抗議が来ました。

——こういう話をしに、浦さんが来られたのじゃないはずだから、と私はしめくくろうとした。

――いいえ、吾良さんがここに居られたら、もっと展開されただろう、と思います。

それでも私が本を片付けると、シマ浦は自分の話を始めた。

――この間の記者会見で、私と長江さんが同席しているのを見た、とベルリンでお会いしたという方が連絡して来られました。参会者が記帳するノートにホテルの名を書いてましたから。

今日の午前中にお会いして来ました。吾良さんが最後に作ろうとしてた映画のことで、まだ噂が生きているというお話でした。映画業界につながりが長い週刊誌記者のようです。作ろうとしていた映画で撮影を依頼していたカメラマンと問題が生じた、という話は吾良さんに聞いていたんです。

しかしあの映画は、構想の内容が明らかにされていたのか、尋ねてみました。幼年時から少女期にかけて、性的な災厄にあって、そのトラウマから逃れられなかった娘が、それでも自立心と努力を忘れないで、前向きに生きて来た。そうした女性の再生の話は映画に幾らもあるが、これは海外で働いている知的な娘の、という前宣伝がされていた、といわれました。

製作にかかったところで、塙監督とカメラマンの衝突が起って中絶した。その後、監督の自殺があった。『取り替え子《チェンジリング》』が出た時、長江さんがそのモデルにした人物が、塙監督の映画に撮ろうとした女性じゃないかという噂があって、自分はその取材にベルリンへ行きました。あなたとお会いしたことを覚えていられるでしょうか？　あなたは話を聞いた上で、取材を拒否されましたね。

　そのように礼儀正しい記者で、私の来日が塙監督の映画の国際的な評価の本をまとめるためだというと、励ましていただきました。

　それはよかったのですが、私の方で、気にかかり始めてることがあります。塙監督が撮影の始まる直前の打ち合せで、撮影担当者と喧嘩になった話は、週刊誌に詳しく出たそうですね。

　そのカメラマンの映像を高く評価していて、自分の映画に引き込みたい塙監督は、一枚のスケッチを持って交渉に行った。監督は、若い娘の内面にあるものが、意思にしても感情にしても、身体に、それも微妙な皮膚の動きとして見えることがある、それをカメラで撮ってもらいたい、と注文された。そして監督が絵コンテの用紙に、あお向けに横になって両肢を開いている裸婦をサッサと描いて、自分らはこうした女性の身体の部分の運動を日常的に見ている、それをはっきり表現したい、といわれた。カメラがその細部を接写するということじゃない、スクリーンを見詰めている自分らの胸のうちで、ああ、この動きだと胸にしみるように捉えたい、といった……ムッとして黙ってるカメラマンに、監督は熱心に自分の考えるカメラの手法の独特さを説明し続けた。そして両者は決裂した。

——しかし腹を立てたそのカメラマンは、四、五年前に亡くなられたはずだから、何度も話されて定番の演し物になってるものを記者に聞かされた、ということでしょうね、と私は介入していた。

——この話を吾良から誰より詳しく聞いたのは、長江だと思います、と千樫は静かに、しかしある決意を表わして引きとった。そのカメラマンと吾良の衝突の話は、確かにいまほどの内容でした。映画関係の人たちの間での話の笑わせどころは、吾良の用いた単語の露骨さだったようです。

この分ではさらにどんな話が出て来るかわからない。吾良のスケッチや絵コンテやらも週刊誌に出るはず。記者のコンタンに気が付いて動揺して、（無理のないことですが）私と長江に話しに来られた……そういうことでしょう？

シマ浦は否定しなかった。

——それならば、浦さん、心配されることはないんです、いま話に出た物証は、すべて私たちの手許にあります。まず吾良の描いたスケッチは本当に良い絵なんです。

原画とカラー・コピイしたものを私が持っています。

　それと、いまも映画関係者が話題にするという映画の構想ですが、カメラマンとの決裂の夜、吾良が家に来てその話をしたのを覚えています。真面目な話なんです。そしてこういう話を吾良とするとなれば、その場でノートをとるのが長江の「人生の習慣」です。あの夜はまだ吾良もその映画を断念していないで（帰りぎわに、人物のダイアローグを長江に依頼していました）、スケッチと絵コンテも残して行きました。

　そして千樫は私が書庫から昨夜のうちに下ろしておいた「塙吾良関係」の段ボールの箱を私らの囲んで座っているテーブルに載せた。まず取り出したのはA５判ほどの淡い青の紙のスケッチ、鵞ペンのような効果の出るもので描いた裸婦。

　――吾良はいつも革ケースに入れて特別なペンと留金のついたインク壺を持ち歩いていました。かれが父親から受け継いだもので、そのペンで描くと古い版画の感じになります。

　こちらは吾良の絵コンテで五、六枚もありますか、そちらについては長江の話を聞きましょう。ともかく吾良が作ろうとした映画の構想を示すものですから……浦さんと一緒に聞きたいと思います。

　それが終れば、絵コンテは裏庭の石油缶で燃しましょう。吾良のスケッチの原画とカラー・コピイは、私と浦さんが持っていて誰にも見せないことにしましょう。
あの夜の吾良の言葉を私はノートに書き写しているが、二人の女性に向けて朗読して聞かせるわけにもゆかない単語にみちているので当惑するうち、当の吾良の話しぶりを自分が詩の一節のように作り上げようとしているページを見つけた。それは吾良に依頼されたことを何とかやってみようとした試みのひとつで、私は吾良の使った単語をその段階では尊重している。これならば、ということで私は女性二人に示した。私はそのノートを彼女ら自身で読んでもらった。

少年時からの友人の
老いた映画監督が現われて、
バーゼルの高級ホテルの封筒を示した。
表と裏に
柔い鉛筆のスケッチがある。
二十代半ばの女性が、
下着を　立てた片膝に引っかけて
仮眠している。

そのままの姿勢の
下半身に視点をさだめたスケッチ。
ひっそりした肛門から　会陰《えいん》を越えて、
昆虫の巣のような膣口まで、
こまやかにもつれる線が　つないでいる。
ここを　ある気配が　前へ伝わる。
憐れなような　嘆息も聞いたよ……
少女として出会ったが
いまは成熟して、
スイス市民と家庭を持ち、
（それとはまた別に）「宗教」から、
性器の侵入を許さない。
年に数度の逢瀬は、
裸で抱き合い長ながとキスをしている。
疲れると、ここを　掌《てのひら》で覆ってやって眠る
（そうすれば安心だというので）。

こちらは　年中が不満の冬だが、
目ざめて　その右掌《みぎて》に
官能的な名残りを感じとる
ことがあった……
(かなりの歳月がたって初めて)
不思議を氷解させるモノを見た、
この気配をこそ　われわれは
共有していたんだ。
カメラで撮ることの不可能な
気配と　動きとを、
娘の台詞にしてくれ。

そして私は、それに続くページから吾良の言葉をそのままに読みあげた。
——そこで映像として示すことのできない一瞬の持続の内容を、おれとしてはそのシーンのすぐ後に、目をさました娘の発する短い台詞として言葉にしたい。そういうことなんだね。

きみに注文するのは、皮膚のある部分の微妙な動きの描写ではない、それそのものが、実体である言葉だ、彼女の肉体のうちに起った独特な動きが静まって、その余波があるだけだが、娘のわずかなつぶやきが、そこで起っていたものを映画を見る者に理解させる。それはつまり、この画面に表現されているものの原型を、おれが眠っている彼女の身体の動きとして目にした、おれがこの歳月、娘との関係のなかで果しえなかったものの達成を見た……その全体の表現となる。

まだ眠ったままのところもある娘の意識が捉えている、いまさっきの経験の内容を、二行か三行を越えない言葉で、しかし完全に書きあらわしてもらいたい。いま、おれが話したことをすべてふくみ込んで、ただ一瞬だけの成就を、娘がそのすべての感覚で理解して、こちらには聞こえるかどうかの声で発する。その言葉が必要なんだ。おれはそれを完璧に聴きとっていたのに、自分の言葉にできない。

いまいった通り、おれというひとりの監督の意識と無意識の検閲……　自己のレヴエルを超えている自己検閲。のみならずカメラマンも、かれ自身のそれに妨害されているわけだ。したがってそれらが総体でアイマイ化するものを、きみが小説できたえたエラボレーションをつうじて、具体的な声に表現したい……

私はここで、この日の私らの長い会話（しかし言葉数は極度に少ないそれ）が一段落して、コーヒーと千樫の作ったサンドウィッチの軽食でひと休みした後、シマ浦が『取り替え子《チエンジリング》』の読み取りとして話したことも示しておきたい。

——ベルリンでまず私に必要だったのは、東京で発行された『取り替え子《チエンジリング》』を手に入れて読むこと。いつの間にか本を読んで好奇心を燃やしている人たちが、私の狭い生活範囲に何人も居ました。あ、この人は読んでいる、あの人も話を聞いている、と感じます。私が日本領事館の人たちにアルバイト先として紹介され、お付き合いの始まった人たちの何人もが、航空会社の友人をつうじてすぐさま入手し、廻し読みしていられるようでした。

そのうち東京から千樫さんが送ってくださった『取り替え子《チエンジリング》』を、私は読むことになりました。小説には吾良さんのベルリン滞在の、通訳とアテンダントの仕事をした最初の出会いのことがまずあって、吾良さんとのお付き合いが親密になる様子も書いてありました。ベルリンの人たちの好奇心をそそるはず、と思いました。

5

けれどもそれは吾良さんが発たれる時までのことで、あれから二年たって、あらためて吾良さんのヨーロッパ旅行のたびにお会いするようになってからのことは、書いてありません。それは救いでもあるし、ものたりなくもありました。表面を読むかぎり、私にも十分ショックだったんです。しかし読み返すたびに懐かしさの気持が強くなった……読んで行く時が重なるうちに、私と吾良さんの間柄が濃くなって行く過程が生きいきと、ああ、そうだったと思い出せるように書いてあって、新しく感動することがありました。

あの小説で、吾良さんは、性的なことをアケスケに話しています。そのアケスケに、というのは、立派なお父さんとお母さんに育てられた育ちの良い人でありながら、わざわざアケスケな言い方をしてということです。白分もいつの間にか勇敢に、その言葉に加わってゆく。これまでになかった言葉の環境に入った。そのことがはっきり思い出されました。

その吾良さんの表現にそって、自分の話した覚えのある言葉を読んで行くと、この頃から自分はドンドン人間的に（自分という人間の全体で）解放されて行った、と感じました。

ところが、あの本の「田亀」の章の最後に出て来るシーンは実際のものじゃないんです。どのように違うか？　それは吾良さんがベルリンから帰国される時の出来事として、小説に書かれていますが、実際にはそうでないからです。

なぜ小説に本当のことが書かれていないか？　小説を読む大方の人がそれをフィクションと受けとっていられるでしょうが、長江さんはあの小説を、「田亀」こそそのままじゃないとしても、確実に実際にそくして書かれている。ところがあのあたりの実際を吾良さんは、長江さんに話されていないからです。なぜ吾良さんが話さなかったか？　吾良さんは自分で映画にする構想を持っていられたんです。そしてその映画の頂点のシーンを、吾良さんはスケッチに表現していられます。

　ここにある絵をしっかり見てください。若い娘は、全裸です。しかし、そういうことはあのベルリンでの最後の日にありえなかったんです。それは、ベルリンではなく、あれから八年たって、ジュネーヴのホテルで（それこそ吾良さんと私の最後の媾《あい》曳《びき》の日に）実際にあったことです。あの日偶然のようにして私が全裸になったのですが、それよりほかの点ではベルリンでの日々の二人の約束がジュネーヴでも守られていたんです。

　絹のYシャツを着てボタンを外している吾良さんと、身体をからみ合わせてキスをしていて、吾良さんの骨惜しみしない愛撫があって、しかしペニスは挿入されない。

そのうち私の掌に射精されて、吾良さんの身体がベッドの下方に離れて行く。そして、この絵に描かれている、ひとりになった私の身体が残る……

……それから私は眠ってしまった。そして、先に終ったことの続きの夢を見た。私の心のなかでは、セックス以上だがセックスではない、しかしこれまでで最高に気持がいいことが本当に起って、私はイッテいた……短かい眠りからさめた私を、ベッドの裾から腹這いになってスケッチしている、Yシャツから胸もとの覗いている吾良さんの頭頂が見えているのへ向けて、自分に起っていたことを報告する……そしてまた眠り込んでしまい、もう一度目がさめると、すぐに起きなければお互いの列車に間に合わない。吾良さんの方はもうシャツのボタンをとめて、ズボンも靴もつけていられました。

――……吾良が「田亀」に録音して送って来たものはベルリンでの経験が中心だったわけですから、『取り替え子《チェンジリング》』はそこで終らせているのがスッキリしてよかった……そうであれば、かならずしもあのシーンはウソではなかったのじゃないですか？　そしてジュネーヴの新しい経験を頂点にするはずだった映画を、ひとりの「娘」がしだいに自己解放してゆく物語として兄は構想していたと思います。しかし吾良があのような死をとげることで映画のプラン自体を破壊してしまった。それを知っている長江が、実際にはジュネーヴであったことを吾良とあなたのベルリン時代の物語にして『取り替え子《チェンジリング》』を完結させたのをウソだとは思いません。

浦さんがひとりで考え続けて来られたことを、よく話して下さいました。お話を聞いていて、自分のなかではっきりしてきたことをいいたいと思います。真木がギー・ジュニアの私へのインタヴューを、真木をふくめて必要な人には立ち会ってもらう形式にするそうです。それを先どりするようですが、いま浦さんと長江に一緒に聞いてもらう話をしたいんです。

吾良が長江に積極的に会いに来ようとしなくなって、結局その延長のなかに吾良の死ということがありました。それでも、この期間に『取り替え子《チェンジリング》』にある通り、吾良は「田亀」という連絡装置で、少なくとも一方的には長江と話し、吾良の生前も死んでからも、長江が吾良のことを考え続けて来たことは小説の通りです。

しかしとにかくあの時は、近年になくというほどひんぱんに吾良が長江に会いに来て、話し込んで行くことが続いたのに、ついに長江が映画にもとめられてるものを提供できないと結論を出して、それで吾良と長江の間の関係は、最終的に断ち切られたんです。

……その映画の話をしに吾良がやって来ることが続くうち、ある日吾良が現われると長江が一枚の原稿用紙を吾良に示して、吾良はそれを一瞬だけ見ると（つい私もそれが白紙に過ぎないほどのものでしかないことを見てしまった）、その横顔がますますお父様に似て来たと思ったのを覚えていますが、静かに四つ折りして、長江が添えておいた封筒に入れると、あのお洒落な吾良が上衣のポケットに何か入れるのを生まれて初めて見た気がしましたけど、――こういうことだね、とますます穏やかにいって、帰って行きました。

長江はそのまま座っていますので、私が近くに駐めてあるベントレーまで送って行って、いったんハンドルの前に座ると儀式をやる態度で取りつく島もない吾良が、車を出すのを見ていました。

その後、『取り替え子《チェンジリング》』が出て、吾良と浦さんのことが最終的に「田亀」で話されるシーンを読んで、私はそこに書かれている台詞が長江の、兄にもとめられての試行錯誤の名残りだと思いました。

長江は吾良に頼まれた内容を、自分の文章のエラボレーションという「人生の習慣」で書き直し書き直しして、しかし吾良にもとめられている言葉を作りあげることができず、自分はこの件から降りる、ということを理解させようと、ああいう態度に出たと思います。それを吾良に渡しながら、自分のやったことをナカッタコトにはしないと自分にはっきりさせるために、兄が死んだ後、自分がやってみた失敗例を『取り替え子《チエンジリング》』に書き付けたんです。もし死んだ人の魂があれば、そのプランは吾良の方で却下したはずだと……

兄がその構想をしっかり紙に描いたスケッチのカラー・コピイを今朝のうちにとっておきました。そのコピイを浦さんに差し上げるつもりでしたが、この前のベルリンの冬の風景の水彩画と同じに、私がコピイを自分のものにして、オリジナルはあなたに持って行っていただきます。

千樫は口をつぐんで、一瞬考え込むようにして（それは先に彼女のいった吾良の顔のさらにリアルな再現だった）、私の賛意と浦さんの喜びを確認していた。

「三人の女たち」がもう時はないと言い始める

I

四国の森のへりにアカリと移り新生活を進めている真木が、アサの手紙を持って成城の家に現われた。真木がうつになるらしいとシマ浦からも聞かされていたけれど、千樫はそれが久しぶりに来ているようだとアサをつうじて知ったことのみをいって、それ以上は話さなかった。

ただ私は、現在のもののきっかけが私との手紙のやりとりにあることを推測していた。しかし「家庭の規則」のひとつで、私はそれ以上立ち入らない、自分が関わっていることのようでも、むしろそれゆえに、というのが習い。いつもそこに恢復の兆しが見えたところで、千樫は過ぎ去った嵐の話をする。じつのところアカリ、真木と同じく谷間に住むアサに尋ねるほかないが、ともかく東京に仕事もあって出て来た真木の運んで来た、アサの長い手紙がその役を果たすことになった。

そこで、起ったことのみを書く。大きい集会で会うことを重ね、年下の新しい友人となった市民運動のグループに、衆・参両議院の小党派の集まりが動いている脱・原発法のことで話したい、と申し出られた。こちらこそ教わりたいことがあり、出かけて行って明け方近く帰宅した。いまや私ら夫婦のみの暮しだが、玄関に女靴が一足あるのを見付けた。居間には灯がともっているものの、家全体ひっそりしているのでそのまま二階に上り、さて寝酒の一杯をと思ううち、その必要はなく疲れにベッドへ倒れ込んでいた。

昼近く起きて食堂に降りると、千樫はそれとして、格別コダワリも無さそうに見える真木が、ついこの間まで毎朝そうしていたように食卓に向かい合っている。アカリも帰って来て音楽室におさまり、CDのあれこれを低い音で試しているのか？　アカリはリッチャンの世話でテン窪の家に残っています、と千樫が私の問いに先廻りした。そして真木が、黒ずんで見えるほど陽灼けして引き締まっている顔を私に向けて、どこやら普通とは違う話しぶりをした。

——アカリさんとの暮らしはあいかわらず快調で、ママに毎日電話している通りです。それでもあらためてさんざん話しましたから、いろいろママに聞いてください。昼から、ギー・ジュニアが先に東京へ来て人と会っているのに付き合いますから、すぐ出かけます。そこで用件をまとめて報告します。

まずパパと問題が生じた『「晩年様式集《イン・レイト・スタイル》」＋α』ですが、私はここらで一休みしては、と提案しました。しかしアサ叔母さんの強い要望で、続けることになりました。

それで、編集・発行人の仕事はママに肩代りしてもらいます。パパがあれは連続性が大切なんだといわれたそうで、次号の「三人の女たち」の原稿も続けることになったほか、アサ叔母さんにパパへの手紙のかたちで書いてもらいました。叔母さんは脱・原発の大集会の報告もされてます。そこにはパパへの批判がまじっています。私に対しても……つまりフェアに、一緒に批評されました。パパの原稿ができていれば、いつもの通りに提出して下さい。

　次の号は、パパにあらためてギー・ジュニアがかれのお父さんのことでロング・インタヴューをします。このところ、パパの吾良伯父さんをめぐる回想が続いて、それ自体は良いものだと思いますけど、私は自分の不満もいいました。「三人の女たち」が雑誌に加わっていることの、積極的な意味はどうなる、などと……新しい読者のギー・ジュニアも、もっと緊迫した内容を期待しています。そこで、パパにギー・ジュニアの、ややこしいところもあるインタヴューを受けてもらいたい、と企画しました。ギー・ジュニアが意気込んでいますから、少なくとも二日か三日は必要です。かれの亡くなった父親のことを中心に置くそうです。チームごと成城に泊り込んでやらせてもらいます。

　真木は話を短かく一方的にして、まだ私がコーヒーと果物の朝食をとっている間に出かけてしまった。彼女として、本当にいっておきたかったことは千樫に託してあるわけだ。私はむしろ彼女にうつの気配がないことに印象を受けていた。千樫にそれをいうと、

——かならずしも、すっかり安全ではないかも知れない、と千樫は慎重だった。しかし、真木がうつの状態で攻撃的になっても、あなたをターゲットにしてそうなる以上、その時その場であなたが目に入らなければ無事だし、いまあなたも見られた通り今回のピークは過ぎてるんです。

それより、押しつけられた仕事でこちらがうつになりそう……これまでの真木の編集・発行のものの、実際にはコピイになっていても綴じ込む余裕のなかったものを、私は今朝早くから読んでいますけど、あの人が黙ってこなして来た仕事は相当なものだと思いました。

そこで私は、真木が携えて来た編集・発行人としての一切の仕事道具と、原稿の次号分を詰めてあるスーツケースを音楽室に運び、書庫から脇机とパイプ椅子を持ち出して、千樫に新しく必要となった仕事場をしつらえた。そして真木が運んで来ている郵便物そのほかから、自分のそれもふくむ、今回のやりとりの過程を見て行くことにしたのである。

いうまでもなく、問題は私と「三人の女たち」も参加して発行され、作家の私としていえば「最終の小説」となりかねない作品が連載されている当の雑誌。私の小説は始めの数回はそれなりの緊張度を示していたものの、しだいに家族間の「私小説的文章」となりつつある。そこで真木は自分の情熱と労力がムダになっていると、廃刊を言い出したのだった。雑誌次号のためにアサの書いた二種の文章を、そのままここに引く。

2

いま現在の兄さんと真木の間にあるものを、わたしとして整理します。兄さんが「前口上」でのべていることですが、「三・一一後」の情況にあわせて書いてゆく作品を、おなじ情況を生きている「三人の女たち」の書くものと同時的に載せ、互いに読んで感想をのべ合う私家版は、真木の献身的な努力によって続いて来ました。今は『「晩年様式集《イン・レイト・スタイル》」＋α』というタイトルのもと10号に届くところです。

　最初の号だけ、兄さんがわたしの届けていた原稿から選んで御自分の小説と綴じ合せたものでしたが、その後は真木が専任の編集者として、兄さんの読みにくいノートを「ワード」で清書し、わたしたちの原稿はもともとそれで作ってあるものをそのままコピイして、全体で五部ながら（ギー・ジュニアが加わりましたから）発送までひとりでこなしてきました。

このように、毎号の兄さんの文章は別にして（そこにも「三人の女たち」との直接のやりとりが含みこまれることはしばしばあって、相互関係は複雑になっていますが）、とくにわたしのものはもともと書きためていた文章でした。それは自力で自分について書いて、兄さんの小説に家族そろってモデルとされていることに対抗したいと思うようであったのが始まりです。それを知った兄さんから「丸善のダックノート」を贈られました。

兄さんが、公刊される見込みのない女たちの文章を、自分の書かれる『晩年様式集《イン・レイト・スタイル》』とあわせて家族の雑誌に作り、直接の関係者に配付することを思い立った。それは兄さんの小説に一方的にモデルとされて来たのをわたしたちがただで済ませるわけにゆかない、その気持を汲み取ってくださってのことでした。これは「三・一一後」兄さんが変って来ている（端的にいって生の残りの短かさを頭に置くようになられてる）ことのしるしじゃないか？　そういえば、ノートのストックがあったとはいえ兄さんの気前の良さについて、真木は、「三・一一後」、後期高齢者の先行きをリアルに考える人が増えたというけれど、その一例、といったものです。

ところが『「晩年様式集《イン・レイト・スタイル》」＋α』の第1号を読んでみると、「三人の女たち」としては兄さんの文章を気にせざるをえないことになり、以降わたしの文章を筆頭に、兄さんは「三人の女たち」の反撃に立ち向かわせられることになりました。それでもともかく、雑誌はキチン、キチンと出ていたのが、先号で編集者真木が、彼女ひとりの判断で、送付の封筒に「第1部・終り」と記入して、残りの三人をタジロガせた。すぐに兄さんから問い合せがあり、わたしが真木に電話を掛けて、彼女がそれをした意図を兄さんと千樫さんに伝えることになった。あの際にしたわたしの説明をここに繰り返すわけです。

わたしを確信犯の態度で待ちかまえて、真木がいったのはこういうことでした。

パパはずっと以前、私に翻訳とペーパーバックの原書を合わせて『トムは真夜中の庭で』をくれた時、「もう時間がない」“Time no longer”という言葉を覚えておくように、といった。それから幾年もたって、この前にいったのと同じ意味でエリオットの一句も大切なんだ、やはり二つの組み合せで覚えるといい、といった。「時間です　どうぞお早くねがいます」“Hurry up please it's time”と書いたカードを渡して……

私は今度編集したおしまいのページに、それらを二組そのまま書き込みたかったくらい！　そしてそれを、思い詰めた編集・発行人の、パパに対する呼び掛けにしたいとねがいながら、結局のところ、封筒の「読者へのお知らせ」式のものになってしまった。そしてパパはあれを自分に対しての、「もう時間がない」「時間です　どうぞお早くねがいます」という警告と読みとるどころか、アサ叔母さんに、これはどういうこと？　とエラソーニ問い合わせて来た。そちらこそどうなんだろうか？

パパはこれまで性懲りもなく三十年、四十年と書き続けて、読者の関心はあらかた失なっている老作家の古めかしい繰り返しをヒンシュクされることもあった。それが「三・一一後」の非常時だということでやっと気に掛かって、娘に編集させる私家版の雑誌でまず身内の反応をうかがおうとしたとすれば、なんという保身術だろう？

私は決心した。次号の小説として、あの書き込み・書き直し・訂正・そのまた再修正で真っ黒のノートが届いたなら、私は一応判読こそ試みはするが、もし内容まで先号と同じトーンであったなら、そのまま送り返す。そうでなくても編集・発行人の役目は返上、と覚悟してもらいたい！

真木は、圧制にやり返す罵声を発してるようだけれど、それこそ真情こめての悲鳴なんです。真木は、あなたの文章に対しても「三人の女たち」の文章についても、

「三・一一後」、社会の全体がどのような危機にあるか、一般的な市民感情を反映していないという。先号は、吾良さんの晩年の恋物語であるようでいて、あの人の生き方の独特さをとらえていて、それが吾良伯父さんの死の分析に到る前置きかと思ったけれど、どうもあれで幕引きらしい。塙吾良はパパにとってそれだけの人だったのか？

このように家族まで巻き込み、それも印刷じゃ遅いといわんばかりにコピイを綴じ合せた雑誌を作るのなら、緊急に伝えたいことをこそ表現してもらいたい。いまはギー・ジュニアを加えてみんな良い読者ではないか。その反響をベースにして、パパはそれこそ「最終の作品」へと踏み出すべきではないのか？

兄さんは、わたしの苦心の手紙にどう答えられたか？　真木の胸のうらはお伝えしたはずです。わたしには次のような返事と真木との和解のイメージがあったのです。小説にしても映画にしても、性的な露骨な表現にヘキエキする真木の編集する雑誌に、吾良さんの最後の映画の構想とカメラマンによる拒絶の物語を語ってることはわたしも理解できます。兄さんには吾良さんの、映画シーンへの熱中の面白さということがあって、自分は協力できなかったが、あれを笑い話とはいわせない、という思いがあってでしょう。

確かにそういうことは、「フクシマ」の今後について今どう考えるか・どう願い・

どう行動してゆくか、それこそを伝えたいと編集しているきみを失望させて当然だ、自分も私情に走り過ぎたことを反省し、これからは小さなことでもなんとか積極的な方向に目を向けたい……そのような手紙を書くだろう、と期待していました。

ところが兄さんはモロに腹を立てて、真木その人を拒否する手紙にした。走り書きの手紙にしたのです。きみは第2部が次号から始まるといって、おれの根性を目ざめさせるつもりだ。それならば「フクシマ」がどう終息しうると望むか、きみ自身のプランをのべよ、そうやって経団連的構想を打ち砕いて見せてくれ、とあなたは書きました。

……おれもそうした生きいきした芽ばえが市民デモに現われていることは見聞きしている。しかし自分にはまだそのようには書き始められない。自分のはっきりしない・ウダウダしている思いを書き、そこからのつながりを手探りする。吾良がどういう道筋でもって死ぬことになったか、そこへの誘いをなんとか押しのけるきざしは、ありえたとすればどういうものだったか？　自分には不可解な吾良の最後について、わずかでも情報を示してくれそうな女性がいれば、きみから見て積極的なものはカケラもふくまない話につきあう。それがどうして、塙吾良のことは幕引き、なのだ？

ああしたことも自分が「三・一一後」を生きている実際の姿として、

『晩年様式集《イン・レイト・スタイル》』に書いている。それが無意味だと見きわめているなら、なぜきみはその無意味なものの編集にムダな力をそそいで来たか？　どうかカッコ良い第2部をきみと作ってくれる人を見つけてくれ。きみたちにこの雑誌は進呈する！

　七十半ばを超えて「知識人」とかいわれたりもする人間が、なんのザマかと思いますが、あなたはこういう言葉を、あれだけ真面目に仕事を続けてくれて来た真木に向けたのです。一杯や二杯じゃなく、おおいにカタムケていましたか？　わたしに今わかっているのは、あなたのこねたそのダダが、真木をうつに押し込めたことです。

　そしてあなたの若い頃の言い方でなら、生産性はいささかもない苦しみをもたらしていること。わたしがテン窪に生きかえらせたギー兄さん名残りの家を訪ねて行っても、彼女は暗いところに寝たままでした。アカリさんがその枕許に、顔にはあたらないよう注意深くスタンドの光を設置して、なにか読む気になった時にそなえてやっていました。小さな音でＣＤを聴きながら、時どきうやうやしく見張る目を向けている……

　アカリさんはいってみればいつもの通り静かですが、内心はかつてなく困ってるに違いありません。真木がなぜうつに押し込められているか、それはパパに拒絶的なダダでむくいられたからだ、と自分からはいわない。真木のアカリさんとのコミュニケイションの実力なら、それを正確に伝えられると思いますが……

いまギー・ジュニアも、予定したインタヴューに必要な真木の協力のことを考えてやはり困惑していますが、彼女が大切な約束を忘れるはずはなく、そのうち元気を出すだろう、とわたしは考えています！　真木はギー・ジュニアが本格的に始めるギー兄さんの調査のためにも、他に幾つか東京での面会のアポイントメントをとっていました。そのためにも動けるようになればまず真木は、打ち合せに東京へ行くはずです。わたしはその際、真木に託すつもりでこの手紙を書いています。

ただわたしは、兄さんが『晩年様式集《イン・レイト・スタイル》』で書いていられることに、真木のように強くは失望していないことを言いたい。兄さんが自分のうつにそなえる手だてにしていただければと思って、こちらはポジティヴな読後感を提出します。兄さんは「フクシマ」をめぐる海外特派員との話し合いで再会したシマ浦さんのことを書きました。真木はあの方に好意的です。わたしはシマ浦さんが、ドイツやスイスでのお仕事の区切り目の日本再訪で、『晩年様式集《イン・レイト・スタイル》』に登場されるのを期待します。

あなたが吾良さんとのことはもう終った、と思っていないのは、少年時代の兄さん・吾良さんの二人組の面影を忘れないわたしにはあきらかです。ギー・ジュニアに聞いたところでは、かれのこれから正式に始めるインタヴューのうち、とくに千樫さんへのものに立ち会うことをシマ浦さんは望んでいられるそうです。千樫さんの正面切っての発言を待つ思いです。

さてもうひとつ、いま森のへりで暮し始めたアカリさんには、こういう突発事に悩まされるのとはまた別に、「空の怪物アグイー」が……カンガルーほどの大きさの、赤んぼうの寝着をつけて空を飛ぶ親身な存在が……さらにリアルなようです。飛躍的な視力の改良で戸外を歩き廻れるようになったアカリさんは、東京でよりしばしばその最良の友と一緒にいるようで、まだうつの前に真木の伝えていたイメージのいちいちが、ギー・ジュニアを昂奮させているんです。

ギー・ジュニアはアカリさんとアグイーの短篇映画を作る気持になっています。かれにはまだジェームズ・スチュアートの映画『ハーヴェイ』にならって観客には見えない存在としてアグイーを撮るか、縫いぐるみを着た俳優を起用するか未定のようですが、幻影であれ実体としてのアグイーであれ、それと並んで森のなかの道を歩くアカリさんを想定して、すでに森に上ってのコンテ作りにいそしんでいます。

アカリさんは自分の作品が録音されている沢山のテープやカセットをここに持参しています。土地選出の議員がひとしきり盛んに建設した、車の往来はマレでアカリさんには好都合の林道を歩く間、サブリュックのなかで鳴らし続けてますが、あまり高い音では掛けない。そこで真木にだけ聞こえるさらに低い声での「物語」。それは「森のフシギの音楽」のストーリーらしい。これまでは真木と音楽教師のリッチャンだけが聞き手だったものが、ギー・ジュニアの関心がさらに強いと真木はいっていました。

兄さん、あなたは新聞のエッセイに、千樫さんとあなたのこういうやりとりを書いたことがあるでしょう？《――アカリは十代前半で作曲を始めるまで、かれ式の言葉によってではあるけれど、よく話していた。どうしていつも黙ってる人になったかね？／――音楽に作った方が、自分の本当に言いたいことを表現できる、と感じてるのじゃないかな……／――アカリの三十年間の楽譜をさ、きみたちやアカリ自身に助けてもらって言葉に翻訳すれば、かれの伝記が書けるかも知れない、と私はいいました。それこそ大仕事《トラヴァーユ》にしても。》

兄さん、この森のへりの土地には、いまいったリッチャンはじめ、現にあなたのいう大仕事《トラヴァーユ》に取りかかっている人たちがいるんです。やがてギー・ジュニアはその最大の働き手となるでしょう。

さて、ここまでは真木のうつのことをあなたに告げる切実な必要から書いたものです。わたしはその前に『「晩年様式集《イン・レイト・スタイル》」＋α』のために自分が書いていた「作品」を持っているので、それも合わせます。いまから見ると、両者は連関する主題です。ともに兄さんへの呼び掛けである点も同じです。

3

七月十六日、代々木公園の、兄さんも呼び掛け人の「十万人集会」に参加しました。あなたに黙ってそうすることを、千樫さんにはいっておきましたが、今度はあなたの身内というより四国からの市民参加者として、と考えたからです。わたしには連れがいました。十五人の女性たちの自発的な集団で、わたしはそのうち群を抜いて老人。前夜までに、それぞれ東京に到着していた仲間と合流し、集会からデモと一緒に行動して、最終便で松山に飛ぶまで、ずっと離れませんでした。じつは十五万以上の参加者のあったメイン集会で、豆粒ほどの兄さんがされた五分間の話も、わたしになりに聞きました。途中、取材ヘリコプターの騒音で妨害されましたが、翌朝の新聞に連中が撮ったとおぼしい写真は出ていなかった。

わたしは兄さんの話におおむね同感でしたが、一点だけなんだかザツに感じ、過労なのじゃないかと心配しました。この集会の少し前に、やっと暇を見つけて書かれたはずの、先号の原稿に感じとったザツさと通じるところがあって、気になったんです。帰ってから電話した千樫さんとの、また真木との（彼女は森のへりを生きいきと歩き廻り音楽作品を準備するためにも精を出す、アカリさんに付き添って、やはり過労気味なのですが）話し合いの内容を加えて書きます。（念のため註記します。こちらはうつの前のことです！）

代々木公園で、兄さんは戦前の（つまりこの国の軍国主義体制に抵抗していた）中野重治の、『春さきの風』から引用しました。《三月十五日につかまった人々のなかに一人の赤ん坊がいた。》赤ん坊は母親に抱かれて、「保護檻」というところにいれられます。そして発熱して、とうとう死ぬいきさつが描かれ、それに立ち会ったがなお未決にいる夫から来た手紙に、母親が書く返事が短篇小説の結びです。

中野のその文章を、あれだけ大きい集会で聞く意外さが胸に響いたし、周りの見るからに一般市民の参加者にも、感銘は連動してゆくようでした。そこを写します。

もはや春かぜであった。
それは連日連夜大東京の空へ砂と煤煙とを捲きあげた。
風の音のなかで母親は死んだ赤ん坊のことを考えた。
それはケシ粒のように小さく見えた。
母親は最後の行を書いた。
「わたしらは侮辱のなかに生きています。」
それから母親は眠った。

兄さんが自分の考えることとして、それに続けたのはこうでした。老年の小説家であるあなたは、これだけナマの感じの文章は『晩年様式集《イン・レイト・スタイル》』にも書き入れませんから、会の参加者から拍手があったところを、わたしがビラの裏に書いておいたもので引用します。

《なによりこの母親の言葉が私を打つのは、原発大事故のなお終息しないなかで、大《おお》飯《い》原発を再稼動させた政府に、さらに再稼動をひろげて行こうとする政府に、私はいま自分らが侮辱されていると感じるからです。

私らは侮辱のなかに生きています。今、まさにその思いを抱いて、私らはここに集まっています。私ら十数万人は、このまま侮辱のなかに生きてゆくのか？　あるいはもっと悪く、このまま次の原発事故によって、侮辱のなかで殺されるのか？

そういうことがあってはならない。そういう体制は打ち破らねばなりません。それは確実に打ち倒しうるし、私らは原発体制の恐怖と侮辱のそとに出て、自由に生きて行けるはずです。そのことを、私は今みなさんを前にして心から信じます。しっかり、やりつづけましょう。》

わたしはこの呼び掛けにも賛成。しかし、それを聞いていた間も、話の前半に、つまり中野重治の小説を兄さんが説明したくだりに、アレ？　と思った気持が残っており、話の進み行きには共感しながら一方で気に掛かったところを、後で確かめることになりました。

あなたは『春さきの風』の引用をする前、――中野さん自身がモデルですが、と作中の夫のことをいいました。そこにわたしはザッさを感じたのでした。それというのも、この赤ん坊のつかまった弾圧は、新しい中野重治全集が出た際にわたしが兄さんからもらった古い版の年譜を見ると、有名な「三・一五事件」で、一九二八年のことです。中野重治もそれに二十六歳で拘束された。でも、まだ結婚してはいないし、当然子供もいなかった。兄さんはとても大きい数の、大半が戦後生まれの聴衆に、事情が受け入れやすいようにと考えたか、中野さん自身がモデルですがといってしまった。そこがザツです。

そしてそれにつないで、『晩年様式集《イン・レイト・スタイル》』の先号に大きく分量を取って書いてるものが、やはりザツだったのじゃないかとわたしは思うんです。

その長い文章を見て真木が自分に編集権のある『「晩年様式集《イン・レイト・スタイル》」＋α』第1部の終りとしたのには、わたしたちの雑誌にタルミがあるという気持が伏線としてあって、それが兄さんの「力作」で爆発したのじゃないでしょうか？　兄さんはシマ浦という願ってもない証言者を得て、吾良さんの最晩年の映画プランを丹念に書いています。そこに出て来るヴェテランのカメラマンを筆頭に、この国の映画界の連中が、生涯の終りの方の塙吾良監督をどう遇していたか露骨に見えます。

兄さんの文章には吾良さんの最後の恋の物語が（その悲しさの表現にどんな悪意もなく）書かれて、その映画のプランが消えた後吾良さんらしい作品はなく、悲惨な死が続いたことだけ読み手に思い出させる。しかし、それで吾良さんについての記述を終りにするつもりでいるのなら、わたしはそれが最悪のザツさだというんです。千樫さんはどう感じられると思いますか？

わたしは千樫さんに、吾良さんの死について自分から話しかけたことはありません。兄さんにもそうしたことがないのは、傍にいられる千樫さんを話に引き込むことが遠慮されたからだったのです。だからといってそれがわたしに吾良さんの死について（もちろん生についても）強い思いがないせいだとは考えないでしょう？　ハイ・ティーンの美しさのことだけじゃなく、何についても超独特の少年……もう大人にすら見えて、兄さんの田舎者的幼さがきわだったものです。

　そこでいま考えるのは、ギー・ジュニアの千樫さんへのインタヴューで、吾良さんのことがどうなるかです。わたしにはどんな差し出がましいことを言い出すいわれもないけれど……

　しかし兄さんにはどうだろうか？　ギー・ジュニアのターゲットはあなたです。兄さんがあの『晩年様式集《イン・レイト・スタイル》』程度の言及ですまそうとしているのなら、そのザツさをあらためていわざるをえません。わたしは代々木公園の十数万人の集まりのなかで心に湧いた不安を、ひとり寝床に横になっている森のへりの真暗闇で繰り返し考えます。

　兄さんは（そして千樫さんは）第1部を終えることになったこの書きもので、あなたがそれに正面から立ち向かっていると評価されているのでしょうか？　いまわたしは、兄さんと千樫さんとを同じ列に並べましたが、吾良さんの死からの十五年、兄さんのやって来方のザツなところに向けて、千樫さんからの批判を惧れています。

じつはこう書きながら、わたしは自分にとって、兄さんとも吾良さんとも変らない大切さのギー兄さんのことを思っています。ギー兄さんが誰より早く死んでしまったのをいいことに、兄さんはザツな振り返り方しかしていないのではないか？

兄さん、今はわたしたち後期高齢者こそが、自分らなりに機敏な生き方をすべきじゃないですか？　なぜならわたしたちにはもう時間がなく、急がなければならないからです。その点ギー兄さんを筆頭に、亡くなった人たちこそ、さらにも急いでいられるはずで（死んだその人たちが生きている間にもっていられたわたしたちに託される思いがあるとすれば）、その受けとめ態勢に入らなければならないと思います。

溺死者を出したプレイ・チキン

I

ギー・ジュニアは私を対象にしてのインタヴューを、これまでの予備的なものから組み更え、集中的にまとめる、と自分で直接電話して来た。すでにヴィデオでも撮っていたけれど、むしろ骨惜しみせずやったのは、胸ポケットに入るビジネス用品クラスの録音機でこまかくデータを採取してゆくことだった。いま真木を助手にしての編集を終えている。その上であらためて主題を確定して、私に会いに来る日程を真木に調整させた。私が東京と地方で、それぞれ自立した人たちが主催する反・原発の集会に参加するのを配慮してのことだ。

そしていったん森のへりの基地に集まってから成城の家へやって来た。そのチームでギー・ジュニアが「フクシマ」を撮った作品は二種あり、「三・一一後」一年を期してヨーロッパのメディアに載り好評だった。真木は各地の新聞のコピイを私にも送って来ていた。かれらが「フクシマ」で仕事をし、ヴォランティアもすることが立てこんだ時期、ギー・ジュニアはチームのメムバーの被曝量を計算して休暇をとらせる基地として、テン窪大池の縁にギー兄さんが建てた二軒の家の一軒を基地にしていた。

そこは二軒とも多年にわたってアサが管理して来た。ギー兄さんの死後、土地でアサとの関係を除けば孤立して遺児を育てたオセッチャンは、ギー兄さんが準備していたアメリカでの生活に入る時、経済的な清算を行なった。すでにギー兄さんが大半の資産を整理していたが、この二軒だけはそのまま残し、実際の管理はアサがやったのである。

真木は先立つ活動の段階で、すでにギー・ジュニアの秘書役として働いていたが、今度のインタヴューには全体の構成に乗り出して、たとえばアサが役割を持って加わると知らせて来た。ギー・ジュニアは、私へのインタヴューをプログラムし、カメラマンとその助手を指揮し、インタヴュアーをつとめるのはもちろんだが、撮影についても録音についても技術的にもっとも経験あるリーダーがかれなのだ。

最初、千樫はインタヴューのチームにアカリが同行するのを期待したが、今回は本格的な仕事となるし、アカリの生活の世話は、夏休みのことでもあり音楽教師のリッチャンが泊り込んでくれる。アカリは留守番をする、と真木がいって来た。それだけアカリが自立した生活に慣れているということでもあると彼女は説明した。正直その相談の段階では、千樫も私もアサがその間アカリを見守ってくれるものと思っていた。ところが当のアサが、ギー・ジュニアのインタヴューの中心的な協力者として、ヴィデオ・チームに同行して来ることを知らされたわけである。

午前八時着の便で羽田に到着したチームは、そのまま成城に直行して撮影の準備を始めた。アサはキッチンでかれらの食事を準備する千樫の手伝いをした後、私にお茶を運んで来て唐突な質問をした。

——兄さんは、ギー兄さんから“play chicken”という新語を教わった、といってたことがあるでしょう？　言葉は面白いけれど、今日も「プレイ・チキン」の実際に付き合わされて疲れた、とあまり嬉しそうではなかった……

——そうだ、あれはギー兄さんが、病気で中退した旧制高校の同級生に廻してもらうヘラルド・トリビューン紙で見付けたんだ。

——この国の田舎で外国の言葉を知るだけじゃなしに、それを生活に活かそうとしたのが、ギー兄さんと兄さん。それもテン窪大池の島の裏側を小作だった人に渫《さら》ってもらって、ギー兄さんが、夏休みで帰省する兄さんを待ち受けてたでしょう？　兄さんはヘトヘトに疲れて戻って、お母さんが食材集めに苦労した夕御飯も食べずに寝てしまう。朝になると全部無くなっている、と笑ってましたけど……

秋になって兄さんが東京に行くと、ギー兄さんはその遊びに土地の若い人を誘うこともなくて、ただわたしに自慢話しをしたんです。深いところの、沈めてある古い松の根株まで二人で潜って、それぞれ片腕で根株につかまって、もう片腕は相手の肩に廻して、息を停めて我慢してる。これ以上はダメとなった方が相手を離して浮び上がる。溺れるのが恐くて先にそうした方が、「卑怯者《チキン》」。自分はいつも余裕を持って後から浮かんで、かれを口惜しがらせた、と……

アサは、夏休みに入っていることでもあり、谷間の中学校の生徒たちがＮＨＫの撮影の際に再建されたボート乗り場に遊びに来る、という話もした。女子生徒が中心だし、事故でも起ったらと中学校に相談しに行ったが、ボートの持主が管理してほしいという返事。アサは、グループごと年長の人に、その日の参加者の名前を書いた紙を真木とアカリの家に届けてもらうことにした。

——朝早くから大檜の島に上って、テレビで有名になった歌を歌うものだからギー・ジュニアの仲間から苦情が出て、わたしが伝えに行ったのね。ボート乗り場に降りて声をかけると輪唱まで始めた。

懐かしい年から、返事は来たの？／返事は来たの？／来たの？　来たの？／懐かしい年から、返事は来たの？

ええ、来てますよ、返事は来てますから、心配しないでね、と静かにさせました。

——……本当に、懐かしい年から、返事は来たと思ってられますか？　と千樫が問い掛けた。

——返事は来たか、来ないままか、わたしもそれを考えることがあるので、ついあしたウソをいってしまったんですよ……

ギー・ジュニアは『懐かしい年への手紙』を詳しく読んでいます。たとえばこういうんです。小説で刑期を終えてお宅を訪ねて来たギー兄さんがあなたと千樫さんを相手にかわす対話のうちに、まだ生きているギー兄さんの言葉でありながら、「懐かしい年」に去ってから書いてよこす返事といって良さそうなものがふくまれている、と……

……

こちらへ来る飛行機で真木は、パパへのギー・ジュニアの質問には『懐かしい年……』の内容についてと、実際の出来事として起ったことと、二つが重なっている。

両方知ってるのは、パパとアサ叔母さんしか居ないんだから、まず小説の部分が現実ではどうだったかオサライしてほしい……　そうする、と約束しました。

2

インタヴューで私とギー・ジュニアの座るソファと肱掛椅子は、固定されたカメラに向かっているので、ギー・ジュニア、アサそして私の三人は互いに位置を交換することはできるが、モデュレーターの真木の指示にしたがって自分らに近付いたり距離を置いたりする、移動できるカメラを持ったヴィデオ・チームにも注意していなければならない。撮影時間をつうじて、私のシャツの衿、アサのデニムのブレザーの胸元、また真木の花模様のブラウスの肩口に取り付けてあるマイクはつねに生きている。それを意識していてもらいたいとも、マイクの世話をしてくれながら真木は念を押した。私の椅子の前の、自由に移動できるソファに腰をおろしたギー・ジュニアは、前のテーブルに『懐かしい年への手紙』とその仏訳、"Lettres aux années de nostalgie"を載せていた。

そこに私の視線を誘いながら、ギー・ジュニアは対話を始めた。

——懐かしいというと、その年に帰って行きたいと強くねがっているふうでもないけれど、nostalgieというと、回帰したいという思いが強く出て、その方が良いのかなとも思いました。

——日本語の片仮名のノスタルジーは、むしろ柔らかいムードなんだね。日本語の世界に片仮名として使われるうちに、この国の人間の情緒が移ったんだと思う。原語は、苦しい願いとしての、nostalgieじゃないか？

私の問いかけをギー・ジュニアが考え始める前に、真木は話を具体的な方向へ押し戻した。

——少年時のギー・ジュニアは、家庭内でお母さんの日本語、家から出るとロサンゼルスの英語で育って、大学の学部はフランス文学でした。大学院に入るところで決心して日本語に転科したそうです。それから熱中して勉強はしたけれど、これだけの長い小説を日本語で読み通すのは苦しくて、仏訳を頼りにしたようです。

ソファでの位置を気に入るようにズラシたアサが、発言を始めた。

——ともかくギー兄さんのことを理解するには、小説ではあるけれど……唯一の本です。わたしたちは、『懐かしい年への手紙』に頼りましょう。この小説が、そうやって物語っている、日本の村にしっかりと根をおろして、土地の若い人たちと新しい生活を作ってみようとした（それも人生の大きい曲り角を乗り越えて行く仕方で……曲り角は二度やって来るのですが……やろうとした）独学者タイプの知識人、そういっていいギー兄さんの半生が、このインタヴューのテーマです。

ギー兄さんは最初の弟子の、古義人青年を都市に向けて手放した後ですが、根拠地の運動で、土地の若者たちに影響をあたえています。それが、たまたま大きく盛り上った反・安保デモに、弟子を心配して東京に行って、大怪我をする。かれを東京の新劇団の女性がデモの混乱から救い出す。ギー兄さんは彼女を森のへりに連れて帰るという、まあ偶然といえば偶然ですが、その経過を辿って、彼女と地方に根ざす演劇運動を作り出す。そこに新しい悲劇が起る……

根拠地の、もう老年の生き残りたちの証言を、ギー・ジュニアが録音に取っています。ギー・ジュニアにしてみれば、自分のお父さんの話を聞くことに、楽しさはあったと思います。しかし、その父親が殺人者となってしまういきさつは、本を読んで知っていてもやはり辛かったはずです。それがどのような過程の結果であったかということを、小説は様ざまな留保を付けて語りますが、ギー兄さんが演劇仲間の女性の死の責任者であることに疑いはないのです。

その罪を贖って、もう中年男となったギー兄さんが、森のへりの村社会に復帰する。あらためて若者たちを集めようとするが、かえって孤立してしまった。ついには村社会の対立者たちに殺されてしまう……少なくとも事故死に追いつめられてしまった。

さて、十年の獄中生活をすませたギー兄さんが、どうしてそういうことになったか？

小説の問題の核心を示している場面は、わたしが朗読します。

アサはギー・ジュニアが差し出した本を開いて、まず物語のその段までの、手に入っている説明をした。

——ギー兄さんは殺人罪の刑期をすませると、しばらく国内を放浪するように歩き廻った後、森のへりの村に戻ります。そもそもが素封家の跡取りで、事故のように起った殺人事件の犯人として捕えられるまでは、この森のへりの土地と住民の「活性化」の指導者だった人ですから、自由の身になって、獄中で考え続けた革命的なプランを実現しようとします。

かれはその話を、メキシコの大学で教員をして戻って来た小説の語り手に（作家のKとなっています）出獄後はじめて訪ねた東京の家でしています。長い引用になりますが……ドンドン途中をとばしますから、わたしの読み上げるところをあなた方でつなげて下さい。

ギー兄さんは、監獄から出たけれど日本中を歩き廻っていて、なかなかKの家に現われなかった。それがKの留守の間に家にやって来て、食事をもらって寝てしまう、Kは帰って来て、ギー兄さんが眠っている書斎のベッド脇に、自分の長編の草稿が置かれているのを見て気に掛けながら、ギー兄さんをそのまま寝かせておく。ギー兄さんが目ざめると待ちかねて夕食をし、酒を飲み始める……そういうシークエンスで会話が始まります。

《――ともかく自分は、あの森のなかの土地の、それも屋敷の地所に、自分としての現実世界のモデルを造ってみようと思っているよ、Kちゃん。根拠地の運動で作ろうとした「美しい村」は、そのモデルのひとつだったわけだね。……十年むこう側にいて村に帰ってみると、川を囲んだ堤防ひとつにもあきらかなとおりにさ、すっかり様がわりしていたよ。（中略）根拠地を一緒にやっていた連中も、いったんは自分のところに戻りそうな気配を見せたけれども、そうしなかった。それはやはり、自然な勢いなんだよ。（中略）そういう次第で、これからはただ自分だけの構想のモデルを造ろう、という気持になっているんだよ。》

ギー兄さんはKの小説を読んでいて少年時・青年期のテューターだった時と同じく

批評を始めます。かれは獄中でもダンテ『神曲』を熟読していた。それがかれの批評の足場です。かれは作家Kが、アカリという障害を持った息子を妻と支えての生を自分の暗い森《セルヴァ・オスクラ》の経験だとするのは当然かも知れないけれど、自分はそこを乗り超えたとして仕事を始めているのは早過ぎるのじゃないか？

《（前略）その思いに立って私を前景に押し出す小説を書く。きみの山登りの失敗を・空振りを自分は惧れるんだ。Kちゃんが自己《セルフ》の回心《コンヴァージョン》の・死と再生《リザレクション》の物語をめざしていることはあきらかだよ。しかし、それには時がある。Kちゃんよ、きみのなかで自己《セルフ》の回心《コンヴァージョン》の・死と再生《リザレクション》の物語を書く時は熟しているかい？（中略）もし、時のみちていないことを自覚しながら、しかしそれを書くほか作家として暮しえぬというのならば——経済的にというより、文壇での生活感情としてさ——、東京を離れて森のなかの土地に戻ってはどうだい？　きみを終生の協同経営者として、新しい仕事に迎えるがね。》

　この心からの勧告を、Kは聞き入れます（しかしその前半だけを、なんです）。かれは執筆中の草稿を、脇の暖炉で燃やします。ところがギー兄さんの、森のへりの土地に戻って、一緒に事業をしようという要請は受け入れないんです。

　この点について、ギー・ジュニアはわたしの考えつかなかった読み方をしています。ギー・ジュニアに示してもらいます。

3

アサからソファの中央部をゆずられたギー・ジュニアは真っすぐ突き出した膝にA4判のノートを載せて自分のノートが私の視野に入るのを気に掛けなかった。むしろかれは、ノートの日本語の文章を読みあげながら、その上段に一行空けて書き付けてある英文へ、私の視線を導びくようだった。ギー・ジュニアは自分がまず英文で書き、その下に真木が翻訳した日本文を清書しているものを朗読した……

ギー・ジュニアは質問した。

――長い時間をかけて書いて来た小説の強い否定に出会い、あなたはギー兄さんにそれを認めます。そして草稿を燃やします。僕はあなたの小説論を読んできました。あなたは小説を書き直す《リライト》ことを重視しています。あなたにとって、書くことは、書き直すことです。それは書いたものを燃してしまうことではないでしょう。あなたが努力をかたむけた草稿を焼いたのは、その作品が書き直し不可能だと知ったからです。

さらに、ギー兄さんが呼び掛ける森のへりへ帰って新生活を始めようという誘いを拒否します。

どうしてですか？

――こちらを追い詰めて、二つにひとつを選ばせるというのじゃない、ひとつしかない選択肢を、恩賜の態度で示すわけだ、もう四十歳を越えている男に。僕は憎悪とでもいうものを感じた、それを思い出すよ。その上で拒否した……いや、憎悪というほかないものを抱いた、と録音し直してください。

――録音はこのままでいいでしょう、とギー・ジュニアはいった。そのように言いなおされることで、いま長江さんにあるものも示されていますから。あなたはギー兄さんへの憎悪をそのように記憶していられるんですね。

――そう。

私はアサの、若い時より当然に小さくなっているけれど、やはり丸くスベスベしている顔が、私の言葉の選び直しに引きしまって来るのを見た。

――ギー兄さんにはあなたに意地悪くする、それもついというのじゃなく、計画してそうしているんじゃないかと思うことがありました。それでも「屋敷」の人が、遊びに来るよう呼びに来ると、イソイソ行ってしまう。兄さんがギー兄さんと一緒に勉強させてもらいに「屋敷」へ通うようになった始めから、わたしは幼なかったわけですが、フシギに感じていました。

今の兄さんの言葉にショックを受けはしませんでした。

そこにこのインタヴューにわたしが参加してる理由があるように思います。

——それでは録音はそのままで、インタヴューはこのままやってもらおう。きみも

（と私は、幾度目かのコーヒーを運んで来て、それも今度は魔法瓶式のポットをテーブルに載せた後、中途半端に立っている千樫にいったのだ）聴いてくれ、アサはいうべきことを用意して来ている。まず折角のコーヒーを飲むことにして、もっと緊迫するかも知れない話の前に、一休みはしよう。

4

コーヒー・ブレークの提案は千樫にまともに受けとめられた。コーヒーのお代りがされるのを見渡してなお時間をとり、ギー・ジュニアはインタヴュー再開を告げた。待ち受けてアサが始めた。

——先号の『「晩年様式集《イン・レイト・スタイル》」＋α』に載せてもらったわたしの手紙通り、わたしたちにはもう時間がなくて急がねばなりませんから、ギー兄さんのことで続けます。

これからいうことは、ギー兄さんの死以来、わたしの胸のうちにあるけれど、誰にもいわずに来ました。それでいて、今日わたしが言い出す気持になったのは、ひとり自分で問いかけて来たことが、これまでのギー・ジュニアと真木の聞き取り調査で、土地の中学校や高校の生徒たちのお母さんお父さん方の胸の内にあったこととして話してくださるようになっているからです。

あの時、この森のへりにあった強い気分とでもいうものをお話しします。大雨が続いて満水に近いテン窪大池にもしものことがあれば、広い一帯が影響を受ける。堤防の爆破をいうような人物を放置していていいか？　消防署や警察に談判に行くグループは幾らもいたし、県から堤防建設の専門家が見に来た、ともいわれていました。

いろんな風評が騒がしくなり、「屋敷」に閉じこもって顔を見せないギー兄さんにテン窪大池の安全はどうなのかと、わずかに関係が続いていることからギー兄さんに会いに行った生き残りの根拠地のメムバーを、ギー兄さんはかえって不安にする返事をして怒らせた。兄さんは町と直接交渉をするようなことはしないと思うけれど、本町の影響力のある人たちと話をして、ギー兄さんと町との和解の話し合いを引き出すことはできないか？　私は東京に電話をしました。

兄さんはすぐ、森のへりまで帰って来てくれました。ところがギー兄さんは、あなたの説得に応じるどころではなかった。村の若い人たちがそこいらじゅう張りまわしている黒い水、人殺しというビラをあなたに見せて歩いて（そうしながら一枚、一枚引っぺがして自分で破ったそうですが）、おれがテン窪大池でやってる反・社会的なことのせいで水は黒く濁っている、それが流出して子供らに有害な影響をあたえると……もちろん本気でいってるのじゃないだろうが、盛んに挑発して来るんだ、といった。

そこで兄さんがこちらに滞在中、ギー兄さんを「屋敷」に訪ねてできたことは、昼間は森に作った監視台で連中が見張ってるからと、夜になって大池に泳ぎに降りてゆくギー兄さんに付き合うことだけだった。兄さんは和解をみちびけるような企てをなにひとつできず、東京へ戻りました。

そのまま年を越して山桜がテン窪の斜面を白くするなかで、ギー兄さんの死体が大池に浮かぶことになったんです……わたしとオセッチャンがボートで引き揚げて、大檜の島に安置しました。わたしが覚えているのは、その間じゅうこれが兄さんの滞在してる間に起っていたら、どんなに大変だったか、と胸が騒いだことです。

わたしはギー兄さんがとうとう死んでしまって……というのは、いつかこういうふうになる、と思ってたからですが……起ったことを悲しんでいるけれど、その悲しみのあるところより奥の方で、兄さんが係り合いにならなかったのを喜んでいる自分を見つけていました。そのことを少しでも考えまいと水に踏み込んで、重いギー兄さんを島に引きずりあげる力仕事をやったんです。

それを長い間なんとか忘れていたのに、あらためて思い出すことになりました。『「晩年様式集《イン・レイト・スタイル》」＋α』の第1号で、兄さんが三・一一の大地震にまつわる経験を書いてるのを読んだ時です。書庫に崩れ落ちた本の山を片付けるうち疲れて眠ってしまって……見た夢を紙に書いて脇にあった陶製の文鎮を重しに載せた、と「詩」を写していましたね？

わたしのなかで意識的に押さえていた変な思い付きが表に出ました。それがいまこの兄さんのインタヴューでわたしが証言しようと思いたった、直接の理由です。もちろん森のへりでひとり暮しをして来て、子供らからも変なおばあさんといわれてる者の妄想です。ただわたしはそれを兄さんの前で、ギー・ジュニアに、聞いてもらいたいんです。

なぜ兄さんが陶製の文鎮をしまっておいたか？　それはこの文鎮が、兄さんにかけがえのないものを思い出させる模造品だからです。

それは兄さんが五十代だったと思いますが、備前焼の偉い方のカマを見学して造ってもらいました。出版社の講演会で同行した批評家が大皿に文字を書かれる。それがカマで処理されるんですが、批評家が失敗された。そこで別の皿でやり直される間に、陶芸家の息子さんがもとの皿の土を幾つかのカタマリに練り直された。そしてないかにか造ってあげようといわれて、兄さんは永年愛玩して来たものを失なったんだと、あるもののかたちを描いて見せた。しばらくするとそれが焼き上げられて届いた。

もともとは、兄さんが本町の新制高校から、旧制中学のイヤなところも受け継いでる松山の高校に転校する時、ギー兄さんが自衛用にとくれた「メリケン」です。「メリケン」というのは、鉄の枠に指を入れて拳に握る武器です。「三・一一後」、そのかたちを陶器にしたものがなお書庫にあったと知ったんです。それがわたしの話の第一です。

第二は、今日、兄さんに確かめましたね？「プレイ・チキン」のことです。兄さんがテン窪大池のことで帰って、毎日「屋敷」にギー兄さんと話しに行く。本町から紛争の相手側に来てもらったことも一度あるけれど、なにひとつ進展しない。夜になってわたしの家に寝に帰る兄さんは、ヘトヘトに疲れていて、髪の毛が濡れている。どうしたのか聞くと、——昔懐かしい「プレイ・チキン」、と答えた。

そこでギー兄さんの溺死の後、わたしに取り付いて離れなくなったのが、こういう妄想です。調停が失敗して兄さんは森のへりから出て行ったけれど、村の若い人たちは、ギー兄さんと兄さんのテン窪大池でのプレイの話をして、あれは長江さんがギー兄さんと懐かしがってやったものらしい、それを長江さんにもう一度やってもらってはどうか、そう言い出した知恵者がいたのではないか？

賭けをやらせよう！　それに長江さんが負ければ、もうどうすることもできない。しかし永年やって来たことだ、最後に一度ギー兄さんが負けるのもありうるかも知れない。今度のルールとして「卑怯者《チキン》」は勝った者に無条件で従うということにする。長江さんは調停で持ち出していた、テン窪大池のよく管理された放水とその管理を、町の若者に委ねる提案を出す。

そのプランを兄さんは引き受けた。しかし、兄さんは考えずにいられない、そのような性格なんだから。兄さんが勝てば、メデタシ、メデタシ。しかし兄さんは自分が相手の体力にかなわないと知っている。そこで兄さんは、水着の腹をへこませて「メリケン」をしのばせることを決意したのではないか？　負けることが避けられないと自覚すれば、兄さんは苦しい息を耐えて「メリケン」を取り出す、そしてギー兄さんの頭を一撃する。その手からは重いものを水に落し、もう片手は水を漕ぐ……

浮き上って来る兄さんを若い人らは手際良く迎える。かれらは続いて浮かび上がって来るかも知れない者など考えない。兄さんがもう一度話しに来ていることをわたしにすら知らせていない。兄さんが車で四国山脈を越えさせてもらい、高知の空港で最終便に乗って東京に帰っても、それを証言する者はいない。翌朝、大池に浮かんでいるギー兄さんを見つけた土地の人間は、オセッチャンとわたしにそれを知らせる……

そのようなわたしの妄想が根を生やしても表には出て来ない月日のなかで、兄さんはあの黒い水の底のドブ泥に埋まった「メリケン」を忘れないように、「陶製のメリケン」を作ってもらってしまい込んで来た。自分がギー兄さんの意地悪で残酷な遊びを逆手に取って、ギー兄さんに「卑怯者《チキン》」とはいわせないだけ思い知らせた、その記念の「陶製のメリケン」。あるいは、兄さんの性格で、自分こそが「卑怯者《チキン》」であり、友人を殺した者であることを胸に刻んでおくための？

そして「フクシマ」の大災害が起こり、兄さんがやったのはその陶器が地震で床に落ちて壊れたのじゃないかと、本や資料やらが崩れ重なっている書庫の床を探し廻ることでした。無事なかたちで目あてのものを見つけると、そのまま床に寝そべって兄さんは詩を書いた。アカリさんとどうやって生き延びるか、思い悩む詩。ダイジョーブですよ、という声が聞こえて詩はできあがり、それを書いた紙に「陶製のメリケン」を重しに載せて、眠り込んだんです。

アサが準備していた言葉を語り終え、白髪の頭をソファの背にもたせて目をつむるのを確かめて、私はヴィデオ撮影の太いコイル、録音の細いコイルに足を取られぬように歩き、書庫の入口へ廻って、仕事机の一番下の抽出しから、思いがけない重さの「メリケン」の袋を摑み出した。私は音楽室へ戻り、今は眠ったように顔を伏せているアサの上体を抱きかかえた真木の脇に、鉄のカタマリを置いて書庫に戻った。

ギー・ジュニアは私に向けて目をあげず、固定したヴィデオ・カメラの成果を検討していた。

5

書庫のドアをしるしだけノックして、すぐ入って来るのを誰ともつかめない……いったん座を盛り上げた雄弁とその尻すぼみを、ともに弁明しようとするアサか、予想から外れたインタヴューの再開し方を相談に来た真木か？　私はベッドに倒れ込んで、枕もとの書棚の六隅先生の『敗戦日記』を読んでいた顔をあげずにいた。

仕事机の椅子を自分で動かして近付いた相手は（千樫だった）私の読んでいた本を見おろすほどの間は置いたものの、すぐ話し始めた。

——あのように自己本位の振舞いをして、こちらへ入られたでしょう？　何を読んで気を静めるのか、気掛りでした。いま開いてある、自分で書き写された（——集会などで忙しくなったから、後半はカラー・コピイしたんだ、と私は訂正した。）本を見て、あなたはいつまでこの本に頼るのか、先生の亡くなられた齢も過ぎたのに、と思いました。

さて、インタヴュー、パート2ですが、実際的な真木が、ギー・ジュニアと話し合ったことを、お伝えしに来たんです。これも真木の発案ですけれど、私たち三人組の女は、いま難しいところに来てるので、仲間よりほかの人と話す時、この小さいもので会話を録って、あとの二人と共有しています。求められれば、あなたとギー・ジュニアにもお聞かせしますよ。

ギー・ジュニアはインタヴューの最初の分を検討しています。真木はさっきまでのことをアサさんと話しています。彼女も私と同じく録画しながらです。ここで私とあなたの話すはずのことは、時間の余裕もありませんが、アサさん、真木に伝えますし、こちらも彼女たちの録音したものを聞いて、次のインタヴューに備えます。あなたは今日の仕事が先のパート1で終ったと考えないで、お疲れでもまた音楽室に出て来てください。

ギー・ジュニアのインタヴューでは、そこに出席して話す者は誰に対してであれ、話されたことに異論があれば発言が許されます。その録画も、さきに録音・録画された分のディスクと同格にファイルされます。対立した議論の結着は急がない。どちらも興味深いものだから、というのがギー・ジュニアの考えのようです。

あなたはもう平静に戻ってるおつもりでしょうけど、まだ顔には気配があります。先のギー・ジュニアのインタヴューでのアサさんの発言と、あなたの応答は（言葉にはされませんでしたが）いまいったとおりに、両者ともに尊重されます。アサさんはよく話されたし、それに対してあなたはひとつ行為を示されただけでしたが、その行為の意味はわかったとギー・ジュニアも認めています。しかし討論としての対立は対立として、双方記録して勝敗の評価は急がない。それが、ギー・ジュニアの進め方です。

今日はとくに、アサさんの話されたことにあなたが昂奮された。動揺もされたように感じました。そして、それは当然でした。しかし私は、アサさんのいわれたことにそのまま説得されはしませんでした。そのお話に重みを感じたのも事実です。これからも、考え続けねばならないのはやはり当然です。まずアサさんは、これが自分の「妄想」だといって始められたのですから、事実としてそのまま信じるのは滑稽です。しかし、あのように真面目に話されたことを、ハナから拒み続けることが許されるだろうか？　その思いはいまの私にあります。

私たちのよく知っている人の、生死のことが話されたんです。しかも、その死に関わりがあったのはあなた、と想像されてるんです。その話し手のアサさんは「妄想」といわれましたが、私は無視することができません。いま、あれはあなたの示された証拠で否定されたと一応カタをつけることはできます。しかし、あの「妄想」は生き続けると感じます。

すぐさまあなたの反駁が、それも言葉によってじゃなく、身振りと木綿の袋付きでアサさんの「妄想」を引っくり返して、あなたはそのまま書庫にこもり、アサさんは打ち倒された人のようになりました。そして、あなたへのインタヴューは、すくなくともパート1がおしまいとなった。

私には引き揚げて行かれるあなたの態度に反撥があり、グッタリされたアサさんには同情しました。そこで私は、ギー・ジュニアに、自分には良くわからないといいました。ギー・ジュニアは、辛抱強く教えてくれました。これは自分も、聞きとり調査でそういうことをいう人が数人いるのに接した。いまアサさんの話された「妄想」は、この土地で何度も問題化されて来たようです、と……

そこまで聞いて、私は千樫に確かめたのだ。

――きみが僕に、冷静になるようもとめているのは、腹を立てた自分を鎮めて、ということのようだが、まだ動悸がしているのは、後期高齢者の分際を忘れて、狭い廊下を駈けてしまったからだ。そうやってこの書庫からアレを持って戻って、僕はそのドブ泥の底に埋もれていたはずの「メリケン」が、ずっと手許にあったことを示したわけだ。きみがアサの「妄想」にもたらされた動悸とは違うよ。単に身体的なものだ。しかし動悸は動悸でね、こうやって声を出すだけで、揺り戻しが来る……

――あなたが音楽室を出られると、アサさんは自分も昂奮しているといわれて、頭の中身は似ても似つかないのに、やはり血を分けた兄妹で性格には似ているところがあるから、ともいわれました。いまは真木がついています。

こうした間もアサさんは、ギー・ジュニアの仕事のことを考えていてくださるんです。インタヴューのパート2をする話はアサさんから出ました。今日のパート1は早く始めたのと、中断していた時間もあまり長くないから、パート2を二時間ほどの計画でやれば、全日空の遅い便に乗れる、と……

それならインタヴューのことは忘れていただいて、すぐお発ちになっては、といってみましたが、自分の証言がこういうコジレ方をさせたのだから、その過ちをただすために幾らかでも有効なことを思い出して話したい、といわれました。今夜のうちに向こうへ帰りたいのは、アカリがあの家の二階でひとり夜を過すのは初めてで、リッチャンは階下に泊っていてくれますが、風に樹木が音をたてれば、アグイーが呼びに来たと窓から乗り出すのじゃないか、と……これから後のインタヴューに真木はどうしても必要だから、ともかく用さえすめば自分だけ帰るといわれています。

そのようにアカリのことを考えてくださるアサさんに、今日のあなたの態度はどうですか？「メリケン」の話がアサさんから出ると、あなたはカッとなられたじゃないですか。七十代半ばを越えてながら、なんとも大人気ない、と思いました。あなたが、アサさんからギー兄さん殺しの犯罪を押しつけられている、冤《えん》を雪《そそ》ぎたいと思われてるなら、あなたの早トチリですよ。アサさんはいつの間にかこのような妄想をするようになったとことわって話されたのじゃないですか？

ところがあなたはその反証となるものを入れた木綿の袋を持ち出された……それが効果をあげた後も、私がここへ顔を出すとまだ顔は赤いままだった。ギー・ジュニアは、あの「メリケン」の挿話は『懐かしい年への手紙』でナイフの話と置き換えられている、と落着いていますが、私は「メリケン」ということに意味があるんだと、それがあなたの動揺された直接の要素だ、と思います。あなたには複雑な思い入れがあってのことでしょう？　私にも遠い記憶が浮び上がってたんです。あなたはギー兄さんにもらった護身用の「メリケン」を持ってた。そもそもギー兄さんはあなたをイジメにかかる連中と闘わねばならない際のことを思っていられたわけです。ギー兄さんは、松山に転校してゆくあなたを心配して、「メリケン」をくださったのでしょう？　ギー・ジュニアのいったとおり、それは『懐かしい年……』でナイフにしてありますが、戦後すぐの、若い人たちの荒れていた風俗のひとつ「メリケン」は、あの小説の出版の時点ではもう忘れられてると校閲の方に注意されてナイフにしたのか、小説にはそう書いてあります。

　森のへりから松山に出て行って、純朴な田舎者だったあなたの、無邪気さつまりnaïfさと、武器knifeを引っかけたあだ名を、高校生仲間に付けられた。私はあなたの高校の一年下でした。それで、あの頃の生徒たちに英語並にフランス語単語がなじまれていたかと不思議に思いました。

　あなたは、アサさんのいわれたことで真顔になって書庫に駈け込んで、それを引っ掴んで駈け戻って来ました。アサさんは自分の「妄想」として話されたのに、あなたはそれを引っくり返すことに熱中された。しかもその引っくり返し方に、あれ？　と引っかかったんです。

それというのもね、あなたは「メリケン」を恐ろしいことに使って、ちゃんと持ち帰ったものをキレイに洗って、木綿の袋にしまっておくこともできた人のはずだから……

私は吾良から聞いているんです。あなたと吾良は、松山の高校で転校生同士として知り合いました。吾良は、あなたの一年前に京都から転校して来ていた。吾良はあのように目立つ姿かたちの人です。傲慢なというのではないと思いますけど、独立自尊の人です。それを目障りに思う硬派のグループがいて当然でしょう？　その生徒が南予から転校して来た、やはり変り者のあなたと組んで、他の生徒たちから離れてるんです。あいつらを懲らしめようということになって、標的はまず吾良だったようですが、クラスへ呼び出しの伝令がよこされたそうですね。旧制中学の当時から由緒ある名前の付いていた、建物の裏に呼び出されたといっていました。

——ところがコギーが付いて来たんだよ。待ち受けた五、六人がこちらを囲みにやって来る。そいつらの前に、あいつがひとり進み出て、連中の一番体格のいいやつにスリヨルようにした。小さい犬が、大きいやつに恭順の意を示すだろう？　おれは低級なものを見る気がした。

コギーは先方の胸に頭を押しつけて、謝るふうだ。相手は照れくさがる様子。ところがコギーはいつの間にか取り出してた「メリケン」で、そいつの肩と頸の間を殴った。相手がズルズルと崩れるのを抱きとめて、膝のところまで降りて来たそいつの口許を蹴りつけた……

そして地面に伸びた相手の脇にじっと立っている。すると硬派グループの番長が……そういう言葉はまだ普通の高校生に無かったが、コギーとおれに、もう帰れ、と手を振った、いかにも汚ならしい者らを追い払うふうにさ。それからは、もうおれたちが学校で厄介な目にあうことはなかったが、おれにはむしろコギーに対する気味悪さが残った……

私ははじめて上躰を起して、千樫にいった。

——あの陶器の文鎮が、詩の紙切れの重しにしたところに、そのまま置いてある。拾ってみてくれないか？

私の声に戻っている余裕に千樫は何か感付くふうだったが、それでも取りに行った。

——きみは僕がアサの脇に置いて来た木綿の袋を開けて見たか？　あれだけ凶々しい話を吾良に聞いていたことだし、こちらの「陶製のメリケン」の方なら注意して見たはずだ。しかしギー兄さんがくれた鉄製の「メリケン」は見ていない。あれを僕が絵に描いたのをもとに作られた、この「陶製のメリケン」だけきみは見た。

　そして、それをいまきみは、胴に作り付けたとっかかりに指を入れて持ち上げている。しかし、音楽室のソファに載ってる木綿の袋を開ければ、そのとっかかりがハンマーでつぶしてあって、つまり武器としては使えないようにしたやつが出て来る。

　僕が松山にいた時期は、確かに民主主義の時代だったけれども、高校に大型のナイフを持って行くことなど許されてたはずはない。『懐かしい年……』に書いているナイフの話はフィクションだ。きみのいったとおり、knife, naïf の洒落を作って、僕が小説に導入した。しかしギー兄さんがくれた鉄製の「メリケン」がなかったのじゃない。僕は高校の硬派の連中から自衛するために持ち込んでいた。それを使ったというんじゃなく、僕が「メリケン」を持っているという噂だけ（それこそ自衛のために）自分から流してもいた。ところが体育の時間にプール脇で持物の点検があって押収された。もう一度いうが民主主義時代で、教師はもう学校に持って来るな、と注意した上で返してくれた。しかし、戻って来たものは、指を突っ込む枠をハンマーで壊してあったから、もう武器じゃなかった。

　いまきみが僕に聞かせた話は、吾良が森のへりから来た風変りな友達の話をおとなしい妹にするうち、やがて映画監督兼シナリオライターとして名をなすかれの、ポピュラーな才能を表していたのじゃなかったかね。それでは次のインタヴューまで、僕はひと眠りすることにしよう。

6

——パート1のヴィデオを見直してギー・ジュニアがいってることです、とさきにギー・ジュニアが座っていた位置に付いた真木が、パート2を始めた。アサ叔母さんの父へのもの言いが、これまで自分の接して来たアサ叔母さんにくらべて驚くほど攻撃的だった、あれはどういうことだろうか？　母が不思議がっています。それは私も感じていました。

ここでギー・ジュニアがリードして進めてるインタヴューは、父を告発するためのものじゃありません。ギー兄さんの死について誰に責任があったかということですが、ギー兄さんの死体が発見されて、見物人の集まるなかでアサ叔母さんとオセッチャンがそれを水から上げられました。テン窪大檜の島で警察の検死があって、ギー兄さんがお酒を飲んでいたことが重く見られた。水温の低い夜更けにギー兄さんが泳ぎに出たのも普通じゃないですが、ギー兄さんには精神的に健康でない状態が続いていた。それには幾人もの証言がありました。そこで、事故が起ったと見なされました。

今度はギー・ジュニアが、かれの父親のことですからね、その事故死とされたことについて、また別の噂があったという話を、土地の人たちから集めました。そのうち、ギー兄さんは殺されたというものが出て来たんです。

ギー・ジュニアの本来の意図は、ギー兄さん、塙吾良そして私の父という、知識人または失敗した知識人の研究です。それは長江古義人の小説の研究ともなります。さらに長江の事故死した友人、自殺した友人の研究があわせられます。それらの三人の同年代の日本人の……ギー兄さんだけ十歳年長ですが……知識人として生きた・生きている、かれらのそれぞれの晩年に共通のカタストロフィーが見て取れる。そういう発想で出発しました。

ギー・ジュニアは、長江はまだ生きているけれど、私小説的な長篇はみなカタストロフィーを予感しているといいます。こういうおことわりをいま私がするのは、インタヴューのパート1で、アサ叔母さんが思い切ったことをいわれ、こういう時、父はユーモアで受け流せる人なのに、ムキになって対応した……そこでああいうことになったからです。あの後アサ叔母さんが私にいわれたことを、みんなの前で繰り返していただきたいと思います。

アサはソファ中央の真木の脇にへたり込んだまま、背をもたせ目をつむっていた。それがしっかり顔をあげて答えた。

――真木は、先ほどのインタヴューであのようなことをいった私に腹を立てるのじゃなく、むしろその後で涙を流していた私を気に掛けて、傍にいてくださった。そして私の話の修正を録画する機会をあたえてくれてるんです。

私の話は、もしギー兄さんが過ちをおかせば、自分の責任も問われると恐れた長江があれをやったのじゃないか、そう噂されるのを聞いたことがあるからです。そのようなことでなら、兄さんがああしたことをしてしまったかも知れないと思い悩んだことがあり、その「妄想」の話をしてしまったんです。それから私は恐れ始めていました。自分が話し終えるとすぐ兄さんがマイクをとって、いまアサがいったとおりあれはおれがやった、というのじゃないかと恐くなったんです。

おれはギー兄さんが通り過ぎてはならないところを通り過ぎてしまっている、何とかしなければならないと考えていた。そして追い詰められて、自分にとって一番大切なギー兄さんだからこそ、ああいうことをしてしまった……兄さんがそう言い出したらと、恐くなったんです。そしてギー兄さんのことも、コギー兄さんのことも憐れで、涙を流しました。

私の「妄想」が常軌を逸していたと思います。事態を混乱させただけでした。次に東京へ出て来る際は、平静になってやって来ます。それではいまのわたしにできることはやりましたし、真木にはまだ仕事があるし、ここで千樫さん、空港へのタクシーを呼んでいただきます。

――いいえ、アサ叔母さんはまだここにいて、私の気持を聞いてくださいませんか？「三人の女たち」がグループを結成して『「晩年様式集《イン・レイト・スタイル》」＋α』を根城に、パパへ批判を提出してゆく。それは私たちにこれまでなかったことです。私たちはパパの小説に、飼いならされた人物として描かれるだけでした。しかし私が決心していた自分とアカリさんの「自立」ということは実現しました。雑誌を新しくしたいという提案もしました。さらにアサ叔母さんの発言で、見通しが出ました。それをパート2で発展させられればと思います。

この中休みの時間をムダにしないように、ママが思い立ってアサ叔母さんの発言と同じくよく考え詰められたことを直接パパに話したようです。ママとしては、パート1でのアサ叔母さんの話は、私たち「三人の女たち」の一勝、それへパパが挽回を計ったけれども、ママは「メリケン」がテン窪大池の底に沈んでいなかったとしても、それがパパの無罪の証拠にはならない、という考えでした。ママは、それをパパへ直言しました。それに対してパパは、抗弁した。パパの性格にある荒あらしいものを見ているという吾良伯父さんの証言は、効果的に否定された。それも私がママに聴いたばかりのことです。

私たちはパート1での批判の間もアサ叔母さんが、かならずしもパパ批判オンリーではなかったことを知りました。さらにママの話をよく聞いてみると、少年時代の吾良伯父さんのパパへの批評が必ずしも信頼できるものでないという見方にも分《ぶ》があるのらしい。

こういう全体をふくめて、いま私の感じとっているものがあるんです。パパとママとの話し合いには、これまで二人の間で話されなかった側面が出て来ている。それは『「晩年様式集《イン・レイト・スタイル》」＋α』に「三人の女たち」がもとめた転換の実が上ったということじゃないか？　つまり、いま初めて「三人の女たち」とパパは本気で話し合っているんです。

それともうひとつ、私がこのインタヴューであらためて認めるのは、ギー・ジュニアには原則がある、ということです。ギー・ジュニアはインタヴューで行なわれる発言を話されるまま重ねて記録する、そのようにします。それはもう聞いたから、と遮ぎることはしません。そして脇で聞いている人が、それは間違っていると反論すれば……発言した当人がそれについて修正を求めた場合も……公平にヴィデオに撮ります。

しかもその場においては、最初の発言者の意見とそれに誘い出されて出て来た批判的な意見とをつきあわせて、さてどちらが正しいかと価値判断することはしないんです。食い違った発言がいくら続いても、いずれが正しいか、正しくないかの判断はしないで、ずっとヴィデオに録画し続ける。それがギー・ジュニアの原則です。

そしてこれは、今日もずっと協力してくださってるヴィデオ・チームから聞いた話ですが、ギー・ジュニアはその原理にそくして、たとえば今日のインタヴューと、その準備過程で私たちが録った記録とをヴィデオ作品に編集・構成して行く段になると、それについてかれ独自の厳密さを発揮するそうです。私はその方向でもかれに役立ちたい、と考えています。

魂たちの集まりに自殺者は加われるか？

I

成城の家でのインタヴューの後、それがアサにとって特別なものであったことを示して、谷間に戻った彼女からすぐの連絡はなかった。アサの代りに真木が森のへりのニュースを千樫に伝えて来るということだったが、とくに差し迫っての用件もない様子だった。ところが思いがけない成り行きとなって、という言い方で真木が電話をかけて来た。

——シマ浦さんが東京に来られる。ベルリンから日本、韓国に出張する実業家のアテンドを引き受けてるけれど、東京での仕事の後、実業家がソウルに出かける間、自分は東京に残って四国にも出向き、いま始めている計画の準備をしたい。なにより肝要なのは、ギー・ジュニアの千樫さんへのインタヴューに参加すること。もとよりそれは千樫さんのされる（また関連して長江さんにも出番があるはずの）塙監督をめぐる発言が中心だが、自分にも質問の機会をあたえられそうだから。

その日程を確かめようと、スイスから千樫さんに電話をするが通じない。時差のせいかと、時間をズラして二度、三度試みたが、呼び出し音は聞こえているのに応答がない。そこでギー・ジュニアのインタヴューの事務方をされていると聞いた真木さんに連絡してみることにした。

成城の家の電話に誰も出ないのは、知らない番号からのコールを千樫が警戒しているからだが、ともかくこちらでうかがった話を父に伝える、と真木は答えたそうで、シマ浦の伝言が私に届いたのである。ところが十日もたたないうちに、今度はアサから、連絡なしの二箇月ほどには一言も弁解はないまま、シマ浦についての報告が来た。来日は真木から知らされていると思うが、いま現在、彼女は塙吾良記念館を見に松山へ来ている。

日本での用件が終って傭い主は韓国へ発ったので、すぐ松山へ来たが、塙監督関係の展示は限られた量で、自分が期待していた塙映画の総体を調べられる設備はなかった。とくに吾良さん初期の、ヴィデオ製品化されていない映画の情報を教えてくれる専門家のスタッフがいるのでもないようだ。そこで今夜は松山のホテルに一泊し、明日テン窪大池を見に行って、もしその時間がおありならお会いしたい、アカリさん真木さんとも再会できれば、といっている、とアサは伝えたが、もうシマ浦のためにできることは自分でするといると決めているのだ。

——……それならば、車で一時間あれば着くんですから、今夜のうちにこちらに移られるようすすめました。わたしは吾良さんが松山の高校で兄さんと友達になってすぐ来て下さった家に住んでいるんですから、あの日のことを思い出します。あれから一度もテレビ以外では監督にお会いすることがなかったのに……なんとなくシマ浦さんは、あの吾良少年が好きになりそうな女性です。もう四十代だそうですが、声は娘のようで……原発再稼動反対巨大集会呼びかけのための記者会見があって、そこで兄さんと会ったのがキッカケで、シマ浦さんはいろいろ思い出すことになったそうです。そして、日本で会えるかぎりの、吾良さんを覚えている人たちに会いたい、その気持が起った。そうしてみると、仕事で日本に来るオファーは幾らもあるので、東京に滞在する余裕のあるプランを探した、ということです。

いま何をしたいと考えてられるか尋ねると、吾良さんの死から十五年たって、自分も年齢相応の経験を重ねている、吾良さんのことを書くことができるようになってるかも知れないから、といわれました。今度は長江さんと、もっと長い時間お会いできそうだし、千樫さんと自分にはしっかりしたつながりがあるから、これまではお聞きしないで来たお兄さんのお話をいろいろ聞かせていただく。そう決心されています。

わたしが朝食のお世話をしてるところへ真木が顔を出して、ギー・ジュニアも吾良さんの話をシマ浦さんから聞くことに乗り気だといいました。加えてシマ浦さんは、吾良さんに似てくるアカリさんにさらに意欲をそそられたようです。彼女は今日のうちに松山空港へ引き返して、東京へ向かうはずだったのに、アカリさんとリッチャンの森歩きの日課を知ると、参加を言い出されました。アカリさんとシマ浦さんとの間をリッチャンが上手に取り持ってくださったんです。シマ浦さんは、吾良さんとはなによりも音楽のことをよく話したし、アカリさんが本当に興味を持たれそうなことがその話題にもなっていた、といわれました。

シマ浦さんとアカリさん、リッチャンの森歩きには、わたしの長男が協力しました。母がアカリさんの「森のフシギ」の音楽を初めて聴いて、これはずっと以前から森の奥で聴いていたと言い出した、あの場所までね、長男は千樫さんが東京から飛行機に乗せて来られたままの「ポータブルグランド」を運び上げたんです。そこでのアカリさんとリッチャンの演奏がシマ浦さんをどんなに昂奮させたか、それは兄さんが本人に聞いて下さい。

そのためにも、成城のお宅にシマ浦さんを招いて、千樫さんのインタヴューをシマ浦さんに聞かせてあげてほしい。応答が進むうちシマ浦さんは兄さんに、どうして吾良さんの死を防げなかったのか、その質問をするかも知れないけれど…… とにかく、シマ浦さんにも立ち会ってもらって、千樫さんと兄さんのインタヴューができるときまれば、もちろんギー・ジュニアと真木が記録をとりに上京します。

この日の夕暮、注文していた本の段ボール箱がひとつ届き、玄関から居間に運び込んだところで上躰に不安定な感じがあった。ギックリ腰の前兆か？ かなりな重さのものを床におろすと、すぐ目の前の書棚の本が水平に動いている。地震だ。テーブルのガラス板を押さえている鉄の格子がカタカタ鳴り始めもした。千樫が食堂の椅子から中腰に立った姿勢で、こちらを見ていた。老年になった夫婦の、お互い気付くものに、相手の身体のわずかながら日常と変っている動きを見てとってしまうことがある。そしてやはりお互いに、それを相手にいってみるかどうかためらうこと……

そしていまの私に欠落感があるのは、こういう時すぐ脇の居室から現われて、かれの感知した震度を教えてくれるアカリが居ないことだ。それを補なうように千樫のつけたテレビが、すぐさまの避難を、という声をあげている。それが続くうちにベルが鳴った。

電話を受けた千樫が、私に口の動きでアサさんと伝えてから、テレビがいうほど東京で津波の危険を感じてはいません、と説明している。四国はどうでしたか？　地震見舞いではなかったわけだが、そのやりとりの後、千樫が緊張を示したのは、アカリになんらかの異変が起ったことを伝えられているのである。電話を終えた千樫はすぐ報告した。

——地震とは別の話ですが、松山の病院でアカリにちょっと問題があったようです。アサさんの紹介の病院なので、真木がもう知らせたかも知れないけれど、と説明がありました。

それとはまた別に、この土曜日とはっきり定まれば、シマ浦さんのインタヴューにギー・ジュニアがこちらへ来ますが、そのアカリの件で真木は森のへりに残るし、アサさんも同じく、ということでした。やはりアサさんにはこの間のことでの気づまりがあるようです。

——アカリにちょっとしたことがあった、というのは？

——健康診断に行って、まず血圧を計られますね、そこでアカリがパニックになったようです。お医者様か看護師か、どちらが操作されてたか、機器に差し込んでいた腕に強い圧力がかかった様子で、奇声をあげてというんですが、アカリが椅子から転がり落ちた……アカリにすれば、機器の攻撃から逃げ出そうとしたつもりでしょう。

その上で、ともかく操作をやりなおして、も一度アカリに腕を差し込ませるのは一仕事だったでしょうが、計器の示した数字は、上が二六〇を越えてたそうです。むしろ低血圧気味といわれてた人で、先のショックからその高さになったかと思いますが、連続して降圧剤を服用するよう処方されたそうです。

この分では、私は相当期間アカリと離れて暮らすことになるのではないか？　そういう状態にいて、アカリがおちいったパニック、それも機械の箱に腕をからめとられて否も応もなく締め付けられる！　私は立ち上りウロウロ歩き廻った。

千樫がつけたままのテレビは、東北地方で起り東京でも感じとられたいまの地震が「三・一一」の余震のひとつ、と語っていた。つまり私は余震の続く、自分の力の及ばぬ場所に、ひとりアカリを放置しているのだった。この東京での一年半の間に、私自身いまやそれを数えることを止めてしまっているだけたびたび揺れを感じとっていながら。しかし地震に敏感なアカリは、それら大小の地震のいちいちを確かに「三・一一」の余震として感じとり、最初の体験と結んでは、ああ、また揺れる、と惧れ続けて来たはず。

私は「三・一一後」すぐ見た（あれはもっとさかんに起っていた余震のひとつに、眠っている自分の身体を揺られながらであったにちがいない）悪夢を、ひとつ詩のごときものに書いたが、もうすでに自分もあの実感を失っているのではないか？　経験の記憶自体、あいまい化している。アカリは真木の誘いに乗ってというよりそのような父親に愛想をつかして、東京から去って行ったのではないか？　その思いにせっつかれるようにして、私は自分の詩のごときものを思い出そうとしたが、すでに細部はあやふやだった。

2

翌日から、私は自分が引き受けるインタヴューの具体的な準備に取り掛った。昨日のウロウロ歩き同様、いくらかの答えをやってみるが、立ちどまれば正面に現われそうなものすべてにというのではないけれど、多くは半身に構えてしまう……　そのうち、昨日の揺れで書棚から落ちているものを拾い上げ、もとに戻そうとして目を奪われた。それは塙吾良の話したシマ浦のイメージにつらなるものだった。

しばらく前、フランクフルトの書籍市に行って来た若い編集者のお土産にもらった小物が、本棚の下から覗いていたのだ。大ぶりの絵葉書に、ちょっとした工夫が加えられている。金色のカードに、黒い断髪のルイズ・ブルックスの眼の周りと唇、そして真珠の首飾りを強調したスケッチ。私もその似顔絵を表紙にした大判のペーパーバックス（"Lulu in Hollywood"）を書店で手に取って、そのまま女優の評伝を読むことになった。それがあって、塙吾良が人生も終り近くルイズ・ブルックス似の若い女性と親しくなったという話をした時、対応することができたのだ。吾良の父親の監督も言及している、遠方の同時代映画のスター。そのカードを指につまむと重さがある。裏を返すと、カードの画像をそのまま黒と白のエナメルで描き込んだブローチが付いている……

　そういうわけで、三日後やって来たシマ浦に再会の挨拶として進呈することができた。シマ浦は、ジーンズの生地の淡いブルーの上衣の衿にそれをとめると、自分の用意して来た質問の項目を、英語でギー・ジュニアとスタッフに説明し、日本語にして千樫に繰り返した。

　――吾良さんがどのようにして亡くなられたのか、それを長江さんに尋ねたいんです。最初に、あなたの御本にある私へのあやまった受けとめを訂正しておきたいと思います。『取り替え子《チェンジリング》』で、私が長江さんの家を訪ねて……吾良さんの死の直後ですが……自分はあの人に、三年前の映画祭で会った、といいます。しかし実際には、八年前なんです。モデルの正体をボカスために、作者が意識してそうされたんですね？

吾良さんがアメリカとヨーロッパで注目された『お弔い』『ダンデリオン』の時期、私は十八歳で吾良さんに出会いましたが、お付き合いの最後にはもう二十六でした。私の書きたいと思ってる本は、塙吾良の映画と人間の物語ですが、結局は吾良さんの晩年について書くことになります。

これはもう千樫さんと長江さんにお話ししたことですが、小説に書いてある娘は吾良さんと会った年にベルリンでお別れしたままですけれど、実際の私はそれからもかなり長くあの方とお会いししていたんです。ベルリンに始まって、私は塙吾良監督とヨーロッパのいろんな都市で、時を置いてはお会いすることができました。いま思い出してみても、これから先を空想しても、自分の人生の、いちばん良い時期だったと感じます。

それはもう吾良さんが生きていられた間にわかっていました。それで、吾良さんが私と会ってくださって日本に帰られると、いつもお会いしてた間に聞いたあの方のお話を思い出して書き付けようとしたのでした。そのノートに書いたことは、吾良さんが亡くなられた後ずっと整理し続けました。そのようにしてできたノートは私のためのもので、他の人に読んでもらうためじゃないんです。これから本を書こうとしているといいましたが、何冊もあるノートを、始めから終りのものまで、全部書き写したりはしません。私より他の人には面白くない、と感じるから。

ただ自分があの人から聞いた通りに書いたものを読んでもらえば、それはその人に価値がある、と信じてることがあるんです。それは、私のノートでも少ない部分ですが、そこには、長江さん、あなたが関係していられる部分もあります。

どういうことかといいますとね、吾良さんが、おれは長江に向けてこういう話をしたといって、それを私に話すことであの人自身が納得し直すというか、そのような仕方で話してくださった部分なんです。しかもそのように長江さんに話された後、すぐ私と会って話してくださったというのじゃないんです。いったん長江さんに話したことを、ずっと後から思い出して、その年齢になってこれは大切だと自覚された。そこで私に手渡すつもりで話されたのだと、この十五年の間にわかって来ました。

それも、私がお話しするのは、吾良さんが私に話す前に、これは長江に自分がこれからの生をどのように考えてるかあらたまって話したこと、つまり特別な話なんだと念を押されたものなんです。それを、いまきみの年齢で聞くわけだが、ずっと先まで覚えておいてもらいたいんだ、といわれました。

自分らが若かった時は別にして、長江と自分が生と死について話した、もしかしたら一回きりのものだ。こういうことを自分は真面目に考えたんだと、そこに出ている自分の人生の定点という考えは、いまきみの若さで聞くとオカシナものに違いないが、きみも年をとるんだからしっかり聞いて覚えておきなさい。長江だってちゃんと聞いたよ、といわれたんです。あなたはそのように意識されてましたか？　そうでなくても、あなたは吾良さんがそういう特別な気持で自分に話をしたことがある、と覚えていられますか？

——それはおそらく僕の覚えているやつだと思います。吾良が僕を相手にそのような話しぶりをしたのは、後から考えると本当に一回きりのことで、僕自身そのようなものとして記憶しました。

——それなら私が吾良さんから自分の聞いたことを話すより、あなたが直接吾良さんから聞かれたまま、このカメラと録音機に向けて話してくださいませんか？　吾良さんは、あいつの思考力がとはいわないが、記憶力には特別なところがあるんだと、自慢するようにいわれました。いまこんなことを思い付くのは、私が自分の記憶に自信を持てないからです。あなたが思い出されるまま話していただくのを記録してもらって……ディスクをいただけるそうですから……私がちゃんと覚えているかどうか自信のないところを確かめたいし、なによりあの方の話しぶりを楽しみたいとも思います。

奇妙な展開だが、そうしたやりとりから私は自分の覚えている通りに話すことになった。なによりギー・ジュニアがそれに熱心になった。それまでシマ浦に向けていたカメラを、正面から私に向け直すのを待って、話し始めるよう促した。このような次第で……ここからは私がシマ浦の代りに、話したことが内容となる。

3

——これは千樫も覚えているだろう？　吾良が亡くなった時、何年前だったかかれが来てあのような話をした、と僕はきみに嘆いた。きみは吾良と僕の食事を作りながらキッチンで聴いていた、ともいった。この家が建築家の設計で建てられたそのままで、まだ居間に大きい本棚は造り付けて無かった。吾良は壁の前にゆったり立って話した。それでいつの頃だったかわかるが、まず吾良の話自体にかれのあの時の年齢がはっきり示されてた。あのままシマ浦さんにかれが話したのなら、あなたはその話しぶりが塙吾良のトレードマークをなしていた、テレビ番組での語りのスタイルと違うのに驚かれたでしょう？

　僕と千樫は、かれがとくにテレビ・ルポに採用した話しぶりには、若い時からのかれらしさが無くなってると惜しんでいました。吾良がシマ浦さんに話したものは、僕を相手にして若い時の話合いに戻した調子じゃなかったか。僕がかれの死後、たびたび思い返したとおりに、本来のかれらしくやってみます。

《晩年ということだがな（と私は吾良の代りに始めた。もとより実際には、言い淀んだり・詰まったり・繰り返したり・言い直したり、さらには後日思い出して付け加えた分まで含めて、ノートに文章化したかたちで写す）。おれは自分がどう年をとるかを考えていて、やって来る苦しい老年をリアルに実感する。そしてその老年の自分の姿に我慢できないんだね。いま現在の実年齢に十年プラス・アルファした境界の、向こうにいる自分を想像して意気阻喪する！　自分のこととして、六十歳という年齢の敷居を想定した。確実にその老年の境界に到っている自分像にウンザリする。恥をさえ感じる。

　きみだってそうじゃないか？　きみによく想像できる具体例をあげれば、きみはいま老年を生きていられる人の理想像として、六隅先生を考えるだろう？　しかしきみは自分の人生で、あ、先生が越えられた老年の境界をいま自分は越えていると認識して、どう自覚する？　若かった頃のきみの口振りを借りればさ、それは絶望的な認識じゃないか？

　なぜなら、あの人たちとおれたちとでは、人間のものが違うからだ。それ以上はいわない。おれたちは、その気になって、せめて自分らしい晩年を作りださねばならない。おれはね、自分の精神と身体に老年の境界は六十歳で現われる、と観念したわけだ。それをある時間先取りして、はっきり見据えてね、自分の老年の生き方を決めておこう、ということなんだ。

　そしておれは、自分が老年の入口にしっかり取り付きえるように、あまりみっともなくない仕事を始める伴走者として、きみをあて込んでいる。きみはフランス文学科に進むことに決めた時、自分の好きなオーデンやエリオットは独学しようと考えた。そしておなじフランス語未修のクラスにいながら、こちらは英文学者となることが確実な秀才のYさんに、そちらのテューターになってもらおうと決めた。そう書いてるだろう？

　もちろん、いまYさんは立派な英文学者、きみは素人のエリオット愛好者にすぎないが、ずいぶん助けてもらって来たろう？　あれを読んでおれはね、自分もコギーを人生の伴走者に決めている、と思ったんだ。松山の高校で、二年のクラスに自分が居残り、同じクラスに南予の高校から転校して来たきみに出会った時、おれはただちにそう定めていた、と思い出した。

そしておれは遠からず老年の敷居を跨ぐ人間として、やはりそのしヽるヽしを映画作りにきざみたい。そうなれば、きみはもう逃れようもなくそのシナリオを書く人間だ。生まれ年からいって、おれより二年遅れて老年の境を踏み越えるきみは、その時はっきり腹をきめといてくれ、と今いっておく。

なぜ、今か？　それはおれがきみより先に老年の境界に踏み込む人間として、早々とその準備を始めているからだ。

ずっとおれはきみのやっていることを見張って来た。きみとおれのやっていることが、あきらかに違ったコースを辿るのを見ながら、これでいいんだ、と考えていた。おれたちがお互いに自分の老年の到来におののいて、肩を組まざるをえないと自覚する時は来る。むしろその時が来るまで、おれたちの仮りに辿っている、背反したコースが遠いほどいいと考えた。

そしてまずおれは、自分の転換が始まる十年前に、映画監督へ踏み出した。おれはなんとか自分のものとしての映画を作り出している。この国でヒットしてるし、海外からの引き合いもある。そしてきみが自分の境界について、いつ本当に必要なことを言い出すかを心待ちしている。いまその状態なんだ。これからの幾年かのうちに、おれは一挙に態勢を展開して、ついにきみがおれの最終ゴールへ伴走者として参加する場を作るだろう。現にね、おれはすでにおれたちが自分らの老年の苦難に立ち向かうのに必要な、経済的基盤は作りあげてるよ。それによっておれは最後の仕事を達成する。きみにとっても、そういうもののひとつとなるだろう。

それが今おれのいえることだ。》

大体のところ、といわねばならないけれど、これが吾良の勢いを込めて語った言葉です。ところが、ここに置かれた休止符に跳びかかるようにして、それでは演説を切り上げて、と言い出したのが、千樫でした。彼女は、さあ食事を始めよう、アカリは、久しぶりに現れた吾良伯父さんと、クラシックのCDの話をするのを待ち受けている！　といいました。そしてこれは日頃、千樫のやらないことですが、私が出版社からもらっていた上等のワインの赤を一度に二本も抜いて食卓に乗せた。後から考えたことですが、あの時千樫は何らかの決定的な行きづまりを私と吾良の対話の先行きに感じとって、無難な酒宴にかえようと計ったのじゃなかったか……

私がそのように話して口をつぐむと（千樫は黙っていた）、シマ浦は黒い艶のある断髪を固めて両頬に突き出している顔の、大きい目に黒ぐろと力をみなぎらせて、まさにルイズ・ブルックスのブローチの面影となっていたものだ。

——その通りです、ほぼその通りの吾良さんの、ものの言い方でした。吾良さんは、あなたにそのように話されたんです。そしてその話し方のままに、吾良さんの言葉はあなたのなかで響き続けて来た、ということですね。

——かならずしもそうではなくて、と千樫がいった。吾良はその期待を抱いていたとしても、長江には企てが不可能だとわかってたのじゃないでしょうか？　ただ、あの話し合いのことを忘れないでいよう、思い出し続けるようにしようとして、それを私との話に出すことがあったんです。私は長江のやり方に、付かず離れずでいました。長江は最初から距離を置いていたのに、一方の吾良は本気だと知ってたからです。

——その話を吾良さんに聞いた時、私も長江さんは、あなたの依頼をその通りになさると思う？　と聞いてしまいました。そして吾良さんはあの、絶対的にこちらを受け容れない沈黙という状態になられた。この質問をしてはいけなかったんだと気が付いて、それから後一度もやってみることはありませんでした。そこでいま、吾良さんが亡くなられて時間がたって、そしてあなたにお会いして吾良さんのことをしっかり聞かせていただくわけなんです。もっと以前、私が同じ質問をあなたにしていたら、どう答えられたでしょう？

　私がその問い掛けにすぐ応じられる、というのではなかった。複雑な答えしかないといい切るつもりもないが……しかしその問い掛けは、私がこれまで幾度となく自分のうちに呼び起したものだし、確かにいまも千樫の聞いているところでこそ再確認しなければならない、と思うことなのである……

　しかしシマ浦は二度とその問い掛けを吾良にしなかったように、私に向けても固執しなかった。シマ浦は脇に置いている紙袋から厚い文庫版の本を取り出すと、質問を変えたのだった。

　――これは松山の塙吾良記念館で買ったガイドブックですが、吾良さんの晩年の、というよりもっと広く、その中年から人生の終りに向けて、友人たちがなさっている力のこもった編集です。吾良さんのお仕事も日常生活もよく知ってる人たちが書かれていて、面白い。良い本だといってもいいんでしょう。ただ私のように、長江さんと吾良さんの関係に関心がある者は、肩すかしを受けます。

　具体的にいえば、「父の故郷・松山での高校時代」という章があるけれど、その期間に起っていた……二人の出会いについて、一語もふれていません。その後についても、千樫さんが吾良さんの妹で長江さんの夫人であることと、長江さんの『静かな生活』を吾良さんが映画にしたことが一行ずつ触れてあるだけ！　つまり何も書かれていません。いま長江さんに思い出してもらった……というよりどうしても忘れられないこととして話してもらった、あの吾良さんの演説のトーンなど、この本を書いた人たちには想像できないと思います。

——それは、この本を編集した人たちの作為というより、むしろ自然な成り行きだったのじゃないかな。端的に、その本を作った人たちと吾良が付き合ってた時期、僕はかれらと吾良が一緒にいるところへ呼び出されたことが一度もない。気のおけない若い友人たちとのかれの付き合いのレヴェルで、僕はもう過去の人間だったんでしょう。

僕が吾良からかれらを引き合せられるどころか、当のかれ自身と交わりを絶っているにひとしかったんだから。その本にも出て来て、重要な役割を果たしている心理学者はじめ、幾人かの知識人たちについても、僕は知りません。

——そのかわり、あなたの四十代の終りから五十代にかけては、新しい分野の学者たちと親しくなられて、文化人類学者や建築家たちと、御一緒に雑誌を作られた時期でした、と千樫はいった。音楽家の篁さんなど、映画音楽でも名高い方でフシギでしたが、吾良はそうしたあなたの古くからの友人たちとは接触しなかった。

また私も吾良の新しい夫人や、その人との間のお子さんたちともお会いすることはありませんでした。ただ吾良は時おりひとりで……例のベントレーに乗ってですが……私とアカリ、そしてついでにあなたに会いに来る、ということがありました。

――……いまから考えてみると、あの五十代を迎えたか、迎えようとしていたかの吾良と僕とが、一度か二度なにか特別な話し合いをしていれば、僕はかれともっとも親しかった時期を取り戻して、その後の付き合いがすっかり変る、ということさえあったかも知れない。しかし、そうではなかった。シマ浦さんのさきの質問に戻れば、吾良のした依頼に、結局、僕は応えませんでした。

そして、この時期は映画監督としての吾良の華ばなしい成功の時期でしたが、そこからかれの死へと道は続いているというのも、あの時期についての僕の印象です。吾良が死んでから、かれは深いうつ状態にいたというマス・メディアの論調があった。そこで僕は、吾良とのあの話し合いに自分が積極的に乗っかっていたら、吾良のうつ状態はなかったかも知れないと思い続ける（しかし、そういうことは起らなかったんだから無意味な）、端的に僕自身のうつ状態に入り込むことにもなりました。

その真暗の心に、もひとつ別の思いが浮び上ることもあった。あの吾良との話し合いの日、千樫が積極的に吾良と僕にワインをすすめたことはいいました。そして酔った吾良が僕にいった言葉があるからです。僕と吾良との、しだいに表面に出て来た決裂は、吾良のその一言によって決定されたのじゃなかったか、という気持があります。それを……ここで話しておくことにします。

あの長く続いた食事で、アカリは期待していた音楽の話相手になってもらえなかったほど、千樫がひっきりなしにすすめたワインの酔いはあきらかで、突然吾良が僕の鼻面に頭を突き出すようにすると、十六、七歳で会った時から数年に一度見せられたかどうかの、まったく手のつけられない表情をして、こういったんです。

――きみはおれがした提案を考えてゆくわけだが、しかし例の大作、『同時代ゲーム』のシナリオ化はだめだよ。あんなものおれの映画スタイルとは相容れない！

4

私がこの話をしたことで沈黙を引き寄せたことは事実。それはそれとして、というようにシマ浦は話題をかえた。

――私が持って来た、もうひとつのテーマに移ります。吾良さんの死に出会った時……それはこれまで思いもしなかった稲妻に襲われた感じでした。泣いてばかりいました……　時がたつにつれて皮膚に浮かぶしみのように、心にはっきりして来たものがあって、それで私はあなたの小説をしっかり読むようになったんです。

これもうお話ししましたけれど、『取り替え子《チェンジリング》』が私をモデルにしていると知らされた時は、ただ吾良さんと自分のことが書かれているところを探して読むだけの、幼稚な読者でしたが……

そうしてるうちに、吾良さんについて本当のことを書いていられると思うようになりました。長江さんの小説に吾良さんが積極的に話したり行動したりするのが描かれていて、というんじゃないんです。ただ黙ってじっとしている吾良さんがそこにある、というかたちで描かれているんです。

『さようなら、私の本よ！』に長江さんの子供の時からのお知り合いの、シゲという人が出て来ます。アメリカの大学で建築科の教授をしてられたのが引退されて、長江さんの北軽井沢の山荘を半分譲られて隣人になった……　このシゲさんも後期高齢者なのに、らしくない自動車事故を起される。ここに文庫本を持っていますから読み上げますね。シゲさんが事故を生き延びて長江さんに話をされるなかに、いまいったように吾良さんが出て来るんです。

軽井沢で人と会って遅くなって（酒の酔いもあって、ということでしょうか）、浅間山の麓を北軽井沢へと車を走らせている。そのうちシゲさんは夢想するように、永年の付き合いの友人たちの団欒風景を前方に見ます。それもエリオットの研究書を長江さんから借りて読んだばかりの一シーンを思い出すように見るんです。そこから引用します。
《研究書というのは、ヘレン・ガードナーの本だね、そこにエリオットのノートの引用があった（古義人はうなずいた）。死んだ人間と、ほかの存在との間に意志の伝達が行なわれることについて……そのひとつの集まり《コンミユニオン》が例にあげてある。地上の教会の代表と、天上の聖者と、煉獄にいる魂たちの集まり《コンミユニオン》。そこでみんなが発する声はひとつに溶けあって、聖霊《スピリット》への invocation となる。そうエリオットが書いている、という。
　おれはね、その invocation という単語に、チクリと刺された。日本語にするなら、それはコギー、きみが森のなかの新制中学で、できたばかりの教育基本法から覚えた希求という言葉そのものじゃないか！》
　ここで私はシマ浦の引用した小説の一節について、ひとことはさんだ。カメラを廻しているギー・ジュニアをムッとさせたものだが、それが私の「人生の習慣」なのだ。

――小説にそのように書いているんだから、こちらに責任はあるが、ちょっと僕の註を付けます。シゲがエリオットのinvocationという英単語を日本語にするなら、希求という漢字をあてる。しかしエリオットの信仰にむすぶ言葉として、invocationをシゲがそう訳すのはいいけれど、僕の使う希求という言葉は、キリスト教には関係ないんです。

小説のこの部分を書く時、気になって辞書を調べた。invocationには確かに希求という訳語もありました。シゲがいってるとおりに、教育基本法と憲法に出て来るのを十二歳の僕が覚えた希求は、しかし教育基本法でも憲法でも、公式の英語原文とされてるのは、つまり資料法令とされてるのは、aspire, aspiringです。

――長江さんは念をおされましたが、ともかく疾走する車のなかで、いま前方に自分が目にしているのは聖者の情景だ、すばらしい人たちの集まり《コンミュニオン》だ、という思いがシゲさんにやって来ます。そこを続けます。

《ところが突然、その道は、はるかな高みへの滑走路だ、という思いが来た！　アクセルを踏み続ければ、おれは直線として押し出される。前方には、選ばれた者らの円陣がある。

かれらは個々に声をあげているが、それらはひとつに溶ける。吾良さん、篁さん、六隅さんをふくむ輪は、苦しみながら救われようと希求する、煉獄の魂たちの輪だ。その光の連なりへ向けて、おれの車の直線が、時速百マイルで突き出される……そして気がついてみると、おれは溝に顚覆した車のなかで、シートベルトに吊り下げられていた。それでもおれは、あの光の円周はいまどちらの方角にあるかと、暗い窓ごしにキョロキョロうかがった……》

小説のシーンは、長江さんらしいアンチクライマクスのユーモアで終ります。ところがここを読んで、私は声をあげて泣いたんです。シゲさんの車が鋪道を離れて顚覆することがなく、はるかな高みへ押し出されて行ったなら、事故死をとげるシゲさんにはお気の毒だけれど、吾良さん、篁さん、六隅先生、そして新入りのシゲさんの、なごやかな団欒が……集まり《コンミユニオン》が実現されてたんじゃないですか？

そういうシマ浦はもう涙を流しこそしなかったが、ルイズ・ブルックスの白と黒のスケッチそのままの顔をして、大きい眼はさらに黒ぐろと深かった。しかし昂揚から真先に醒めたのもシマ浦で、話は続けられた。

——こんな情景の夢想は、いくら繰り返しても夢想に過ぎません。それでもね、このシーンを小説に書かれる長江さんの胸のうちには……憲法からも教育基本法からも離れて——聖書の夢想があったのじゃないですか？

そして私は質問したいんです。私はあなたの小説を読むうちに、吾良さんと同じほどの影響力をあなたに持ったもうひとり、ギー兄さんの愛読書として『神曲』を読むことになりました。この集まり《コンミユニオン》に参加している魂は、救われる魂でしょう？　『神曲』で、自殺した人間は遺体が森の樹木に引掛けられていて、魂が救われることはない、地獄に墜ちた者です。しかしあなたは、吾良さんの魂が煉獄にあるとして書いてられるから、この集まり《コンミユニオン》にも参加させていられるのじゃないですか？　それは、この小説を書かれているあなたのなかで、吾良さんが自殺したのではない死者とされてるからじゃないでしょうか？

やはり小説のなかの千樫さんは、ビルの屋上から跳び降りた吾良さんの遺体が湯河原のお宅に帰された時、未亡人の、見ますか？　というあなたへの申し出を遮ぎって、見させない。そしてそれは、実際にそうだったのでしょう。あなたはそのおかげで、いまも吾良さんは自殺したのではないという思いを持って、このシーンを書くことができたのじゃないでしょうか？

――正直、僕には吾良が確信を込めて自殺という罪を犯したのじゃない、という気持があります、と私は答え、吾良が晩年の女友達として認めていたシマ浦への共感を強くしながら続けていた。その意味で、吾良は自殺したのではない、という考えをしています。そのことを午後のインタヴューで話します。

5

千樫が階下の食堂へ昼食を取りに降りてくるようにいった。ギー・ジュニアとヴィデオ・チームの二人はすぐ腰をあげたが、私は軽いものでも朝食をすると昼食はとらない。千樫がギー・ジュニアたちのために作ったサンドウィッチを少し分けて、コーヒーのお代りとこちらへ運んでくれるよう頼んだ。シマ浦も同様にということで、それならギー・ジュニアたちより他はみな二階に残れば、かれらが遠慮なく煙草をやれる。シマ浦がそう提案した。そして新しくしたコーヒー・ポットを運んで来る際、足の具合の悪そうな千樫には何もさせなかった。

——午後のセッションで長江さんはもとよりですが、千樫さんが大切な話をされます。ところが今朝はベッドで身体を起こせなかったほど、全身に筋肉痛があったそうです。セッションが始まるまで横になっていただきたいのですが、そうもいかないということで、私がお傍に付いています、と彼女はいった。

私の職業は看護師で、それは千樫さんが、ほんの小娘だった私のお産をベルリン郊外まで手伝いに来てくださったのに感動して、いつか千樫さんにお返しができたら、と進路を変更した結果です。今度も韓国系ドイツ人のお金持に、看護師としてついて来た次第です。アサさんが永く看護師をなさった人と聞いて、ゆっくりお会いしたいと願っていました。

今度、松山へ行って時間ができて、お会いできないかと電話をしてみると、アサさんは何でもないことのように、泊りに来いと誘っていただきました。

松山から特急で、本町の駅で降りるとタクシーが二台ほどあるから、隣町の川筋の長江というようにといわれたとおりにしました。運転手さんが家の奥に声をかけると、出て来られたアサさんに、古い街で代々暮して来られた家の人、と感じました。

——アサがね、テン窪大池のギー兄さんの所有だった土地に建てられた家で僕らを世話してくれる態度は、東京に出てうちに寄る際と同じなんだ。それが川筋の古い家に暮しているところへ行ってみると、亡くなった母の生活を妙に律義に受け継いでいる。

——アサさんは、通りに面した二軒分の正面をシャッターで閉ざした建物の、東の端の通路に私を迎え入れて下さいました。そこから奥に入った突き当りの、倉庫と作業場から切り離した生活部分で自分は暮している、といわれました。

きれいな文机が六畳の部屋の中央に置かれて、その奥に本棚が並んでいます。中庭にある木は、ヤマボウシにしてもヤマモモにしても、ムクノキにしてからが、森にあるものとは違って、街路樹のようにかたちを整えてるでしょう？　とアサさんはいわれました。これらはみな実生《みしょう》の若い木を、まだ少年の兄が採取して育てたんです。あの人はそのように樹木を丹精する子供だったんです。

アサさんがこうしたことを話しながら台所で紅茶を作ってくださるのを待ってた私は、文机の脇に出してある「赤革のトランク」に気が付きました。それにおさめてあった長江さんのお父さんに届いた沢山の手紙。それらを素材に、長編小説を書かれるはずだったのでしょう？　ところがイザとなってみると、それらの手紙で大切そうなものはみな、封筒だけだったのに始まって、どんな資料的価値もないことを発見した長江さんは、永年の構想を放棄された……

アサさんは、その名残りの空封筒が戻されたままになってる「赤革のトランク」から、別のものを取り出して文机に載せられました。そして、

――商家としての帳簿とは別の、こまごました家のことを書き込む「日捲《ひめく》り」です、といわれました。母が管理してた頃には、本業の三椏《みつまた》関係とは別の郵便物の記録とかをつけてたようですが、父が死んで以降はメモ帳にしたそうです。こちらに目指

すものがあるかも知れないと目星を付けました。そして、見付けましたよ。

アサさんが、文机から下ろして私の前に押し出されたのは、その「日捲り」の三冊です。敗戦の年とその翌年の、ほとんど何も書かれていないページの続くなかに、千代紙を切ったしるしがはさんである三冊。そのしるしのついたページには、日付けと曜日のほかに、細く硬い筆の書き込みがありました。コギーと片仮名で書いて、その下に○（つまりマル）の記号をつけてあるか、×（バツです）の記号が書かれていま す。つまりしるしのあるページを見て行くと、どこにもコギー○、コギー×の覚え書きがあります。アサさんに教えられてまとめて読み直すと、「日捲り」の日付けは、昭和二十年から始まって、三年間そして昭和二十二年四月に終っていました。

まず「日捲り」昭和二十年の分に一斉に現われて来るのは、すべてコギー×です。それはお父さんの水死があって、その日からコギーは、まだ国民学校という呼び名の続いていた小学校に出席していない。記号は、学校を休んだという書き込みです。冬になって、飛び飛びにではありますけど、コギー○という書き込みが出て来ます。なんとかコギー少年が学校に出ることになったのを示してるんです。

こうなっても毎日、コギー○であるのじゃなく、コギー×との、不連続的な繰り返しとして現れる。長く登校しなかったコギーが、登校するようになった。しかし毎日出ることになったというのでもない。登校するふりをして家を出るが、学校の東脇の谷川に沿った道から森へ入り、樹木のなかで過ごして、夕暮に家へ帰って来る日があるから。お母さんはアサさんに、兄が教室に出席したか・欠席したかを確かめさせました。

とくにアサさんの覚えている日があった。昭和二十二年四月の一日、それからお母さんの「日捲り」にはずっとコギー○が書き込まれる。日曜を除いて、いや時には日曜にすらも。その四月、谷間に新制中学ができて、喜び勇んだ兄は毎日そこへ通うようになっていた！

しかし事態はそれほど単純ではなかった。国民学校・小学校の五、六年次を長期欠席したことに始まり、あらためて出席するようになっても担任の教師に邪魔者あつかいされて、中途半端な登校しかしなかったコギーが、昭和二十二年四月のはじめ、谷間に新制中学が開かれたからといって、どうして問題なく進学できただろう？

アサさんは、自分で答えられました。――それは、ギー兄さんのおかげでした！新制中学の英語教師の数が足りなくて、旧制高校中退のギー兄さんは臨時教員になっていたから、そういう働きができたのだ。その上、ギー兄さんは自分が授業の下準備をするためだといって、コギーを毎日「屋敷」に呼び寄せた。日曜も、というのはそうしたことだ。

それだけの熱心さで、早くから年下の友達として援護してもらい、それから後ずっと親しい間柄でいながら、ギー兄さんがテン窪大池で水死した際には、この事故に兄が一枚噛んだという噂が、谷間のみならず「在」や本町にまでも流れたほど、兄とギー兄さんとの関係は冷えていた……それはなぜだったか。自分は考え続けているが……

——そのようにアサさんはいわれて、子供のようにお手上げの恰好をされました。そのことが私にも……ギー兄さんという、小説で語られている範囲でしか知らない人のことを身近に考えさせました。長江さんと吾良さんのことを考える上でも、大切な人に思われます。ギー兄さんについていろんなことを教えていただくつもりです。

6

それこそ食後の煙草を吸いながらであれ、ギー・ジュニアとヴィデオ・チームは午後のセッションについて熱心に話し合っていた様子。

千樫は、インタヴューされる者の位置まで歩くのにもなにか困難があるようだったのだが、スムーズに座ることができず、彼女が椅子の具合を確かめるのを忍耐強く待って、ギー・ジュニアは始めた。

――これは長江さんが企らんだ小説の書き出しであって、それが事実だったかどうかという質問はワザトラシイと仲間はいいますが、小説の素人の質問を許してください。吾良が古義人にこれから自殺するという。それは前もって録音されていたテープです。その声を古義人は繰り返し聴き、続いて重いものの落下音まで聞く。この録音を毎日ベッドで聞いて眠る習いになっていたものです。しかし新局面を迎える。実際に起ったことを電話で知らせられた千樫が、長江の寝室に告げに来る。それは現実のことでしたか？　複雑な書き方ですから、よく検討できるように、長く引用します。

《書庫のなかの兵隊ベッドで、ヘッドフォーンに耳を澄ませている古義人に、

――……そういうことだ、おれは向こう側に移行する、といった後、ドシンという大きい音が響いた。しばらく無音の時があって、しかし、おれはきみとの交信を断つのじゃない、と吾良は続けていた。わざわざ田亀のシステムを準備したんだからね。それでも、きみの側の時間では、もう遅い。お休み！

要領をえないまま、古義人は耳から眼の奥を引き裂かれるような、悲しみの痛みを感じた。しばらくそのままでいた後、田亀を書棚に戻してなんとか眠ろうとした。服

んでいた風邪薬の働きもあって、しばらくは眠ることができたが、気配に目をさますと、書庫の斜めになった天井の蛍光燈に、立っている妻の頭が淡く光っていた。》

読み上げた本を膝に置くと、ギー・ジュニアは、

——妻は、吾良が自殺しました、と報告します、といった。小説の書き出しなので、長江さんはワカリヤスク自殺という言葉を人物に使わせているようです。

——あの夜、現実に起ったことで、私が記憶しているのは、電話で教えられた内容を古義人に伝え、吾良の奥さんが遺体の確認を求められているので彼女と一緒に行くといって、マスコミからの問い合せ電話にアカリが驚かせられないように、電話番として古義人に残ってもらったことです。そう千樫はいった。私にとっては、吾良のプロダクションから来た電話によって、なにもかもが始まりました。古義人には、まず私の受けとめを伝えました。かれは短かい眠りの直前まで、冗談めいた実況放送の録音を聞かせられていたわけで、実際にことが行なわれてしまうと、一挙に深刻なものに変りました。

田亀というのは、吾良の吹き込んでるテープを聞く旧式のポータブルです。田圃や小さい川で、この名の水生昆虫が、魚や、他の水生昆虫をとらえて食べる。その前肢が録音機の備品に似てるからで、テープと一緒に長江に贈ってくれた時、吾良はあだ

なを付けていました。何をやるにしても、本気か冗談かわからない仕方で準備する性格です。そうやって準備したことを、律義に実行するのでもありません。結局、なにも起こらないで終った場合が多い……

一方、ああいうものが届けられれば無視はできないのが長江の性格です。長江は吾良から届いたテープをヘッドフォーンで……つまり田亀で聞いては、自分としての応答をつぶやいていました。毎晩のことです。録音されてるものはどれも短かいようで、一度聞くと巻き戻して一時停止して、答える気になったことをしゃべり返すわけです。眠るために相当の量のお酒を飲む人ですから、酔っています。テープの声は聞こえなくても長江の声は、水でも漏れるようにアカリと私の寝室の天井から聞こえて来る。アカリのために小さくやってくれ、と不平をいった覚えがあります。

そういう芝居じみたことが続くうち、テープと実際がシンクロしてしまったのが、あの晩だったわけなんです。こんなことをテープにいれて送って来る吾良もフツウじゃありませんけど、毎夜それを聞かずにはいられない長江もフツウじゃない。これだけの量のテープを送ればずっと聞くと、吾良は知っていました。そして頃合いを見はからってたか、あの夜たまたまか、実行することにして吾良は死にました。あの夜、もっと早い時間にテープをそこまで聞いて寝入ってた長江の寝室に、吾良のプロダクションの人からの知らせを持って私が入って行った、そういう進み行きです。舗道に跳び下りて死んだ人がいて騒ぎになって、ともかく有名な人間ですから警察が当のビルのプロダクションを突きとめるのに時間はかからなかったでしょう……

長江が吾良からのテープを聞いて、なぜ真面目にとらなかったと咎める気はありません。手紙やテープまで使っての応答もどきは、長江と吾良の間の永年のゲームだったのです。

じつは吾良が死んだ後も、長江は、私にテープの内容のことをすぐには話さなかった。

吾良の死から一年以上たって、長江は最後のテープのことを具体的に話して（吾良の死について小説に書くことを考え始めていたからです）、ヘッドフォーンを私に渡すと再生を始めました。当然のことに、私はドシンに衝撃を受けました。その後の無音の間に、田亀のスイッチを切るよう私は長江に身ぶりしました。長江は従わなかった。もう一度吾良の声が起って、ゲームは閉じられました。

そして私は、長江がこのテープを聞いても（それも何度も聞いて、眠って、翌朝目ざめてみれば、吾良は死んでいないわけで）よくあった吾良の奇態な作り話の、念を入れたヴァージョンだとしか受けとめなかったはず、と思ったんです。私は後から、もう一度だけ（その他のテープはもとより、あの一巻の最後の部分の他についてもそうしたことはしませんでしたが）長江にテープのおしまいのくだりを再生してもらいました。

《しかし、おれはきみとの交信を断つのじゃない、……わざわざ田亀のシステムを準備したんだからね。それでも、きみの側の時間では、もう遅い。お休み！》

　吾良は、それこそあの呼吸で……いつも長江にこういうふうに話をしてたんです。そして長江は吾良の話の（子供の時から、おそらく大人になっても）他の誰より気に入ってる聞き手だったんです。

　……念のために、もうひとついっておきます。このような自殺についてのホノメカシは、吾良が長江に以前からやってたことです。長江はそれに脅かされるのが嫌で、自分の方から先廻りして、実際に吾良がモデルの人物が自殺する小説を書いたことがあります。あなたは読んでいられないと思う初期の作品です。私が色鉛筆でマークしてる、その『日常生活の冒険』がありますから、読んでみますか？　若い長江は、こういう小説を書くことでしか、吾良のホノメカス恐しいことに反対できない……つまりは弟格の友人だったんです。小説の書き出しが未熟でアキレられると思いますが、兄さん格の人物への真情は出ていますよ。

《あなたは、時には喧嘩もしたとはいえ結局、永いあいだ心にかけてきたかけがえのない友人が、火星の一共和国かと思えるほど遠い、見しらぬ場所で、確たる理由もない不意の自殺をしたという手紙をうけとったときの辛さを空想してみたことがおありですか？（中略します。）

ぼくは今年の暮アフリカへ旅行し、ブージーの無縁墓地へ犀吉をおとづれようとしている。ぼくは犀吉が、かれの魂の歌としていた、

死者を死せりと思うなかれ
生者のあらん限り
死者は生きん　死者は生きん

という詩句にのっとって、かれの亡霊にかれを記憶するすくなくともひとりの生者の存在をつげ、かれを鎮魂したいのである。

くりかえさないではいられないのだが斎木犀吉のようにすさまじく死を恐怖していた人間の自殺とは、なんという酷いことだろう。いったい死とはなんだろう。死後の世界はあるのだろうか。死後の虚無、虚無の永遠とはどういうことなのだろう？（もう一度、中略します。）

それでもなお、かれが本当に生きてサハラ砂漠から通信をよこしぼくを誘ってくれ

たとしたら、ぼくはこんどこそ、ぼくの日常生活のすべての係累をなげうち気違いのように夢中になってアフリカ行きのジェット機に乗るだろうと思う。斎木犀吉はぼくあての最後の手紙にこう書いてよこしたのだった。

「元気だ、ギリシャの難破船の船長の話をきいたんだが、かれは航海日誌の最後にこう走り書きして死んでいた。イマ自分ハ自分ヲマッタク信頼シテイル、コウイウ気分デ嵐ト戦ウノハ愉快ダ。そこできみはオーデンのこういう詩をおぼえているかい？

いまおれはそのことを考えている。

　危険の感覚は失せてはならない。

　道はたしかに短い、また険しい。

　ここから見るとだらだら坂みたいだが。

それじゃ、さよなら、ともかく全力疾走、そしてジャンプだ、錘《おもり》のような恐怖心からのがれて！」》

　私はいまあらためてこれらの断片を読んで、ここにある犀吉と吾良の面影がピッタリ重なるのに驚きます。これらの断片を書いた若い作家は、深く犀吉を愛していて、かれの死を空想するだけで深く悲しんでいます。

　そして時がたって、もう老人になった（といっても、いまから見ればマイナス十五の年齢の）長江が、向こう側に移行すると別れの挨拶を聞かされ、ドシンという効果音をあびせられる。それを聞いた時はドキリとしたでしょうが、すぐにも向こうの時間の側からの声は伝わって来るし、どういう気持だったか……さらにそのドシンが現実とシンクロしてからの慌しい進行のなかではどうだったか（それ以上の向こうからの呼びかけは期待できない）、そしてさらに十五年たって、ということで、長江本人にインタヴューしていただくのがいいと思います。

7

——お疲れはよくわかっていますが、もうひとつだけ千樫さんから聞かせてください、とギー・ジュニアがいった。あなたは午前のセッションで、塙監督が確信犯的に自殺したとは考えていない、と長江さんがいわれた時、どのように反応されましたか？　私はそういわれた長江さんの平静さに印象を受けました。私は、その穏やかな表情をとらえようとして、あなたに注意を向けることができませんでした。

いまの休憩時間、チームのひとりが撮っていたヴィデオを見直しました。短かいショットですが、口をつぐまれた長江さんの向こうに千樫さんの、やはり平静な横顔が映っているんです。チームのスタッフも、千樫さんを映そうとして、というのじゃなかった。かれはあのようにいわれた長江さんに引き付けられて、そうしていたといっています。

　あなたはこの十五年間、塙監督は自殺されたということを誰も疑わないなかで、突然に飛び出した長江さんの言葉に驚かれなかったでしょうか？　奇妙なことを聞くという気配すらあなたにチラリとも見えないのは、どういうことなんでしょう？

　――私は平静に聞きました。そしてそれを長江と話したことはないけれど、長江が吾良は自殺したのではないと考えているのを知ってた、と思いました。それを長江が初めて自分から言い出すのを聞いた、ということです。

　私は警察に連れて行かれて、上躰がグシャグシャに潰れた死体になっているのを見ました。参考人として呼ばれていた兄のお友達が、何人かの暴力団が監督をつかまえて、屋上に担ぎ上げて抛り出したのじゃないか、といわれましたが、やはり兄は自分ひとりで三十秒かそこらでその気になったことをやってしまったんだ、と思っていました。それは確信しての自殺とはいえない、とも考えていました。テレビ局の女性が吾良の遺体を載せて運び出す通路にまぎれこんで、自殺された監督にどういう言葉を掛けてあげたいかと愚かしい質問をされるのに、黙ったまま車が動き始めるのを待っていました。

そして、長江がアカリと起きていた成城の家に帰っても、長江はなぜ吾良さんは自殺したと思うか、と尋ねはしなかったし、これまでずっとそのままです。最初にあなたがふれられた通り、『取り替え子《チェンジリング》』の冒頭で作者が自殺という言葉を使っているのは、読者に通じやすくするため、と私も見なします。

ただ兄は死んだ。それが自殺であれ、自然死であれ、ひとりの掛替ない人間が死んだのですから、私は悲しんだし、確かな数の人たちが悲しんでくださったとも信じています。長江が吾良の死を偶然のようなものと考えていても、長江が悲しんだ・悲しんでいる、ということは事実です。

……この間私は自分が思い違いをしていたのを発見しました。それを気付かせてくださったのは、シマ浦さんです。彼女の旅の目的には吾良についての調査もあるわけですから、広範囲に書き抜きしたノートを持って話を聞いてくださいます。それでこういう思い違いが指摘されました。

私は長江の母の最晩年に、森のへりから川を下った本町の病院へお見舞に行きました。お義母さんはお会いするたび小さくなられて（地方の女性としてはめずらしく、骨格も肉付きも豊かな方でしたが）五人部屋の奥の端のベッドに、小さく見える頭を天井に向けて目をつむっていられました。アサさんに案内されて入って行っても、薄くなった白髪の頭はビクリともしませんでした。お義母さんの頭の、前半分の骨格は古義人に似ています。子供の頃、長江が、自分の狭い額を気にかけると、それでも頭頂にかけて十分に拡がっていてお祖父さんに似ておるから大丈夫、と励まされたそうですが……

そのお義母さんのベッド脇に立つと、県の病院でアサさんに指導されたという看護師の娘さんが、わざわざ上膊部を出して、――お婆ちゃんが掻き毟《むし》って傷になりました！　と訴えましたが、――あなたの着更えさせ方が乱暴だったんじゃないの？　とアサさんは受けつけられませんでした。そのやりとりに目をあけて、私に気付かれたお義母さんは、じっと私を見つめてお悔みの言葉をいってくださった……このように私は記憶していたんです。

まずその限りでの受け答えの様子をいいますとね、――お兄さんが痛ましいことでした、といわれた。私が御辞儀を返しましたら、今日も、コギーは来ておりませんでしょう？　看護師らに私の暴力を訴えられるのがイヤなんです、と続けられました。

それから、コギーはあのように親しくしていただいておりながら、吾良さんが亡くなられるのをそのまま見殺しにしたのでしょう？　コギーは恩知らずですから……申しわけないことです、といって目の全体を赤くされました。そしてそのまま薄い毛布にズルズル沈み込むようにして、眠りに戻られたんです。

私がそのように話をしましたら、シマ浦さんは、いったん録音をやめて、大きなノートを確かめました。そして吾良さんが死んだのは一九九七年の十二月二十日、長江さんのお母さんが亡くなられたのは、同じ年ですが十二月五日のこと、といわれました。

つまり長江の母の方が先に亡くなってるんですから、あの方が私に吾良を悼まれる、ということはありえないんです。ただ、その事実を頭に入れ直しても、この十四年以上私の記憶にあった、お母さんの最後の言葉を思い違いとはしたくないんです。

——ちょっと発言させてもらうなら、と私はいった。僕への批判としてであれ、そしてまだ吾良が生きていたのであれ、ギー兄さんと塙吾良を結んで思い出す母親の頭は、ボケていなかったと思うよ。彼女がすでに予感していたこととしていったその通り、僕は吾良を見殺しにしたんだ。

——それでは、午前中のセッションにつないで、午後のインタヴューをしめくくりたいと思います、とギー・ジュニアがいった。

長江さん、あれだけ状況証拠の揃っている塙吾良監督の死を、あなたが自殺ではないといわれる理由を、話してください。千樫さんから周到なお話をうかがったのですが、やはりあなたにもお願いします。

――吾良が死んだ後、ありとあらゆる週刊誌にかれの「自殺」を解説するというか分析するというか、じつに大量の記事が出ました。僕はあの時、その種の週刊誌が平積みしてある本屋に通って、塙吾良という活字が表紙に印刷してあるものは全部買い入れました。すべて読み、読んだものは居間のテーブルに積み上げました。千樫が読む気になれば手に取れるようにということでしたが、彼女は一冊も読まなかった。

強い酒を飲んで、ひとつの思いに取りつかれ、ビルの屋上から跳び降りる。この着想と実行との間にはある長さの時間がはさまっていただろう。と誰もがそう考えるはず。ところが、ある年齢になってからの吾良にそういう思考はありえなかったのじゃないか、といわねばならない。かれは「牢乎として抜きがたい決意」をなにより大切にするタイプの人間ではなくなっていたんです。

そこで、フッとひとつの翳りが頭にさして、消えずにいる間に、プロダクション事務所の自室のドアを開けばエレベーターがあって、すぐが屋上でそこに鍵がかかっていなかったとすれば、二、三歩歩いて跳び降りる。思い詰めて、というのじゃなくそういうことをしうる人間にとって、これは「自殺」ではなくて「事故」だ、と僕は考えます。「事故」で向こう側へ行った魂は、あの集《コンミユニオン》まりで「自殺」した者の魂とは区別されねばならない、そのようにも考えています。

いや、ずっと思い詰めてそれを語り続けて、自殺決行の実況中継の録音を送り、ドシンという音まで聞けるようにしていた。幾度目かに録音を聴いた後で、あなたは現実となった自殺の報らせを受けた。そのように『取り替え子《チエンジリング》』に書いてるじゃないかというなら、それは違う。

小説をよく読んでくれれば、吾良はあのドシンで今回のゲームは終りと告げていた。そうやってかれが提案しているのは、これからわれわれは集《コンミユニオン》まりを（生死にかかわらず、それが重要なんです）やって行こう、その手段の「田亀」の数を増やそう、きみの亡くなった友人たちをおれは敬遠していたが、これからは付き合わせてもらう。それが吾良の、ちょっと時を置いて話し掛けて来た通信の続きだったはずなんです。しかし、事故が起きた。

父親が早く死んだこともあって、僕同様、吾良は死を恐れていた。かれはもう戦争が終って仕事ができるようになった段階での高名な父親の病死を、こちらは無名の父親の奇妙な死を、どちらもクラスの誰にも話さないのに、二人だけでよく話した。それが僕らをあのように近くしたのかも知れない。しかも吾良は、得意のイラストで自分が自殺している様子を描いて見せた。それが頂点に達したのは、僕が小説家として出発し、かれは映画俳優として国の内外で仕事を始めた時期で、かれは僕の小説が暗いといい、自分のやってることはもっと将来性がない、といった。そこで僕はこの前千樫の話した、吾良を思わせる若者が原因不明の自殺をして、残された者が悲しむ小説を書いた。その効果で、というつもりはないが僕はひとつ乗り越えたし、かれもそう。今度の「田亀」の、吾良が老年を振りかざしてやったあの話も、じつは初めてではなかった。先例は（老年こそ主題じゃなかったが）あった。しかしその気分をかれは『お弔い』という映画を作って一挙に盛りかえした。

僕は最初にドシンを聞かされてショックを受けたが、そこには喜劇仕立ての自己批評もあるわけで、その後の平然としたコメントにあわせて安心した。しかし「事故」は起った。そういうことなんだ。

私はそういってインタヴューを受ける者の椅子から立ち上った。こちらも立ち上ったが、そのまま宙吊りになったふうな千樫が、

――私も長江と同じ考え方をしています、といった。

しかしその声音も、それまで私が向かっていたマイクに向けてわずかでも上躰を突き出そうとする首の動きも、あきらかにタダじゃなかった。私は人前で千樫にそのよ

うな振舞いをしたことはないとアセッタものだが、彼女が倒れるのを防ごうとしてその肩を囲い込んだ腕を突き戻された。怒りとも痛みからとも見きわめがたい、やはり初めて聞く野太い唸り声と共に。

私は先ほど自分は職業訓練を受けた看護師だといった人物を探そうとした。当のシマ浦はヴィデオ・チームの背後に退いてこちらを見ていた。彼女は私がなんとか千樫を支えようとし（これだけ重い人であったか！）傾いて来る彼女の上躰に腕を廻すたび、それに引き起こされる激痛を避けようとする千樫の反応に目をとめていた。私も、数年前のリウマチの際の、彼女のきわめてめずらしいものだった苛立ちを思い出した。あれが、はるかに強度を加えて、いま千樫をとらえているのではないか？

駈け寄って来たシマ浦が私を押しのけて、千樫をゆっくりゆっくりソファに倒れ込ませようとする。千樫はなお押さえるべくつとめているはずだが、私のかつて聞いたことのない大きさの悲鳴をあげた。

五十年ぶりの「森のフシギ」の音楽

I

千樫の発病があって、私の生活は変った。その具体的なしるしとして、私が東京での生活を引き払い、森のへりのアカリの暮しに加わったことがある。千樫ショックによる変動の揺り返しがなければ、私の晩年の最大の転換となりうるだろう！

そこに到るまでのこまかな事情について、書き付けて来る余裕はなかった。いま森のへりに落着いて、『「晩年様式集《イン・レイト・スタイル》」＋α』を再開しようとすると、これまでしばしば引用した「三人の女たち」による手紙が、あいかわらず有効であるのに気が付く（しばらく前からのことだが、いまや最初の三人にもうひとり加わっているわけだ）。私がひとり成城の家で留守を守る廻り合わせになった期間、電話には出ないので、彼女たちが必要に応じそれぞれ私にあてた手紙が、新しいままの「丸善のダックノート」に挟み込まれていて役に立つ。

まず、千樫が発病した現場から病院に運ぶ際も、それ以後も、ずっと付き添って看護師としての熟練を役立ててくれたシマ浦からの報告と、添えられていた病床の千樫のいってることのメモ。激しい痛みは全身に及ぶリウマチ性多発筋痛症。それは病院に着いてすぐ行なわれた血液検査であきらかだったから、副腎皮質ホルモンの投薬が行われ、すみやかに軽減された。しかし千樫の年齢から、様ざまに余病の可能性があるので、このまま入院させる。千樫はアカリが真木から母親の事態を説明されて示した反応をすでに聞いていた。

居間の奥のアカリの寝室の窓は、北から西へ広い角度で森に面している。窓の外をアカリはずっと見つめていて、真木が話しかけても応じない。苛いらした真木がアカリの脇に頭を突き出して覗くと、真下になるテン窪大池に、夕焼けの残る西空が反映して、真黒の森に赤黒い水たまりが浮かんでいるようだった。翌日、アカリが作曲を清書したので、リッチャンに弾いてもらった。真木は、アカリが母親の痛みのことを思っていたのだと感じた……

《あなたがアカリに、お祖母《ばあ》ちゃんの話してくださっていた「森のフシギ」の音楽のことを話し直してやってください。アカリは新しい作曲の主題を思い付く（またはこれまでに作っていたものを思いだす）のではないでしょうか？　それともうひとつ、あなたはひとりだと夜遅くまでお酒を飲まれるはずで、気を付けてください。》

この千樫からの呼び掛けをキッカケにした私の禁酒の、切実かつ滑稽な成り行きも書いておく。千樫が退院して来るまで、と思いあぐねて、とメドを立てて始めたが、永年眠る前の習慣としてきた酒なしでは眠れない。思いあぐねて、行きつけの病院で睡眠剤を処方してもらった。私には二十代前半に小説を書き始め、そのままマスコミに出たことで眠れなくなり、市販していた睡眠薬に依存することになった苦しい記憶がある。眠る前の飲酒の習慣はそこに始まった。それをいうと、医師はこのところの睡眠剤の進歩はめざましい、と力付けられた。すぐにも私は医師の言葉を実感することができたのである。

そのうち残り少なくなった錠剤を補給してもらいに行った私は、たまたま風邪の流行で満員の待合室に長く座った後、自分の名を呼ばれ歩き出したところで、四年ほど前の、視界が片隅からザーッと崩れる症状（それ以来、二度、三度と再来するので大《おお》眩暈《めまい》と呼んで来た）に襲われた。しかも今度の場合、気が付いた時は、自分では初めて経験する大きい病院「東京医療センター」で、X線、CT、MRIという多種の検査を（まったく意識にない！）されていたのである。

そして私は、慣れない点滴装置を着けたまま医師の前に進み、異常は認められない、と告げられた。医師からは、永年アルコール摂取の習慣があるのに、それを急にとりやめることで「離脱症状」が現われたのだろう、と説明を受けた。それが自尊心を揺さぶって、私はずっと禁酒を続けることにした。

2

いま私は「テン窪大池」の家で（隣りにギー・ジュニアとスタッフたちの家はあるが、森のへりに隠棲している気分）居間の再生装置の前に、敷物にじかに寝そべって低い音でクラシック音楽を聴くアカリとともに暮している。

なによりアサの助力があり、リッチャンの協力も取り付けてということであるが、私はアカリが真木との共同生活から独り残されることになった家に引っ越したのだ。あくまで一時的にという留保の気持は、アカリはいざ知らず、ことに関わったすべての者にあったけれども、思えばそれこそ永年の間に幾たびも私の頭に浮かび、私より他にそれを本気で考える者もありながら、実現することのなかった変革のプランだった。

現状に到る話し合いのなかで、真木がこういうことをいっていた。これまで、アカリとの森のへりでの新生活がうまく行っていることを時には誇張して伝えて来た。アカリが眼鏡の改良によって明るくなったことは事実、しかし、すべてメデタシ、メデタシでは（当然に）なかった。自分が少女の頃から毎月一度はそのとりことなって来たうつの症状は、いまもある。現に、この森の全体が、近くにある原発の事故によって放射性物質に覆われたら、ということを繰り返し考えずにはいられない。

伊方原子力発電所は、テン窪大池から三十キロの地点にある。真木とアカリが森のへりに移り住んですぐ、アサの紹介によって、土地の反・原発運動を進めている人たちが、実状の説明に来られた。それ以来、真木はもとより、アグイーのことを重ねて考えるアカリに、これは日々の課題となった。私がアカリとテン窪で一緒に暮すようになってまず共有したのは、かれ独自の想像による惧れだった。アカリの寝室の壁には（東京の家で私もやっていたことだが）、かれらしい多様な色鉛筆でグラデーションをほどこした二十五万分の一地図「松山」が張られている。この近さにある伊方で事故が起れば、どう対処しうるか？

アカリ自身、東京にいた時より確かによく話し、真木をいれた最初の話し合いの時には、彼女の介添えもあって進んでこの話を私に持ち掛けた。アカリが絶対にここを離れない理由。それは伊方の原発事故に際して、森の上空から降りて来るアグイーを保護してやるためである。しかしアグイーの危険は、同じくここに住むアカリの危険ではないか？　私がそういってみても、かれはすでに真木による同じ趣旨の説得を経験ずみなのだ。

――いいえ、私はここから出て行きません。アグイーが森の上から降りて来る時、アグイーを助けられるのは、私だけです！　アグイーが降りて来るのが見えるのは、私ひとりなんですよ！

　真木はずっと、アカリの確信を聞いて来たのである。しかし、それだから私もここにアカリさんといるという、これまでのルーティンだった真木の態度表明は、今度の話し合いでは示されなかった。私は千樫を襲った大きい痛みのことをまず話して、彼女が真木を必要としていることをいっていた。痛みと共にある千樫を放っておく気持は真木になかった。そしてアカリにアグイーの降りて来る森のへりから離れる気持がないことも、現に話をしている三人みな、はっきり知っているのだった。

　さて、このようにして私とアカリとの共生が始まった以上、私が再開する『「晩年様式集《イン・レイト・スタイル》」＋α』において、アカリは独特な役割を果たすだろう。そこでここではもうひとりの人物、アカリと私の森のへりでの生活に、いわば真木の代りにとさえいいうる役割を担うことになった、ギー・ジュニアについてのべておきたい。

　このノートにギー・ジュニアはしばしば登場して来た。しかしいま、かれは私にとっても思いがけない、新しい個性としてである。それは、先のインタヴューの大部分を占めた、ギー兄さんと私の関係について、これまで私が中期の仕事に始めて、幾度も描いて来ながら、意識の外にあった事実を一挙によみがえらせた。

　ことの次第は、次のようである。私はアカリと二人での新体制であることはそれとして、やはり森のへりで暮すについて、東京の家の居間と書庫兼仕事場の本棚から、ある量を移す必要を感じた。そのリストを作るのに数日かけ、それらを宅配便で送ってくれるよう真木に持ちかけて（個々の本に各種の辞書類、加えて六隅先生の著作集と、次つぎ量は増えた）全リストをファクスした。

　ところが真木はそれらの本が著者の署名本もふくむ、書庫にあるもっとも大切な（少なくとも私に個人的な愛着のある）ものだと見てとって、段ボールの箱に詰めて送っていいものかどうか抵抗がある、と言い出した。こういう時、真木には腹案があるのであって、東京のオフィスに置かれてきた撮影用の機材や資料を、ギー・ジュニアが松山のオフィスへ統合したいといっている。そのために友人からアメリカ製の乗用車を借りる予定だから、パパの本もそのタップリして柔かい座席に積み込んではどうか？

　松山でギー・ジュニアの荷物をおろした後、そのままテン窪大池に車を廻せば、アカリとの共同生活の家にパパがゆっくり自分の手で本を並べることができる。車の運転は、インタヴューのプログラムが終って余裕のあるギー・ジュニア自身がやるから、松山のオフィスの傍で待ち受けたパパが乗り込めば、吾良伯父さんのベントレーには及ばぬとしても（こちらはキャデラック）、森のへりまでパパもゆったりしたドライヴが楽しめると思う。

　真木のプランは、ギー・ジュニアも待ち受けていたことのようで、ただちに実行された。上の階にギー・ジュニアの事務所のある旅行案内所の前にスッと寄って来た、後部座席も床も本を積んである大型車の助手席に私が乗り込むと、ギー・ジュニアは黙って会釈しただけだったが、市内を離れ、ずっと上り勾配の国道を走る頃には盛んにしゃべり始めていた。

　――これはインタヴューが続いていた間で、そのことを話しませんでしたけど、フランスの作家との公開対談をされましたね？（――パトリック・シャモワゾーとの、と私は応じた。）そうです、新宿紀伊國屋まで聴きに行きました。エレヴェーター前が混んでいて、階段を降りる途中で海外文学のセクションに寄ると、やはり会場から出て来た人たちに、大きい本が飛ぶように売れていました。『カリブ海偽典』です。脇に、これも厚い“Biblique des derniers gestes”のポケットブックが平積みされていて、手に取ると、僕は見るからに日本人だし、フランス語ですけど、といわれましたが、両方とも買いました。あれだけの日本語の本は僕に重荷ですから……

長江さんとシャモワゾーの対談という広告を見て、僕はかれがクレオールで書く作家だということしか知らないのに、話を聞きに行く気になったのは、あなたも日本語の作家ではあるけれど、四国の言葉がまじっていると御自分で書かれているからです。シャモワゾーは、フランス海外県のマルティニック島出身で、フランス語から来ているクレオールの作家ですね？

自分は同時通訳のイヤホーンを手に入れてましたが、日本語のプラグに挿し込むとあまりに早口なので、結局、直接聞こえるフランス語を聞くことにした。正直、どれくらいクレオールなのかは分りませんでした。長江さんも、対談の途中でイヤホーンを外されましたね。

――僕はまず同時通訳に頼ってた。それがイヤホーンの音量を小さくすればよく聞こえないし、音量を高めると雑音で聞き苦しい。それでこちらもシャモワゾーが目の前でしゃべるのを直接聞く、そういうことになったんだ。

ところが、海外から来てくれている作家が、それも当方が年長でということか、初めのうち御世辞をいうようだった。それがあまり気持良くなくてね。

——若書きの『ヒロシマ・ノート』をしっかり読んでいて、評価されるのが照れくさい、ということだったでしょう。しかしあの時点でシャモワゾーの作品を読んでなかった僕には、むしろそこが記憶に残っています。かれは長江さんのことを“guerrier”と呼んだでしょう？

——そう呼んだ。それも繰り返したから、同時通訳の日本語で確かめてみると、「戦士」としていた……シャモワゾーの言い方が気になったのは、僕が対談の前日になってやっと読み終えた、あの大きい小説の最後の一節にね、“un grand guerrier”という言葉があったから。

小説の主人公でもあれば、語り手のひとりでもある、瀕死の老人が、そう呼ばれていた。そして、僕はといえば、これまで「戦士」だったことはないと思ったものだから。かれがこちらのことをね“un grand”こそ付けてないけれど“guerrier”と呼んだので、気持が離れるようだった……

——しかしかれは『ヒロシマ・ノート』に感動したと再度いって、あなたが広島で被爆した人たちの、「考えの及ばないようなこと」「受け入れがたいこと」としての経験を描いている、と評価していました。それが自分らの先祖が苦しめられた「奴隷貿易」という、まさに考えられない経験と結んでいる。あなたの描き方をつうじて、自分らの本質的な経験と、それをどう表現しうるかを考えることができたと思う、ともいいました。僕はあのクレオールの作家があなたの仕事を理解している、と感じた。議論はしだいに難しくなったけれども、終りまで熱中することになりました。

——きみは、われわれの対話をしっかり聞きとった聴衆だ、それはあまり多くなかったと思うよ、と私は冗談めかしていったが、ギー・ジュニアに対して自分がいわば文学的にも近くなっていると感じていた。

実際、僕はシャモワゾーが自分の若い時の評論を、その仏訳をよく読んでくれているのに心を開いて行った。この国の新しい作家たちからそういう受けとめ方をされるのは、それが不満だと泣き事をいうのじゃないが、いまやマレだからね。しかし、それよりも決定的に、僕はかれの小説を読んで共感していたんだ。少年時のかれが育ったマルティニック島の、森の世界の表現にまるごと引き込まれたことがあって……

僕ら小説家にはね、他の小説家がどういう人間かという根本的なことについて、なによりかれの小説そのものによって理解する……いわば職業的な癖がある。とくにこの場合はね、僕は端的に、シャモワゾーの、あの大きい小説を読むことで、最近似た経験をしたことがないほど揺り動かされていた。それもさ、自分の少年時の……ということは、いま僕らが向かっている森のなかでの、ということだけれど……大切な経験を絵解きしてもらう発見をした。その思いがあったわけなんだ。東京から運んで来てくれた本に、きみも買ったというシャモワゾーの例の厚い本がある……カラフルな表紙だしそれを見つけて、少し読んでみよう。

われわれの車は四国山脈に沿って走る高速道路から降りて、こちらは記憶のある川沿いの県道に廻り込んだところだった。闊葉樹《かつようじゅ》の茂りが押し寄せて来る道路脇に車を停めて、ギー・ジュニアは後部座席の本の束を探しにゆき、『カリブ海偽典』を見つけ出してくれた。

私は引用するページを自分の引いている色鉛筆を辿って見つけ出そうとしながら、まずギー・ジュニアが聞いてくれたという公開対談の、この小説に関わる部分を説明した。かれがすでに本の全体を読み通していれば不必要なわけだが……

——さきの瀕死の老人ボデュール＝ジュールが、かつて虚弱な子供だった時、親が心配して、医者や祈禱師に診てもらおうとした。住民たちに治癒をもたらす……それも肉体的にのみならず精神的にも癒してくれる、マントーと呼ばれる者のひとりの、マン・ルブリエという女性に託されて暮す。つまり「忘却された」という意味もはらむ名のマントーのひとりと、マルティニック島の森のなかに隠れ棲むことになる……

僕自身が、四国山地の森に囲まれた谷間に生まれて、本を読み始める前から、祖母と母親に土地の……つまり森の伝承を聞かされた子供だった。ある時期、子供が森に入り込んで暮してもっとも重要なものを教えられるという、ボデュール＝ジュールの受けた教育に親近感を抱く。僕自身、いかに森に入り込んで暮したか、繰り返し小説に書いて来たけれども、この『カリブ海偽典』を読んで、そこにある少年の暮しに、しみじみ類似を実感した。

しかもね、僕は子供ながらあのように生きる場所を独り発見して、自分のやり方で暮らしたと思いたがっていたけれど、じつはある人物にそれを助けてもらった、そう再認識していたんだよ。この人物はその子供の気持をよく汲みとってくれて、思い出すたび、それがとても控え目な仕方での庇護だったと感心する。シャモワゾーの小説を契機に思い出して行くと、僕がそもそも森に入って昼の間過すことのできる、家のような樹木群集を教えてくれたのも、その人だった。

そのように始まった暮しに慣れるうち、つい遅くなって夜の森を降りるのは危なく、やむなくそこで夜を過ごすことになると、ローソクとマッチも置いてくれていて、僕の点してる燈が「屋敷」から目に入ると食べものを持って見に来てくれることもあった。

「屋敷」と聞けば、その人物がギー兄さんだということはわかるだろう？　僕はあの年齢で森のなかにひとり暮していたと自分から話すのが習慣になっているけれど、じつはほかならぬギー兄さんと一緒にいることが多かったんだね。そうやって森の樹木について教えられ、いろいろ話を聞かせてもらい、面白い本を借りて読んだばかりか、ギー兄さんが使った幾何教科書で自習するのを助けてもらうことにもなった……

それでいながら（まあ、理由もあって）やがて僕は自分が森のなかで独りで生きてたと言い張るようになったけれども、今度シャモワゾーの小説で同じ情況を描いたシーンに接すると、これは子供の自分が木に登って、高い枝の股に寝そべってた、あれらの日々のことだとしみじみ思った。そして自分のマントーとしては、ギー兄さんがいたわけです。

そもそものギー兄さんと僕の出会いだって、ギー兄さんがいなかったらどうにもならなかった憐れなガキを、向こうから発見してもらったということだったよ。

話が飛ぶけれど、電車で本を読んでいて、特別なことが起こる、その経験を僕は思うんだね。これは画家のフランシス・ベーコンの言葉だけれど、現実の人体を見て、またそれの正確な表現を見て、自分の奥底の「神経組織」が……きみの慣れてる言葉だと nervous system が突き刺される。同じことが活字によって行なわれる。窓の外に目をやると、風景がこれまで自分になかった観察のエネルギーをあたえられて、生きいきしている。そういうことがあるだろう？

それは小説のいちいちの文章の、作家の観察力に引っぱられ・押し出されて、瞬間的にであれ自分の目と頭に、それまで眠ってた能力が目ざめる。そういうことだ。そしてそれは、観察力が強化されるということを越えて、つまりはきみの nervous system の全体が新しくなってるんだ……

――似たことなら、体験したように思います。しかも僕の記憶にあるのは、長江さんの小説を読むようになった最初の頃で、慣れない言葉の連続にとまどっていて……急にですね、子供の時分自分が暮していた森のへりの一部分がはっきりと見える気がしたんです。それで、僕が始めは乗り気じゃなかった『懐かしい年への手紙』を熱心に読むようになって、テン窪大池の周りのことを思い出す気がすると母に話したことから、あの本を読み終る段階で、東京の長江さんのお宅を訪ねる話が始まったんです。それに応えてすぐ、航空券を送ってもらった……

――そういうことなんだ、と私はさらに活気付いて続けた。今度シャモワゾーの小説を読むうちに、僕自身にも森のへりの風景やら事柄やらが明瞭になった。そのうち僕が初めて森でギー兄さんと出会ったシーンまで、はっきり思い出したわけなんだ。

3

——ある日僕が、森を抜けて学校に近道する連中に見つからない場所を探していた。上級の学校に進むかわりに職業訓練の授業を受けてる高等科の生徒に、ということだね。かれらが森を通り道にしているのは「在」から降りて来るからだが、僕はアサをお伴にして森の不気味さに対抗して山に入っていた頃、よくかれらに追いかけられた。妹とタワケテミセー、と苛められた……

とにかくそういう事情で谷川の岸に立って、森の斜面をあちらこちら見上げていると、僕らの地方にそういう人はめずらしかったが、山歩きの服装をして編上げ靴まではいている青年が声を掛けて来た。旅順という所にあった工業学校を、結核で休学したまま敗戦に会って、戻る学校がなくなった人。この人には、収穫の始まりの栗を届けに行って、「屋敷」の通用門のところで手渡したことがある……

——きみは（自分が父親以外からきみと呼ばれた最初！）長江さんの家の子やろ

う？　どういうわけか「在」の連中が、きみを追いかけ廻すのを見ていた。ああいう連中に邪魔されることのない隠れ場を作りたいなら、以前僕が使ってた場所がある。谷川沿いに登って、川の中へ森が広がったように見えるところ。カツラの木が何本も茂ってる。

カツラ群集というのやと思うけれども……

――山仕事の人は、「壊す人」のカツラの場所といいます。

――そう！　以前は川筋の子供らもそこまで遊びに行ってた。ところがきみのお祖父《じい》さんが死なれて、森の世話をする人がなくなったから、伸びて来る木の間伐もしないし、倒木はそのままだし、いまはそこへ近付くことも難しい。きみなどもこちらへ上って来て、見たところあすこで行き止まりやと思うてたのじゃないか？

ところがな、向こう岸の斜面を降りて来ると、僕が使うておった場所が見える。そのカツラ群集の真ん中の幹が三つ又に分れてるところが便利なのや。そこから攀じ登ると、下からはもっと見えにくい場所に行ける。

そこを谷川のこちら岸から見上げると、太いカツラの幹が四、五本も茂っておるから、三つ又になった場所は隠れてしまうのやね。僕はそこで昼寝もできるように、細い枝を払って板を置いた。

——木から降りん人が家にしておったような……

——そう！　手直ししたら、まだ使えるよ。ただ、上の隠れ場は十メートルはあるから、落ちんようにね。カツラの木の脇には大きいウロの開いておるヤマモミジの幹もあって、雨が降って来た時は役に立つよ。

ギー兄さんが時間をかけて説明してくれたのをまとめると、こういうふうでね、僕はそこを自分の隠れ場にした。ギー兄さんは森を歩くついでにその三つ又の所から声を掛けて、僕が答えると上って来てくれた。

それをいま詳しくいうのは、この小説にシャモワゾーが描いている、子供がそのマントーと高い木に登ってるシーンが、自分のカツラ群集に登っての思い出を呼び起すので……　そのページを読んでみよう。塚本昌則さんの訳から。

《マン・ルブリエはそのひとつひとつを知っていて、長いあいだ見つめ、瞳孔の大きさを変えるだけという控え目な驚きで、木々たちの開花に挨拶を送っていた。（中略）花々を摘むことはなかった。木の枝が分かれているところまでよじ登り、ごく小さな芽を熟視することがあったが、彼女がそれに手を近づけたり、見つめ、香りを嗅ぐ以外のことをしようとする姿を子供は見たことがなかった。一日の最初の時間を、彼女はしばしばそこで過ごした。来る日も来る日も。子供は彼女のかたわらに這い上がり、自分でもこうした独特の木々を見つめたが、彼の気がかりの種はただ自分の保護者の隣に座ることだけだった。時々、マン・ルブリエが木々のうちの一本とはかりしれない交流をしているあいだに、彼のほうが大きな枝の窪みでそのまま眠っていることもあった。》

これは年齢にこそ差があるがあのようにして友人となり、教えられた場所を僕が復活させた、カツラ群集の隠れ場を訪ねて来てくれたギー兄さんを呼び起す……

——この花、樹の幹の高いところに寄生して、かたまって咲いている蘭ですね。

——その蘭の記憶は、やがて少年が大人になって世界じゅうの場面で活動するうち、敵に追い詰められて衰弱するような時、生命力を恢復させてくれる……　それを死の床のボデュール＝ジュールが思い出す……　いつだったか、こういうことが自分にもあればなあ、と真木に話して批判されたことがある。そもそも、そういう生き方をしていない、と……

——真木があなたの人生全体に批判的だ、というのではないでしょう？　ただ彼女は、あなたのこの十数年の……後期の作品としてということになりますが、それも「私小説」的な語り方の長編に批判的なんです。それは彼女が証言を提供してくれた「報告書」で、僕らの主題にそくしていってることです。日本の戦後民主主義世代のカタストロフィーという主題で、真木はあなたの作品の、そういう側面を強調しています。

——真木の「私小説」的な……という定義には、それだけでもないのじゃないかと言いたいけれど、小説の主人公格の人物が作家で、小説の語りはかれを主格に置いてという点はその通り。そしてそれらの小説の幾つもが、主人公の企ての「腰くだけ」に終るという点、アメリカやヨーロッパの二十世紀小説にはあまりないのじゃないか。彼女自身も作家＝語り手＝主人公の家族の一員として、つまり「私小説」的モデルにつながる人間としてナサケナイ、というんだ。

——しかし、真木があなたの晩年のお仕事全体に否定的かというと、そうではないのじゃないですか？　現にあなたとしてのシャモワゾーの「蘭の花」の瀕死の主人公の、蘭の花のところを話題にしたというのは、あなたとしての「蘭の花」を最後に期待して、ということじゃないですか？　真木は、とうとうあなたが自分と代って、アカリさんと森のへりで暮す決心をしたのは、少なくとも期待を持たせるといっています。

——じつはそれが、千樫の感じ方でもあるようなんだ。彼女は死んだ僕の母親の「森のフシギ」の話をアカリに伝えてもらいたい、といって来た。酒を飲むな、ということもいっていて、まずそちらの方は実行してるよ。

――……これまで真木がここでアカリさんと一緒に暮して来た、そしていまあなたが真木に代られる。そのあなたに、この機会にしっかり話を聞きたい、という気持は僕にもあります。

いま、「報告書」を一段落させて、それに向けて、これまで自分のやって来たことを検討してみてですが、僕は特に自分の父についてやりたいんです。「報告書」には、あなたとの関わりで、父を日本の知識人のカタストロフィーに落ち込んだ極端なタイプとしてあつかいました。長江さん、塙監督と並べて三人組としてというようには行かなかった。そこであらためて、「ギー兄さん評伝」を書いてみようということです。

じつのところ、僕の父の一生はいろんな事故というか挫折というか、不思議なほど極端なエピソードにみちています。あなたとの関係でもそうで、たとえばあなたと僕の父との間には、さきに懐かしんでいられたように特別なつながりがありながら、アサさんに聞くと幾度も絶交の期間があったそうです。

これは日本人社会でよくあることですか？　絶交からの回復もあったからこそ、幾度もの、その繰り返しがあったわけですが、それぞれ具体的にどういうキッカケから来たかを知りたい気がします。父の人生は、あきらかにうまく行ったものではない。

ひとりの人間がそう出会うことのないような不運の連続で、ついには自殺とも殺されたのじゃないかともいわれる死に方をしました。

今度僕は本の運び役を引き受けて、あなたと二人きりで話すチャンスだから、僕の父の悲惨な人生についてどう見られているかを聞こうと思っていました。ところがその僕に、あなたは気前良く豊かな内容の話をして下さった。父はこういう良い思い出の人としてあるのか、と不思議に感じたくらいです。

——それは僕にとってもありがたいことだ、僕もきみを相手にシャモワゾーの話をすることによって、それがすぐさま自分の子供の頃に向かう、そしてこれまで自分ひとりで思い出しはしなかった森のなかの隠れ場所での経験を話す、ということになった。それにはシャモワゾーの力もあるよ。しかしいうまでもなくそれは話の聞き手が、つまり一緒に森のへりに向かっているきみが、ほかならぬギー兄さんの息子だからなんだ。実際僕は楽しんで話して来た……

——長江さんからそういっていただくのに乗じて、という感じですが、これはお持ちした本を、僕と真木が車に積み込みながら話していたことです。東京では、まず病院で、退院されてからはお宅で、看護師としてプロのシマ浦さんがよく働きました。真木もそれを手伝いながら、出版社や新聞社はじめ、沢山かかって来る電話によく対応しました。長江はいまここにいないと正直にいって、信用してもらうだけで相当な苦労なんです。

それにあなたに向けてですね、反・原発の大会やデモや、こまかな地方の集会への呼び出しがかかる場合、その場でお断わりするほかなくても関係は維持することができるように、念入りな連絡をするのを真木がやって来ました。そして真木はその種類の仕事を、いま僕の本業が暇な間、テン窪に定住して引き受けないか、というわけです。

たとえば現に僕があなたの運転手としてやっているのは、これまで真木がやって来たことです。そしてテン窪ではアカリさんの世話をするというか、相手をするというか、真木のようにとはいかなくても僕に代りをやれないか？　これまでもこちらで仕事をしている間、真木プラスアカリさんと良い関係を結んでいるとはいえるように思います。

――まだ二十代になったばかりのきみが、僕らの家に滞在してアカリと仲良くしてくれたことをアカリは忘れていない。あの時アメリカに帰るきみが、『ドン・キホーテ』の挿画を僕が額装したのを持って行った。あれはアカリが好きだったものだということで、きみが返してくれることになった。その知らせが届くとアカリはとても懐かしがって、ギー・ジュニアが居た時は面白かった、ですよと言い出して、みんなを驚かせた……

――それを真木も話して、テン窪の僕のものになった家はアカリさんの住み家と隣り合っていることだし、真木が東京に居る間は、僕が彼女の代りにアカリさんのために働かないか、といってるんです。長江さんが同意してくださったら、この車でテン窪大池の家に着いた瞬間から、それを始めたい。明日の朝は、本をおろすのをお手伝いして、その連続で、あなたとアカリさんと御一緒の生活に入りたいと思います。どうでしょう？

――願っても無いですよ、と私はいった。それでは早速！　というといかにも軽い乗りのようだけれども、この先の橋を渡らず、古い県道を行くと、左側に森へと上がる道が見えて来ます。そこを登れば、川筋の通りから見上げて森の突出部の、僕らが陣ケ森といってるところの裏側に廻り込めます。

それを川筋の通りの距離だけ東に走ると、谷川にそった降りの道と交叉します。そちらへ降りて行けば、先に話したカツラ群集に出会う。そこに僕がギー兄さんの助力で隠れ家を作ってから、もうじつに六十年たっているわけで、カツラ群集はさらなる巨樹群となってるはず。それを見上げてから、われわれの新しい生活の場に入ることにしよう。

——……しかし、ゆっくりそこへ上がるとなると、すぐにも真暗になりますよ、と私よりこの土地の日の移り行きに慣れた感じのギー・ジュニアが制止した。その大きいカツラ群集を見に行くのは、アカリさんに案内してもらってということにしましょう。東京を出る時、真木にCD他をあずかって来ていますが、アカリさんはリッチャンと作曲を整理して、「森のフシギ」伝承の組曲を作ったところです。カツラの木の曲もありそうな気がします。

ギー・ジュニアの勧めは正解だった。私らの車が森の裂け目となっている箇所を通過するたび、その奥から西陽の照り返しがあったのに、気が付くと真暗な森のただなかを走っているようで、もし私らが谷川沿いのカツラ群集の脇を通り過ぎていたとしても、からみあった巨樹の根方は黒い壁だったろう。

もうすべての家屋が寝静まっている川筋の集落を通り抜けて、テン窪人池の堰堤の下の、コンクリートの小広場に車を停め、私が本とは別に六隅先生の遺品が入っている柔かい革のバッグを抱えて降り立つと、こちらを懐中電燈で照らしたアサが暗闇から出て来た。

——ギー・ジュニア、いらっしゃい。兄さん、お疲れさま、アカリさんは夜のお薬をのんで、もう寝ています。千樫さんの様子は、明日、アカリさんと報告を聞きます。家の傍まで車で行けばアカリさんが目をさますでしょう。兄さんは黙って家に入って、居間に置いてある夜食をとってください。わたしは兄さんを玄関まで送って行って、ここへ降りて来ますから、川筋の家までギー・ジュニアの車でお願いします。

そういうわけで、私は居間の床のテーブルの燈だけ点っている家に入り、夜食はとらず（テーブル脇に日本酒の壜が一本立ててあった）アカリの寝室の前の終夜燈の明りで顔を洗い、歯みがきやタオルの奥に消毒薬の箱とコップが準備されているのへ、外した義歯だけは入れたが、居間に引き返すとポケットから睡眠薬を取り出して（日本酒の壜を尻目に！）ミネラル・ウォーターを注いだコップを手に二階の寝室へ上った。

そして自分のベッドに倒れ込んだわけだが、アカリが目をさましたということか階下で音がしたのを聞き、睡眠薬を服むのは先送りして、しばらく森のへり独自の静けさの底に横たわっていた。それから起き上って階下を見に行くと、義歯を入れておいた容器のフタがしまっていた。

東京にいる間、私が寝室に引き揚げてもアカリはFMの深夜放送を聴いているが、それが終ると父親の義歯のコップに薬剤を入れ、泡立って音をたてる様子を見きわめてベッドに入る。その音から「ブクブク」と私らはいってきたが、アカリの寝室に入り冬場なら毛布を整えてやって、――「ブクブク」、やられた！　と、かれに先を越された憤懣をもらすふうにいうのが、仕きたりである。アカリの寝室を覗くと、アカリが毛布の下でクスクス笑っている気配が伝わって来た……

私はアカリの笑い声ほどの声で、

――明日、お祖母《ばあ》ちゃんが「森のフシギ」の音を聴くといってた森の場所に行くよ、といった。真木が新しく編集したＣＤを渡してくれてるから、それを聴こう。今夜は、眠ってください。

――……五十年ぶりだなあ、とアカリは、やはりひそめているが発音ははっきりした声でいった。

――五十年ぶり？

――……私が生まれた時、お祖母ちゃんは森のなかで「森のフシギ」の音楽を聴きました。ＣＤじゃなく、オリジナルでした。

――確かに五十年ぶりということになるね。ママが今年はきみの誕生日を祝う余裕もなかった、といっていた。それじゃ、今夜はお休み、「ブクブク」ありがとう。

五十年！　茫然として私は胸のうちでいった。二階から降りる時に点けた燈の明りで、テーブル脇の一升壜が存在感を示していた。私は茫然に次いで憤然とし、アサが開栓して準備しておいたものを、なおブクブクいっている義歯の容器の脇に流した。それがすっかり空くまで思わぬ時間をとったので、私はさらに憤然として、頼りの薬剤を置いてあるベッド脇に戻った。

4

この朝も私は早く目ざめた。階下にひそやかな気配があって、ということだ。予約してあるFMの電源が入っている。それが低くではあるが、普通の「人間の声」でない時（失礼な言い方になるが、若い時から持ち越している無知からの言い種で、能楽の放送）、アカリは、意味を理解しないまま注意深く聞いている。すぐにも始まる（日曜日は幾らか変化があるけれど）クラシック音楽番組の開始に遅れないようにというより、発声が面白いのらしい。

これで私の一応の責務は終ったわけだが、それですぐ眠りに戻れるのではない。しばらくでも時をかせぐために、やむなく続けるのは自分の考案した、おかしな体操。あ暗がりに慣れて来る目で見上げながら、まず右手を力を込めて真っすぐ伸ばす。

からさまな老年の自覚は、身体の一部分の形態が崩れているのを見出すこと。ところが、青年時のとはいわぬまでも、自分の記憶にほぼ沿ったかたちで残っているのは（皮膚のしわやしみが見えない明かりの状態でなら）腕首から先である。とくに手の甲、指の背。それを見上げて、まだ生きている・生き続けるだろうとお呪《まじな》いをつぶやいて、左手に移る。そして気がすむまで繰り返す。二次的な効能だが、ベッドで本を読むことによる首の凝りも解消して来る……

アカリが運動不足で肥満し、睡眠時無呼吸症候群を指摘された時、医師はかれにヨーロッパの昔の甲冑のような器具を付けさせた。案の定、永くは続かなかった。千樫か真木が、そして時には私が、深夜アカリの寝息を聞きに行く習慣になった。事故が起ってからでは遅いと意識しながら、テン窪大池の生活では、私ひとりに委託されたことをやっている。

アカリの日常には、基本に音楽理論の勉強がある（いつまでも初歩の段階だが、それなりに深まりはあると真木はいう）。かれは画板に楽譜や問題集を載せて予習し、リッチャンの授業を待つ。それより他の時間は、ＮＨＫ－ＦＭか自分のコレクションのＣＤを聴いて暮す。

森のへりに移ってから、しばしば同じ部屋で本を読みノートをとり、カードに整理する父親が、集中を妨げられる音量ではない。むしろこちらから音を高くしてくれと、リクエストすることもある。東京の家では、N響演奏会のテレビ中継など、あらかじめ千樫か真木がアカリに頼んでおくのが常だった。

なによりもアカリ生来の聴覚の敏感さがある。永年このように暮して来たアカリにFMで初めて聴くものが流れて来ることはマレなのであって（そうなれば面白がっているが）、かれは予測している演奏を自分にもっとも気持の良い条件で聴いている。

さて私は、七時二十五分からの、アカリが定期購読している「FM CLUB」のプログラム通りに番組が始まるのを聞きつけた。女性アナウンサーの短かい紹介の言葉をはさんで、クラシックの曲目が流れる。そこで私が寝返りを打って、できるならもう一度、と眠る態勢に入ったところで、突然ピアノの大音響が湧き起った。

それは、音楽というよりまったく規格外の音だ。それでも私は、シューベルトの即興曲作品142、その変ロ長調、最初の主題、と聴き取った。これは音楽ではない、と拒みながら、なぜ自分がその主題を覚えているのかに、私は気付いていた。――アカリはまだ、われわれの衝突を……そして、おれがかれに投げつけた言葉を忘れていない！

私は力ずくで面と向かわせられる具合に、その主題の次つぎの変奏を聴いていた。

ともかくも耳が慣れれば、美しいものに違いはないコーダが鳴り響いた。ダニエル・バレンボイムが弾いている！　それから、ＦＭの放送そのものが消滅した……

私はじっと横たわっていた。そしてなんとか怒りをまぎらそうと時間をかけて身仕度し、階段を降りて行った。ギー・ジュニアが、やはりショックを受けている顔を私に向けはしたが、黙ったままだ。食卓の、ギー・ジュニアの隣りに座っているアカリは私を無視した。食事となればすぐさま専念するかれの前に、肉と野菜の炒めものが手付かずにあった。

ギー・ジュニアが私の方へコーヒーのポットとカップを廻してくれたので、私は自分のコーヒーを注いだ。それをアカリが見ていたが、今度はこちらで無視した。私はコーヒーを飲んだ。アカリが立ち上って、居間に続く自分の部屋に入って行き、ドアをバタンと閉じた。

私はもう一杯のコーヒーを自分に注ぎ、ギー・ジュニアにポットを差し出してみたが、かれは頭を振った。

――きみはここで凄い音を浴びせられたんだから、父親として釈明しなければならない、と私はいった。アカリはあのシューベルトで、自分にはこだわりがあるとデモンストレートしたんだ。あれにまつわる出来事は『水死』に書いたから、きみは読んでくれている。したがってきみには二重の迷惑になるが、どういうことかを話したい。聞きたくないと、きみがここから出て行ったとして、仕方ないけれど。

——いや、聞かせてください、となお閉じている声でギー・ジュニアはいった。

自分のいうことがアカリに聞こえるのは承知で、私は黙っていられなかった。

——アカリは、御承知の通り音楽をつうじての記憶の回路が特別な人間でね。僕がそれを理解しないというのじゃない。なぜかれがいまの放送を父親に聴かせようとしたか？　それも、あれだけ大きい音でやろうと思い付いたか？　それには理由があるわけだ。アカリは、忘れていない、と示したい。ただそれがなぜ、ああいう仕方で出て来るか……それが僕にわからない。かれ自身にもよくわかっていないのではないか？　しかし、ともかく理由はあるわけだ。

きみはもちろん文化理論家のエドワード・W・サイードを知っている（ギー・ジュニアは頷いた）。そのサイードと、いまの曲とはつながっている……それもアカリには愉快じゃない思い出があって。確かなことは、かれの方で、父親がそれを忘れてはいないかと問い掛けたいんだよ。

——サイードという名前はありませんが、『「晩年様式集《イン・レイト・スタイル》」＋α』の第1号に話は出て来ます。その命名がかれの直接のヒントによることを書いてられました。サイードに音楽について良い本があるのも知ってます。

——かれがずっと闘った白血病で亡くなった時、ニューヨークで行なわれた告別式の様子を共通の友人が報告してくれた。電話を受けている脇にアカリがいた。きみのいったサイードの良い本のひとつの、対話集の相手をしているバレンボイムが、ベートーヴェンのソナタとシューベルトの即興曲を弾いた……とても感動的な演奏だった、ということだった。僕はとくに英語の電話をよく覚えられない、それでアカリに向けて、聞いたデータを繰り返しておいた。かれは音楽について確実だから。

すぐ後で銀座の楽器店に行くと、バレンボイムが弾いてるCDを……告別式での録音というのじゃないけれど……アカリが見つけてくれた。それが素晴しいもので、僕は先の友人に、追悼式へ自分も出ることができた気持、とお礼を書いた。すると彼女は、サイードが自分の家でピアノを弾いてくれた時のものだ、と……サイードは冗談めかしてではあるけれど、自分はピアニストとしてプロだといっていた、そしてその実力があった……かれが使った楽譜を送ってくれた。

楽譜の紙が柔らかい上質なもので、消しゴムですぐ消せるように、もっと柔らかい鉛筆で、サイードが演奏の要所にメモを書き入れている……それにアカリがボールペンで、黒ぐろとイタズラ描きした……

そういった時だ、アカリが勢いをつけて現われた。ドアのノッブを握って待ち構えていたのだ。アサが、かれの背に手を副えて（引き留めようとするのではなく）従っていた。私を見定めて、アカリがアサを引き離して一歩踏み出した。

――私はイタズラ描きをしません。ベートーヴェンの第二番のソナタでした。モーツァルトと同じところがあったから、K550としるしを付けたんです。

――僕は二つが共通していることを知らなかったから、教えてくれたわけね。しかし大切な楽譜をボールペンで囲んで、ケッヘル何番だったか書きつける。それをイタズラ描き、というんだよ。

――イタズラ描きはしません。しかし、長江さんは（とアカリはいっていた）、そういいます。きみは、バカだ、ともいいました。

――きみがバカだといったのは悪かった。

――いつも長江さんはチガウ言葉でいいます。私のいうことは、全然聞きません。そして私のいったのとチガウ言葉でいいます。それが、全然ダメです。真木ちゃんも、ママもそういっております。

――確かに真木もママも、人のいうことを僕がよく聞かないという。しかし、僕がきみのいうことをよく聞かなかったろうか？　僕はきみの言葉に注意深くして来た。

きみのいう面白い言葉を、そのまま小説に書いた。字の線が太い活字で印刷もした。きみ自身、それを本に見つけて、「自分の台詞」です、といって面白がった。声に出して読んで、ママや真木を楽しませたじゃないか？　これは自分の台詞なんですよ、といってお祖母《ばあ》ちゃんにも読んでやって喜ばせたろう？

――私の台詞を私がいう時、本とはチガウ言葉でした。真木ちゃんが、あれはアカリさんの本当の言葉とはチガウ、といっていました。

それから本を見て、書いてあるのは、チガウ言葉だとわかりました。みんなが私の、「自分の台詞」が面白いというので、読んでみせましたが、真木ちゃんが本を見て、チガウ言葉になってる、といいました。それで私は読んで聞かせるのをやめました。自分で本を探すのもやめたんです。真木ちゃんは、もう本にアカリさんの台詞は出なくなった、といっておりました。

――アカリさん、それはずっと以前の話でしょう？　あなたが真木とこちらで暮すようになった頃、少し前に出ていた『「晩年様式集《イン・レイト・スタイル》」＋α』に長江さんが（この言い方をアサも用いた）書いていた詩を覚えてる？　真木があなたに見せて、これ本当にアカリさんの？　と確かめた……そしてチガウ言葉だ、と発見した。あの話をしましょう。

それは「アカリをどこに隠したものか、と私は切羽詰っている」と始まる詩でした。東北の大震災で東京でも大きく揺れて、本棚が引っくり返った。それをやり直す仕事に疲れて、書庫の床で睡ってしまった、そして夢を見た、といってる詩です（アサはむしろギー・ジュニアへ向けて話していた）。

長江さんは、原発がまた爆発して……「フクシマ」から二年たって今のところ次の爆発がないのはけっこうなことです。しかし最初の爆発の原因は確かめられていない、いつ次の爆発があるかわからない、その点、長江さんはリアルな夢を見たんです……アカリさんを連れてどこへ逃げればいいものか、切羽詰っている。その夢のことを書いた。

真木がその詩を読んで、アカリさんの台詞がおかしいのじゃないか、と尋ねたんです。ところが長江さんは、夢を素材にして作った詩だから、あれでいいんだ、と答えた。それで真木は、本当に見た夢のなかでならアカリさんは「自分の台詞」をいったはずだ、アカリさんに聞くと、私はそういわないと思いますと答えた、夢の話でも、読む人がいるんだからアカリさんの言葉は正確に書くべきだ、と抗議した。アカリさんは真木がそういってくれて、喜んでいたでしょう？　長江さんの詩には、どう書いてあったからチガウ言葉なの？

――「ダイジョーブですよ、ダイジョーブですよ。アグイーが助けてくれますからね！」と書いてありました。

――それでいいの？　と真木が念を押したら、アカリさんは、私は、「ダイジョウブですよ、ダイジョウブですよ。アカリが助けてあげますからね！」といいます、と答えたそうです。

――私はそういいました。真木ちゃんが長江さんに教えたのに、私の言葉を直さないんです。アグイーは大きいけど赤んぼうですからね、私がアグイーを助けます。アグイーは長江さんを助けられないんです。

私はパパを助けたいと思います。夢のなかで、放射能で困ったパパを助けようと思います。

詩にはアグイーと書いてあるんです。真木ちゃんがいっても直しません。

――兄さん（アサはアカリが私をパパと呼んだからか、こちらも呼び方を変えた）、アカリさんはFMを、あんな凄い音で掛けていた間も、自分のいったことが……あなたの夢のなかであれ、「自分の台詞」なんだから、チガウ言葉になったのを残念に思っていました。

そしてアサは、顔を真っ赤にすると、涙を流した。祖母がわれわれの母親のことを、あの人は気の強い人で泣くことに慣れてないから涙の拭い方を知らないといったのを、妙にくっきり覚えているが、やはり顔を一振りして涙を切っていた。

――そのように、自分ひとりでいつも考えていて、ともかくも人から知的障害者といわれてるのを知っているから、自分に間違ったところがあるのじゃないかと気にしているんです。兄さんは書いたりしゃべったり、御自分の台詞で生きて来た人ですが、それについてアカリさんのような反省はありますか?

ギー・ジュニアが立ち上り、アカリが放り出して行ったままの食器を脇に揃えて、かれの椅子を置き直した。ポットからコーヒーを注いでやりもした。それからギー・ジュニアは、アサと私をこもごも見詰めながら話した。

――あなたが太い線の字といった……ゴチックかアンティックの活字がいつも使われていれば、アカリさんはそこを辿って自分の台詞を読めばいいわけですが、それとはまた別に……『「晩年様式集《イン・レイト・スタイル》」+α』の新しい号が送られて来たのを見て、アカリさんにはとても気がかりなことが、黒くどころか、普通の活字によっても詳しくは書いてない、と思いました。千樫さんの発作のことです。またその後の病状のことです。

あれはじつに大変な出来事でした。僕はインタヴューの際、その間だけじゃなく、その前後も、録音機はずっとオンにしていますが、千樫さんが痛みに襲われてあげられた悲鳴は、録音のレヴェルを越えていて、再生できません。傷まし過ぎて、繰り返しやってみることをしないのでもありますが。

現場に居られた長江さんが、こういう表現が適当かどうか、サラリと書いていられて、その後のフォローもよくしていられないのに、これが日本的な「家庭の事情」の書き方なのか、と思いました。その上で対照的に思い出したのは、『「晩午様式《イン・レイト・スタイル》集」＋α』のやはり最初の号での、アカリさんが真木にいったという言葉です。アカリさんの観察力は鋭いと感じました。「パパがウーウー泣いていました！」

何行か前にも、長江さん自身によるこの表現があって、魯迅の日本語訳で覚えた言い方と註釈してあります。しかし、まずアカリさんの言葉があって、長江さんが真木からそれを聞いて、魯迅のことを思い出した、というのじゃなかったでしょうか？　真木は、このウーウーという言葉を確かにアカリさんから聞いているんです。

僕にはまた、アカリさんが長江さんを励ました言葉も強くきざみこまれています。これは長江さん自身の証言です。悪夢を見てウナサレてる長江さんを、夢だ、と励ますんです。アカリさんに、先の泣き声を聞かれた後です。

「大丈夫ですよ、大丈夫ですよ！　夢だから、夢を見ているんですから！　なんにも、ぜんぜん、恐くありません！　夢ですから！」

――アカリさん、ここも本で長江さんはチガウ言葉にしていますか？

――それは私のいった通りです。黒い字で書かれていました。

――僕も、そうに違いないと感じながら読みました。長江さんの書かれた文章に、アカリさんの言葉が正確に表現されているところは、沢山あると思います。そしてそこに感動している読者は……僕もそうですが……多いはずです。いつもチガウ言葉で書いてある、ということはないでしょう。

――いつもそうです、と私がいったのは良くなかったです。お詫びして訂正いたします！

アカリが得意とするNHKの女性アナの（いまは必ずしも受けを狙ってというのではない）調子が、私らみなの緊張を緩ませた。

――いや、きみがそういって良くなかったということはない。僕の文章の書き方に、実際のきみの表現通りというのでないところが出て来る、それをきみが不満に思っていて当然なんだよ。僕の文章にはさ、もともと表現のカタサ、ワカリニクサをいう人はいくらでもいるんだ（アサがギー・ジュニアへ、はっきり意図的な表情を向けたが、無視された）。

今日、僕がギー・ジュニアに説明した言い方そのものにもね、それは聞いていたアカリに不満はあって当然だと思う。それでもう一度、自分としてはカタサもワカリニクサもないように注意して、言い直すことにする。

　きみがあれを覚えていて、それもサイードさんが死んだこと、そのお葬式にバレンボイムがベートーヴェンのソナタとシューベルトの即興曲を弾いたこと……というように記憶をつないでいるのは凄いよ。ただ、ギー・ジュニアも小説を覚えているはずだけれど、サイード自身が、あのように親しい人たちへの演奏のために伸び伸びとメモを書き付けてる楽譜は、やはりめずらしい。大切なものなんだよ。友達も、とくにここは好きだといったところへ……モーツァルトの曲を使ってるところ？　……そこを忘れないよう、いいしるしをつけてもらったそうだった。それがあるから送ってくれたんだ。

　――ベートーヴェンの「ハイドンに捧げられた三つのソナタ」でした、とアカリはいった。モーツァルトのシンフォニーと同じところに、そのいいしるしがありました。よく見えるように私が強く書いたのが、良くなかったんです。

　――それを、消しゴムが役に立たないボールペンでやってあるのを見て、僕が逆上した。きみは、バカだ、と大きな声を出してしまった。ママと真木はショックを受けるし……きみは腹を立てるしで、仲直りは難かしかった。それまで無かったほど悪い関係だった。ところが、いつの間にか、僕はきみがもう忘れたと思っていたんだ。

しかし、きみは覚えてた……今朝、きみの立てた大きい音を聞いてわかった。きみはシューベルトの即興曲を聴くたびに、バレンボイム、サイード、そしてなにもかもを結んで思い出していた……

——それはアカリさんが、あの時の自分は悪かった、と思い詰めている、そういうことなんです。だからこそ、もう何年もたっているのに、今朝ＦＭでシューベルトの即興曲があると、二階で寝ている兄さんに知らせたいと思ったんです。それを兄さんが本当にわかっていればいいんですが。あの音が大き過ぎたことは事実ですよ。兄さんはそこに悪意を見た。アカリさんが何年も前に自分に罵られたことを根に持ってると、ギー・ジュニアに訴えるような言い方をしていたじゃないですか？　わたしは兄さんが、いつも「想像力」などといってるのを疑いますよ！

……しかし、その苦しいことがあった結果、アカリさんは、これまで自分には言い出せなかったことをパパにいうことができた。勇気があるなあ、と感心しましたよ！あんなに大きい音が出るとは考えてなかったのじゃないかと思うけれど、あの時あなたも苦しかったのじゃないの？　あなたは大きい音が嫌いでしょう？　あなたもパパも苦しい目にあったんです。そして、良い方向に来ています。今度こそ、本当の仲直りをしてください！

そしてアサは、きびきびした、いつもの態度に戻った。

——わたしたちの今日のスケジュールを思い出してください。もうリッチャンが森に上って、昨日ギー・ジュニアが持って来てくれた真木製作のＣＤを聴く準備をしています。兄さんだけ食事がまだですから（アカリさんの分も、めずらしく食べ残してあるようね？）二人とも急いですませてください。アカリさんはいうだけのことはいって、兄さんにもよくわかってもらえたんだから、機嫌を直しましょう。リッチャンが良いことを考えてるんです。

あなたの作曲のテープを初めて聴いて、お祖母《ばあ》ちゃんは、これは子供の時から森のなかで聴いてきた「森のフシギ」の音楽だといって、それが一番良く聴こえたという森の場所を教えました。あすこへ今日はパパたちを案内してください。パパもギー・ジュニアもそこに行ったことはあるけれど、森の歩き方は、もうアカリさんが誰より慣れてると真木はいってます。

真木がくれたＣＤは、『森のフシギの音楽』というタイトルで、アカリさんのこれまでのＣＤや演奏会録音から、「森のフシギ」についての作曲を選んでいます。そして、これはやがてリッチャンが開かれるコンサートの舞台稽古と真木はいってますが、そのひとつひとつの作品をつないで、真木の朗読とコメントを入れてるんです。……演出されるリッチャンと生徒さんたちへの自分の「要望書」ともいってますが、とても真剣なものです。

アカリさんにも聞いてもらうつもりで話しています。アカリさんも文章を読むより、聞く方がよくわかるでしょう？　今日は、パパにもそれを聞かせて、感想をいってもらうのが目的なんです。コンサートでは、ピアノ曲はみな高校生たちの小さなオーケストラ用に、リッチャンが編曲します。真木の書いた文章も、高校生たちがいろんな工夫を加えてみんなで読みあげます。

わたしは『「晩年様式集《イン・レイト・スタイル》」＋α』に書きましたが、リッチャンが高校の生徒たちと作った、兄さんの小説をやはり背景にしてる合唱曲をよく覚えています。それがNHKで放映されることになった際の、ヴィデオを撮るためのリハーサルを見ました。兄さんは、テレビの放映も見ていないし……全国放映ではなかったかも知れないけれど、プロデューサーや演出家にも会わなかった。しかしわたしはあれが気に入った。その上でリッチャンとのお付き合いも始まったわけです。今度のリッチャンの『森のフシギの音楽』は、そこからの流れで成立しました。

真木の後押しもあって、兄さんが今度はそのCDを「森のフシギ」の場所で聴くことにしたのは、ギー・ジュニアもアカリさんも一緒だし、リッチャンは喜びと緊張こもごもだそうです。わたしも行って聴きたいけれど、もう年ですからね、自分の足で森へ上るのは辛いんです。アカリさんが、「森のフシギ」の場所まで先導してあげてください。

5

アカリはテン窪大池の堰堤から県道へ降りると、勢いを込めて先導した。真木と二人ここで暮していた間、一緒にこの長距離コースに挑んできたのでもあるようだ。陣ケ森に上って行く林道の入口で立ちどまると、私とギー・ジュニアにちょっと身ぶりをして待っている。ギー・ジュニアはもとより初めてではないが、アカリの具体的な指示を尊重してくれた。

その林道の先に一箇所、車が擦れ違う・あるいは方向転換する拡がりがあり、フォルクスワーゲンが停められている。脇にアカリが立っていて、そういうことがなければ闊葉樹の茂りに見落したはずが、「森のフシギ」の場所とみなされる地点への入口だった。

アカリは背を真っすぐにして、茂りへ顔を向けていた。その立ち姿が、若かった吾良に似ている。しきりに耳を澄ましているようだった。私とギー・ジュニアが近付くと、かれは腕時計を見て注意をうながした。

——十分間、早いんですよ。リッチャンが、コンポの調整をしています。邪魔しないように！

林道から西に通じている、草の茂った小道に入る時、柴木がアカリの眼鏡を叩き落さぬよう、腕を伸ばして遮る必要があった。アカリが耳を澄ましていた、闊葉樹林の奥から聞こえて来る音楽は、アカリ自身の作品。最初のＣＤに別のタイトルで入っている「壊す人」という曲で、私が祖母や母から話を聞いた伝承のそもそもの始まりに、この森のへりへ村を作った人物をイメージしている。いらないものを壊して、いいものを育てた「壊す人」。

——こういう感じだよなあ、僕らの大昔の先祖の「壊す人」を思ってみると、と私がいうと、アカリが、訂正した。

——真木ちゃんは、「森のフシギ」1と改題しています。

次の曲が始まると、やはり初期のピアノ曲で「森のバラード」という私の好きな旋

律だが、

――「森のフシギ」２、ですねえ、とアカリはいった（真木が新しいＣＤに仕立て直す上で付け直した曲名を、公認させようとしている）。

――きみの音楽で、「森のフシギ」を主題としたものを全部、「森のフシギの音楽」として整理したんだね。

――全部じゃないと思います、ともアカリはいった。

私らは胸から顔にまでのしかかって来る茂りを両腕でしのぎながら通り抜け、明るい所へ出た。周りの林の眺めから一変して、立木も野草もなく、黒ぐろした地面がわずかな落葉で覆われている。直径が十五メートルほどの丸い場所。その中央に一本の樹木がある。私はショックを受けた。巨大な樹木だったものの全体が、徹底的に変容していた。高い樹幹が聳え立っていたはずなのに、妙に背が低くなっている。太い枝が四方に差し出して青葉に覆われていたものが、すっかり伐り詰められて、樹幹は大きすぎる棒杙《ぼうくい》のようだ。それを三本の杉丸太が支えている……

一本の根方に、上躰を樹幹の蔭に向けて差し込んで作業をしている、小柄な人物がリッチャン。彼女はこちらを振り返って身体を起しがてら、手に持っているものを操作した。アカリの曲、いまはおそらく「森のフシギ」４か５と名付けられている曲の音が止んだ。歩いて来るリッチャンと私は挨拶をかわした。ギー・ジュニアとは、この土地の中・高校生たちのテン窪大池でのテレビ撮影の際、音楽教師のリッチャンと仕事をした仲、というわけだった。

私がすでにアサから手際よく聞かされていた『森のフシギの音楽』製作の報告と、ここで今日行なわれる、その台本代りのCDの試聴の方向付けについて、やはり手際よい話を聞いた。

——真木さんと、千樫さんにも加わっていただければベストですけど……成城のお宅でお二人は聴かれているわけです。真木さんはなによりも製作の中心人物なんです。この『森のフシギの音楽』の言葉は、『M／Tと森のフシギの物語』から真木さんが取り出して作品にしています。私は長江さんの御意見をうかがいたい、と考えています。お祖母ちゃんが、この場所で子供の時に聴いた「森のフシギ」の音楽は、いまテープで聴いているアカリさんの音楽と同じ、といわれる小説のシーンから作られています。

真木さんのCDでの朗読は、全体の構成を示して次つぎ曲を導入したり、その言葉自体が合唱に高められたり、多彩に進むんですが、素晴らしくて、あのような性格の人でなければ、御自身舞台に上っていただきたいくらいです。全面的にこの音になっている台本をもとに、アカリさんに音楽上の協力をしてもらいながら、舞台作品を完成して行くことになります。

それでは、ＣＤを聴いていただきますが、ここまで上って来られてお疲れでしょう。まずその前に、皆さんで冷たいものを飲みながら、ひと休みしていただきます。

リッチャンの準備してくれた飲みものを受け取りながら、いま目の前に自分の見ている光景と、記憶に刻まれたそれとを比べないではいられなかった。私は示された椅子代りの太い丸太に腰を下ろした。その格好で仰いで、しかも低く感じられる樹木は、見事に伸びていたその上部を伐り縮めたものなのである（伐り落した樹幹とやはり太い枝とを切り揃えて、丸太のまま椅子としたのに私らは腰を掛けているわけだ）。残っている五メートルほどの樹幹を、三本の杉材が、や、ぐ、らを組むように支えている。樹幹の太さは印象をあたえるが、かつてはじつに濃い白さの、部厚い地衣が覆っていた。

それが剝落して剝き出しになった樹皮も、幹のタテ半分はすべて裂け落ちて、裸の生なましさを呈している。さらに見上げると樹幹の上の方に細い枝が数多く生じて、それらが伸びた先に色濃い若葉が生え出し、この痛ましく傷ついた巨人にみずみずしい覆いをかけている……私は強いものに打たれた。私が久しぶりに帰省した時のこととして（父親の法事の一つであった気もするが、それなら真夏だっただろう）思い出すのは、いまはなんとも正視に堪えぬような細い枝の若葉と同じ色合いが、巨大な樹木を勢いにみちたものとしていた眺めだ。

森のなかのこの巨樹をあらためて見に行きたいというと、アサが案内してくれるのに、めずらしく母親が付き合った。私がもう小説の仕事をしていて森の風景を確かめておきたいといったのかも知れない、記憶にあるのは、その小さな広場の中央の樹木がアカガシだ、と教えてくれたことだ。もう二本、そこから外れて並んで立っている樹木が、ハルニレだということは知っていた。そして中央の巨樹までそれらをひとくくりする雑さの私に、こちらはアカガシだ、と教えたのだった。森のへりから出て行って、東京の生活に慣れるというのはいいし、そこについてなら東京風に書くとして、村のことは小説なのやからというのが母親の定まり文句。それも村の有力者から、お宅の息子さんの書かれることは事実に反する、なにやらこの土地が未開の場所のように誤解される、そういわれても、小説なのやから、と相手にしない。事実とはまた別のことを書くのが小説なのだろう。しかし森の樹木についてまで勝手なことを書いては恥かしい！

そして母親は、お祖父《じい》さんがいっていられたのは、この森のへりで一番見事な樹木がアカガシで、おなじようなカシ・ニレの種類のなかでこれほど色濃い緑のものはないからだ、どの若葉も、比較にならんですが！

私は落葉の枯れ葉色に飾られた丸い小広場の、巨大なアカガシの高い茂りから落ちている数葉の若葉を、立って行って拾い胸ポケットに入れた。それを見たアカリも機敏に立ち上って同じことをした。

6

『森のフシギの音楽』の、アカガシのうしろ脇に二個の大きいスピーカーを配置しての再生は成功だった。その後、私はリッチャンと次のような会話をかわした。

――いま真木が選んで作ったCDと、彼女のイントロダクションを聴きました、それも森のなかの、大きなアカガシの前で聴いた……先ほどいったけれど、このアカガシは本当に巨木といいたい立派な大きい木だったんですが、そしていまやその残骸のようだといってしまって、あなたに先入観を与えたのじゃないかと思うけれど……それは、やはりいう必要があったんですよ。

ギー・ジュニアが感激してくれて、アカリも喜んでいるし、今日の催しは良かったと思います。あなたが真木に報告のeメイルを出されるなら、僕がそういってると伝えてください。

ところがね、真木とアカリがこの森のへりで暮していた間、あなたも二人とよく付き合っていただいたわけで、僕のいうことを理解してもらえると思いますが、真木という人物は複雑な心の働かせ方をする……いってることと考えてることが相反する、というようなことではなくて、考えたり、感じたりすることは率直に表現する人です。それがそのままこちらに伝わって来る時は、気持のいい言葉になるし、当りも良い人物です。ところが、ひとつかふたつ、そこに結び目ができて、固まってしまうと、難かしい相手になることがある。

今度の場合、そういう問題がありうるかも知れない。これはね、この土地でアカリと二人で暮して行くことになった僕に、家内の千樫が短い手紙を寄こしていて、真木にはそれとつないで、僕への注文があるんです。そもそもは、こういうことから。僕はこの森のへりの伝承に根ざして小説を書いて来ました。あなたの取り上げてくださった「森のフシギ」の話もそのひとつ。『同時代ゲーム』がその最初の作品ですが、出版されるとすぐ、この種の言い伝えは土地に実在しないという抗議が届いたものなんです。

しかし千樫はそこをなにより面白がって、小説のなかの伝承のひとつひとつを、あらためて話してくれと母親にリクエストしました。真木も僕が家族と森のへりに滞在する時、祖母がアカリにやさしく話すのが羨ましかった、傍で聞こうとした、といっています。しかし、僕の家は例外なのであって、こうした伝承が土地の人に今も生きてるかというとそうじゃない。百姓一揆の名前が知られた指導者についてなど、土地の人でもあなた世代には知られてないのじゃないかな？

――『同時代ゲーム』は途中で落伍してしまいましたが、とリッチャンは応じた。私も『M／Tと森のフシギの物語』は好きです。アカリさんの音楽を聴いて、あなたのお母様が喜ばれたという章に入れ込みました。真木さんがアカリさんとここに居られる間、それをよく話したものなんです。しかもアカリさんがお祖母さんのお話に影響を受けて曲を作られた、私の好きなアレもコレもそうだ、と教わりました。それが今日聴いていただいた『森のフシギの音楽』の始まりです！

アカリさんが真木さんと一緒にこちらに移られ、私が音楽理論の勉強を手伝わせていただくことになった。そこでCDになっているうち、アカリさんがこの土地の伝承にインスパイアされて作曲なさったものを、楽曲分析しました。それが真木さんの新編集CDに役立っていると思います。今度の私の台本作りにも……

――そういうことだと話がしやすくなります。先にいった千樫が僕に送って来たメモに、母親に聞いた土地の伝承を、今度は僕からアカリにしてくれ、というくだりがありました。せっかく僕とアカリがこの森のへりで一緒に暮すんだから、ということなんですよ。

真木は病気の母親がメモに書き付けて来るものを隠しはしない、そのまま僕に送りもする。しかし、僕がそれを本気で受け取って、あまり熱心にやり過ぎることはないか心配し始めた。アカリにこの土地の伝承を日課のように話しては、しかもこのアカガシの小さな広場がそうであるように、森の伝承の現場にアカリを連れて行き、作曲を強要するのじゃないか？　そう心配しているんです。もともと父親の圧制ということに敏感で、ずっと小さい頃から、アカリについて僕に抗議していました。

そして、今度を契機に僕が積極的になるのじゃないか、そう危惧しているようです。僕は確かに『森のフシギの音楽』のＣＤに感動したが、彼女の心配しているようなことはしない。そう真木にいってくださいませんか？

リッチャンは私の長話の半ばで、過労によってじゃないかと思う紙のように脂気のない顔に、一種困惑しているような、またおかしさをこらえているような表情を浮かべていた。

――長江さんが子供向けの音楽劇を作られるというのが、真木さんの気懸りでした。そんなことにならないように、なによりアカリさんの音楽を中心に置こうと私が提案して、真木さんの熱心に協力された『森のフシギの音楽』ができたんです。

だからといって真木さんが、長江さんとアカリさんの合作を考えてられない、というのじゃないんですよ。真木さんは長江さんが一冊だけ作っていられる『形見の歌』という詩集の編者でしょう？　そのなかに詩のもともとのかたちでは歌になりにくいけれど……アカリさんが作曲されることを考えて書き直してもらえば、歌曲になりそうなのがひとつある、と真木さんはいわれました。

「私は生き直すことができない、しかし／私らは生き直すことができる」と終る詩です。デュッセルドルフから来た指揮者が読売日本交響楽団でやった公演で、モーツァルトの『レクイエム』の演奏前に朗読されるものとして書いた。あれを幾つかに分けて、アカリさんとよく話をすれば、と乗気でした。

真木さんは思い付きをいわれる人じゃないから、CDの封筒に、その東京での演奏会のプログラムを同封してありました。『森のフシギの音楽』は気に入っていただけたようだし、長江さんはこちらでゆっくりされるんだし、アカリさんとこのことで話し合いを続けられてはいかがですか？

――それは良いと思います、とアカリが脇から乗り出していった。

――いま再生装置や電池の箱と一緒に、向こうに置いてますからね、プログラムを持って来ます、とアカリの声の力に呼応してリッチャンは軽がると走って行った。

帰って来たリッチャンはアカリに紙袋を渡す際、乗り出したかれの胸ポケットのアカガシの若葉に気付き、私の胸もとも一瞥すると、

――二人とも、若わかしい！　といった。

七十八歳の人間のこうした振舞いを、若わかしいというのは、御愛想としてありふれている。しかし、五十歳の知的障害者に向けられた、若わかしいという言葉は、なにか特別なものだ、と私は感じていた。

ところがギー・ジュニアは腹を立てた。それにアカリも続いたのだ。

――福島第一原発で溶けた燃料は、地中でどういう状態か、その位置すらもわかっていないし、汚染水は増え続けています。それでも伊方原発は再稼動しそうだし、ナショナリズムはアジアで総スカンで、憲法も危うい。長江さんが若わかしくてどうなる、というものじゃない……

――パパはすぐ八十歳です。私は五十歳で、自立できません。真木ちゃんはうつです。

7

『森のフシギの音楽』のCDの再生は、音の拡がりといい、あまり拡がり過ぎないことといい、場所を見きわめたリッチャンの実力を示していた。コンポを分解して林道脇のフォルクスワーゲンまで運ぶ段になって、リッチャンは私の手伝いをことわり、もっぱらギー・ジュニアに力仕事をまかせた。それには意図もあったようで、ギー・ジュニアはリッチャンに私と話をしておくよういわれたと後に残った。アカリも歩き疲れているので車に乗せて行ってもらう。私とギー・ジュニアは林道を東に辿ってカツラ群集を見に行くことになった。

二人になると、ギー・ジュニアはすぐ話し始めた。

――リッチャンがノウテンキなのにムッとして、ああいう反応をしましたが、その後でアカリさんのいわれたことが胸にしみました。リッチャンも同じだったようで、気にしています。

これは東京に帰る前、真木のいってたことで、あなたもお感じだと思います。森のへりでアカリさんと暮す間、真木は毎朝、二人で林道に上って話をしました。その効果が、アカリさんの言葉にみるみる出て来たそうです。

今朝のアカリさんの発言は特別にしても、あれだけの表現能力ができているんです。そのおかげで、あなたとの仲直りもあった。それを喜んだあまり、いまさっきのリッチャンのやり過ぎがあったんです。

――リッチャンが責任を感じてるのなら、そういうことはないといってください。アカリには、千樫の居ない森のへりで真木とお互いを頼りにして暮したことで、前へ進んだところがあります。たとえば僕の老年についてこれまでになかった心配をしている。

アカリが、私は五十歳でといったのは、これまでもチョクチョク出て来た話題なんです。いつまでも変らない感じのアカリさんも年をとることを考えなくては、とたとえば千樫がいう。それに対してかれが、半分は冗談で深刻な反応をしてみせる。それがさっきは、モロに真面目な話になった……

五十歳ということには、僕の家だけの事情もある。うちの家系では男が短命で、女は長生きする。女たちは、早く死ぬ連れ合いの責任を肩代りさせられる。曾祖父も祖父も若死にした。曾祖父の死は、明治維新の前と後、二度の百姓一揆に巻き込まれて。村の伝承を子供ながらに聞き覚えた通り、僕は小説に書いた。

　そして僕に直接の記憶がある祖父は、まだ若い年から土地の樹木改良に働いた……現に続いている三椏の生産がそのひとつ……それで村の人たちに名前を覚えられている。しかし数えの五十歳で死んだし、僕の父もその年齢であの死に方をしました。

　それが僕ひとり長生きして、八十歳に近付いているということをあまり考えもしなかったんだね。ところがこちらで再度アカリと暮し始めてから、僕はある発見をした。今さらお笑い話めくけれど、僕はこれまで、毎年ひとつずつ年齢を重ねている、としか自覚しなかった。それに気が付いたわけ。そして僕は、そうでない年の数え方をするようになった。何とも遅きに失しているけれど……

　僕の年齢認識の変化は、こうなんだ。僕は間近に迫っている八十歳を規準にする。定点とする。……こういいながら僕は塙吾良が、かれの人生の終りの始まりを、六十歳として定点化したのを思い出すけれど……ともかく自分の定点から逆算して、あと三年、二年と生きている今をとらえるということです。アサは平然と受け入れた。兄さんは七十八歳でしょう？　正確にはあと二年、千樫さんがあと三年、わたしがあと四年。こうやってまとめると、残り一ケタそれも後半で、先が見えている。アカリさんのあと三十年が大きい数字、それからリッチャン、シマ浦さん、真木という順序だから、この人たちが頼りだねえ……

アカリも脇で聞いていて、それが頭にこびりついたようだ。

――アカリさんが、その計算にもとづいてああいう言い方をされたのなら、大切にします、とギー・ジュニアはいった。

――きみはあと四十六年だものね、アカリには頼りの人だ……きみたちはいまや、双方を信頼している感じで、ありがたいよ。

そういってから、私はもうひとつギー・ジュニアに話しておくことを思い出した。

――これはきみの質問にすぐさま答えられなかったことだ。その大切なことが、なぜ意識に来なかったのかフシギなほどだが、アカリの音楽を聴いていてまっすぐ浮かび上って来た。それを話します。

アサが『「晩年様式集《イン・レイト・スタイル》」＋α』に書いた、彼女が自殺しようとした僕を助けた、という話。カツラの木の枝が交差している上に重ねた、葉もついている柴木に雨水がたまっている、そこにうつぶせて溺れ死のうとしている僕の、足頸をつかんで引きずり出した。きみはあの文章を読んでアサに確かめた。事実ならそのように思い詰めた理由は何だったろう？

アサは、あの前の日に僕とギー兄さんがカツラの木の高い所に登っていた、そして長い間話していた、と答えた。しかし何があってああいうことになったかは知らない。そこできみは、直接質問するといったんだ。僕は答えられなかった。ところがアカリの音楽を聴いてると、僕らがカツラの高い大枝の、幹との接点が窪みになってるところに尻を据えて話している情景が浮かび上って、何を話してたかもはっきりした。

父の死について、僕は自分からはそれまで誰にも話さなかったことを、ギー兄さんだから、と気負いたって話した。ところがそのギー兄さんが、僕の話すことを受け付けなかった。僕は何とか信じてもらおうと、生まれて初めてできた年上の友人に話しに話した……

ギー兄さんは、それまでのかれとは別の人格を現した。聞くことは聞く、しかしそれはこちらをいたぶるためにそうしているようで、それからついに僕の話していることの中心を否定した。そういうことを言い続ける僕を疑い始めているのを露わに示した。

ギー兄さんは、僕から話を聞くまでもなく、家に近い人物から根ほり葉ほり聞き出していたんだ。そして僕が力尽きて黙ってしまうと、追い討ちをかけて来た。

――大水《おおみず》の夜の川に、きみのお父さんが短艇に乗って出て、死なれたのは知っているが、どうしてお父さんがそういうことをされるのを止めなかったか？　お父さんは酒に酔っていられて、きみがそうした振舞いに出る余裕はなかったのか?

——そういうことはない、ただ父親には自分より他に役にたつ人がいたので、と僕は打ち明けた。自分には小さい時からコギーというもうひとりの自分のような仲間がいる。それは僕にだけ見えている仲間だとカラカワレルが、自分は本気でそうして来た(そういうと、ギー兄さんがその名前を滑稽に感じているのには気付いた)。そのコギーが、暗い川の短艇の父親の脇にもう乗り込んでおって、こちらを見た。それでコギーの方が役に立つと思うて、自分はこちら側に残った……

それを聞いたギー兄さんは、コギーがおって良かったな、といった。それから、お父さんが危ないところへ出て行かれて死なれたのに、それを見殺しにして、そういう誰にでもわかるゴマカシをいうのはよくない、恐しかったので逃げ出したと、どうして正直にいわないか、と強い声でいった。

僕は一晩眠れず、翌朝、そのようにいわれたカツラの木で自分も溺れ死のうとした。

8

　ギー・ジュニアと私は陣ケ森から降りきって、川筋の県道に向かう鋪道を歩いていた（戦後すぐ、空爆を受けた松山市への材木の積み出しで拡げられた。背後に上れば「在」）。左の谷川の幅も拡げられて、その対岸の斜面奥に二棟の団地があり、そこの住民のための商店やら郵便局も見える。もう森のなかという気配はなかった。

　ところが前方にこれまで通過して来た道筋とは樹木相の異なった、それも古色を帯びるほど色濃く茂っている高い樹木の一帯が現われた。とくにブナの三、四本とケヤキの二本が巨大で、懐かしい森の深みへ還ったようだった。それに伍するかたちで、目差して来たカツラ群集もあった。三本の樹幹の間は整理されて広びろしているし、そこに歩み寄って見上げる高みは、私がギー兄さんと登った距離感・高さとはまったく別で、それぞれの幹が地面から隔絶した風景をなしている。いまそこに登って樹葉に覆われた隠れ場所を設営し、ゆったりと時を過す子供はいないだろう……

　――「犀川樹林地」として、ここが保護されて来たようですね、とギー・ジュニアが木立に半ば埋もれているパネルを示した。

　――この地域がゴルフ場や住宅地として開発される際に、ギー兄さんは町の有力者として実地の仕事もしたし、とくに根拠地運動の時期にギー兄さんが私財を投じてそうしたということはありえただろうね。このような場所を作って森が全滅するのに抵抗するという話を、ギー兄さんに聞いた気もする。

もともとこのあたりは、ギー兄さんの家の所有地でありえただろう。ここから森へ入って行けば「屋敷」に続くんだから。そう考えてみると、ギー兄さんは僕に隠れ場所を教えてくれた時、かれの家の地所でそれを見つけて、ということだったかも知れない。川筋の商家の子供がよその土地の立木に板を打ちつけたり縄を張り渡したりするのを、村の人間が放っておくはずはないからね。

こういう仕方で私は、漠然と想像していたのとは違うカツラ群集との再会を果たした。私の脇でギー・ジュニアが聳え立つ巨木群に感動を示しているのに誇らしい思いを抱きもした。私とギー・ジュニアはかなりの時を過し、あらためて川筋の県道への道に出るとアサが待っていた。

――このあたり、すっかり変っているので驚いたでしょう、とアサはいった。これまでずいぶん長く、ここへ兄さんを案内しなかったのは、兄さんが森のへりに帰っても、いろいろ用事があったからです。また、わたしにしても土地の仕事にいろいろつながっていたわけで、とくにギー兄さんの晩年にはそうでした。

――僕らが陣ケ森へ探検に上って、いまのような林道は整備されてなかったから、細い道を蔓にブラ下がって遊びながら降った……その頃の谷川の向こうの眺めとは、すっかり別のものだね。

――いや、兄さんの覚えているあたりはもっと西です。ギー兄さんが農地解放後も残った林の地所の、下半分を整理されて、いまは団地までできていますが、ここから東の一帯を松山の業者に売られた。その資金でテン窪大池の堰堤を補強したりとかの、死なれる前にいろいろ陰口された事業をしたんです。

そしてあの頃に、兄さんには複雑な思い出もある……もう見られたでしょう……カツラ群集の一帯が切り離されたんです。そこだけ開発のコブになるわけで、松山の業者は不平をいったけれど、町は「犀川樹林地」という名前も付けて、ギー兄さんの寄付を歓迎しました。だからといって、そこへのアプローチを町で作るというようなことはなくて、あのパネルがあるだけ。誰も見に来ません。

わたしはやはり「犀川樹林地」には、ギー兄さんがコギー兄さんのことを考えて、ということがあったと思います。ギー・ジュニアも一緒に、見に来てもらってよかったと思います。

私は生き直すことができない。しかし私らは生き直すことができる。

I

六月の最初の週末、私は早い便で松山空港を発ち、東京の芝公園で行なわれた反・原発の集会に出た。その後のデモにも加わった。この日多様な場所でそれぞれの組織が開いた集会・デモの人々が、夜になって結集する国会議事堂包囲の行動も知っていたがそれには加わらないつもりだった。成城に立ち寄って千樫を見舞い、アカリをアサに託して来たテン窪大池の家に、この日のうちに戻る予定をたてていた。

集会が終り、デモ隊の先頭集団の（そこに新聞写真の材料というほどのことだが、ともかく顔を知られている呼び掛け人のひとりとして私も並ぶ）編成が始まっているところへ、思いがけなくシマ浦が現われた。彼女の報告では、千樫の恢復は軌道に乗って、膝の痛みからまだ二階への階段は登れないが、真木を手伝っての食事の準備は毎日やっている。そこでシマ浦は、いったんヨーロッパに戻ることにして、東京で残している仕事を片付けている。この日、フランクフルトの新聞記者を集会に案内したのもそのひとつで、今日あなたが集会でした短かい発言を録音した。それを起したものを届けるから目を通してほしい。その上で独訳して記者に渡す、といった。

後にのべる事情で数日東京に残ることになった、私のところへ届いたテクストを写しておく。

《五月三十日の新聞に「原発ゼロ」をめざす自分らの考え方が、全面広告で示されていました。福島原発事故が終っていないこと。地下貯水槽からの大量の汚染水漏れ、汚染された地域の除染が進まぬこと。そして日本中が被災地になる危険を、それは確実に要約していました。「原発ゼロ」を、いま決断し直し、実行することの必要を、自他に思い知らせるものでありました。

同じ日の新聞に、電力四社が、原発八基の再稼動を申請する、と報道されていました。さらにその隣りの記事には、原発輸出を急ぐ安倍首相の、「日印原子力協定」へまさに乗り出して行く写真がありました。「核不拡散条約」に加盟していない、核保有国インドに対してであります。

これは広島・長崎への裏切りです。原発再稼動の申請が、福島の原発事故で苦しむ人々への裏切りであるように。さらに、「原発ゼロ」を実現するほかないと、日本各地で集まり、声をあげ、デモ行進する者らへの裏切りであるように。そしてそれはまた「原発ゼロ」への意志を圧倒的に現わし続けている、各種の世論調査への侮辱であります。

なぜ、それが許されうるのか？　なぜ、私らはそれを現政権に許しているのか？　フクシマ三・一一の悲惨を踏まえて、私らが「原発ゼロ」より他に選択はありえぬとした時から、二年しかたっていないのであります。あれらの日々の新聞を読み直してください。

三・一一後、すぐにドイツは「原発利用に倫理的根拠はない」として、国の方向転換を始めました。わが国でいま、「倫理的」「モラル」という言葉はあまり使われませんが、ドイツの政治家たちは、次の世代が生き延びることを妨げない・かれらが生きてゆける環境をなくさないことが、人間の根本の倫理だ、と定義しています。この国の政権が、その行動の根拠に、政治的、経済的なものしか置いていないのと対比してください。

もう老年の私の思い出すことですが、生まれて初めての大きい危機に面と向かったのは、一九四五年の敗戦においてです。四国の山村まで米軍のジープが来ました。食糧難も、生活の困難も、母子家庭の十歳の私にはよくわかっていました。それが二年後、新しい憲法が施行されて、村は沸き立つようであったのです。

私は「すべて国民は、個人として尊重される」という第十三条に、自分の生き方を教えられた気持でした。あれから六十六年、それを原理として生きてきた、と思います。

もう残された日々は短いのですが、次の世代が生き延びうる世界を残す、そのことを倫理的根拠としてやってゆくつもりです。それを自覚し直すために、「原発ゼロ」へのデモに加わります。しっかり歩きましょう！》

さてフランクフルトの記者は、国会議事堂包囲の行動をカヴァーするために、それまでホテルに戻って寝るということで、シマ浦は私らのデモ行進に加わると、一緒に歩くやはり外国の特派員の仲間のもとに戻った。それが結果的に、この口私の経験した苦しい事態に有効な支援をしてくれるものとなった。

じつはこれに先立つ同じ成り立ちのデモ行進で、今度ほどドラスティックにではないが、私はやはり苦痛を味わい、その愚を繰り返さぬつもりで、予防策を講じてこの日の集会に出ていた。聴覚の敏感さをよく自覚して音楽会へ出かける際にも用心のため耳栓を持って行くアカリから、一組を借りて東京に向かっていたのだ。

ところがその場に到って借りたものを装着してみると、うまくゆかなかった。そして私は苦役を担いこむことになった。もっともそれを苦役と感じたのは、デモ隊の第一列目に横並びしたなかでも、私ひとりの模様なのだ。あるいはそれは、いまいった通りアカリの聴覚の異様な敏感さが、遺伝的に近い私に、老齢もあって顕在化したということだったかも知れない。

ともかく、日頃はデモ隊の先頭から一定の距離を置く街宣車のスピーカーがこちらの頭上に向かっており（その音の拡がりの最下端に私がいただけとしても、こう感じた）、私は二時間ほどそれをあびせられ続けた。デモ隊が東京電力の本店ビル前に差し掛ると、当然ながらスピーカーの響きはさらに高まった……

それでも私はデモ隊から落伍しないですんだが、日比谷公園に着いて流れ解散すると、まさに老人のヨロヨロ歩きでベンチにへたり込んだ。その脇に、デモの間すでにこちらの異常に目をとめていたらしいシマ浦が近付いた。そして私をたまたま近くにある帝国ホテルへ連れ込んでくれ、滞在中に発作を起こしたアテンダント客が世話になったという医務室に導びかれた。そして私はベッドに横たわるか横たわらないかという呼吸で、気を失なった。

シマ浦は私の上衣から航空会社のカードを見つけて予約を取り消してくれたのみならず、数日間東京に残らせた方がいいと真木を説き伏せ、彼女をアカリの世話に松山への最終便で発たせた。

この日はいうまでもないが、翌日ずっと私は書庫のベッドで耳鳴りに苦しんでいたし、次の日は起き上りこそしたものの、届いていた各種の郵便物に返事を書くほどのことしかできなかった。シマ浦も再開した仕事を中止するわけにはゆかないので、千樫がなんとか階段を上って食事を届けてくれた。彼女とゆっくり話せたのは出来事が起って三日目の朝、羽田空港に向かうことにした段になって。

千樫は、私と入れ違いに成城へ帰って来る真木がアカリと話し合っているけれど、リッチャンとの次の作品のために『形見の歌』から選ばれた一篇は、真木とリッチャンが作曲のテクストとして単純化してもアカリを困らせているといった。しかも、自分はあの詩に魅き付けられる。

――どういうところに？　という私の問いへの答え。

――ともかく希望が感じられる……

テン窪大池の家に帰った翌日、私はやはり二階のベッドに横たわって、階下のＦＭを聴いていた。耳鳴りの処理は指先を突っ込むのが最悪で、むしろなにもしないでいると、耳鳴りのなかの世界、ということに慣れて来る。

2

翌日になってはじめて、私も『形見の歌』からの作品をめぐる話し合いに加わった。アカリを囲み（といってもかれはＦＭの前で横になっている）、リッチャンはもとよりギー・ジュニアも入っているが、まずアサが話し始めた。それは私が東京に出ていた間も続けられていた話し合いの、大筋を示してくれるためだ。

――わたしはこれまであまり発言してこなかったアカリさんこそ、とても大切にこの課題を考えているし、わたしたちの話してきたことをよく聞いてくれているとも思うので、アカリさんの代りに、というつもりで話します。

わたしたちは『森のフシギの音楽』として真木―リッチャン二人組が試作したＣＤを聴きました。あの時もう真木、リッチャンの選んでいる、次の仕事の素材にする詩は、わかっていました。あの後、兄さん、ギー・ジュニアと別れて、アカリさんとわたし、リッチャンが森から降りて来る車のなかで、長い詩の幾つもの節から、リッチャンが歌ってみせてくれました。それらの調というかスタイルというか、それぞれに違っていて、本当に才能の豊かな人だなあ、と感心しました。

ところが、アカリさんは黙っていたんです。アカリさんはどんな歌でも、すぐリズムにあわせて歌う人なのに。一度も歌おうとしなかった。詩からとってある言葉が難しかったのね？（私は黙っているアカリをうながす表情をしただろう。――長いんですよ、とだけアカリはいった）。

そうね、一行が長い感じで、リッチャンは気にしながら歌ってみせたのだったし……私も心配したんです。「森のフシギ」の音楽のように、お祖母《ばあ》ちゃんが森で覚えたメロディーをピアノで再現するというのじゃなくて、今度は真木もリッチャンも、詩の言葉に直接曲をつけたものを歌うつもりなんです。

兄さんは以前、山口県の中原中也生誕百年の催しに、中也の詩をアカリさんに作曲させる約束をしたことがあったでしょう。しかしアカリさんが作曲を始めないので、兄さんは七五調で三行ずつ続いている「生ひ立ちの歌」を選びました。アカリさんは詩の幾行かに作曲したけれど、ひとつながりにして歌えるものじゃなかった。それで、仕方なしに兄さんがまた別の詩を選びました。あれは何という詩でしたかね（とアサはアカリを引き込もうとしたが、かれは黙っていた）。

——「また来ん春……」です。……中原中也さんのお子さんが亡くなられての、悲しい詩。ピアノの先生が、ありふれてるけれど気分は出ているメロディーを弾かれて、アカリさんがそれを工夫する仕方で作曲しました。

——そうだね、と私はアカリの曲を覚えているまま続けた。「また来ん春と人は云ふ／しかし私は辛いのだ／春が来たつて何になろ／あの子が返つて来るぢやない」。ところが終りまでシンミリしたままなので、中也生誕百年の大きい舞台で歌うわけだし、しめくくりだけでも強くしてもらえないかと、バリトン歌手から注文があった。アカリはすぐ受け入れたんだ。最後のところを一オクターヴ上げて繰り返すかたちにした。「ほんにおまへもあの時は／此の世の光のたゞ中に／立つて眺めてゐたつけが……」

——アカリさんは音楽を通して、自分の感情表現ができる人だと思います、とギー・ジュニアがいった。『森のフシギの音楽』でそれはよくわかります。今度の真木―リッチャンの新しい構想でも、短かい何行か、長江さんの本当に言いたいところを選び出して、アカリさんの自由な曲作りにまかせてはどうでしょうか？

そしてリッチャンと真木の構成は女子高校生の朗読で、長江さんの詩の全体を示すものにします。

アカリさんに聞きたいけれど、この長すぎる……それでも難かしい、のではないんでしょう……その詩のなかに、きみが作曲できる、短かい、良い言葉がありますか？

アカリはギー・ジュニアのいったことに関心を表わしていたが、黙ったままだった。そして私は、かれの実在感のある沈黙が、アサに勇気をあたえたと思う。

——わたしは千樫さんから手紙をいただいています、とアサは話した。わたしたちが話し合いをしてきた主題は、昨日千樫さんのところへ帰って行った真木とリッチャンが新しく構想したものです。リッチャンが完成させてわたしたちの聴いた『森のフシギの音楽』は、ただひとつのモティーフにもとづいた……それはわたしたちの母親がずっと心に持ち続けて来たものをよみがえらせたモティーフですが……作品です。

今度、真木たちは、そこから進み出ようとして、兄さんの詩を手がかりに選びました。兄さんの詩は、それこそ形見として、老年の兄さんが書いている詩で、千樫さんは希望を感じる、といわれたそうです。わたしもそれがアカリさんの音楽と一緒に響くようであれば、どんなにいいかと思います。

しかし、みんなの話し合いをアカリさんが一所懸命聞きながら黙ってられる様子を見て、わたしはこれはいけないと感じていたんです。ここでの話し合いは三度目ですが、アカリさんだけはずっと黙ってるのが、気になったんです。

　なぜアカリさんが話に乗って来られないか？　話がわからないからです。それでいて、なぜ異議を申し立てないか？　そうしては真木とリッチャンに悪いと思ってのことでしょう。

　真木は東京へ帰って、もうここにいないのに、それでもアカリさんが真木のやりたいと思ってるものをダメにするようなことを、いってはいけないと感じてるのがわかります。アカリさんは真木とリッチャンに遠慮して黙ってるんです。

　そしてというか、しかしというか、あんなに長い言葉に音楽は付けられないと困っているんです。ところが、わたしに今朝届いたファクスで千樫さんのいってられるのがまさにそのことで、代案を出していられます。

　アサはそういうと、胸のあたりから取り出した一枚の紙を読んだ。書き出しの挨拶めいたところは略して。

《……私は長江が『形見の歌』と名付けた詩の幾つかを、「丸善のダックノート」に清書しているのに……七、八年前から気が付いていました。かれが詩を（詩のごときものといったりもしましたが、とくに英詩の翻訳もふくめて）書いているのは知っていたし、それらを小説の散文に吸収すると、ノート自体が御用済みとして始末されるのも見て来ました。

長江が、同時代の作家の未発表作品として死後に発表されたものを注意深く読むけれど、自分はその時が近付けば、発表をためらって来たすべてを処分すると決めている。私はそれに逆らう気持がありません。かれ自身の作品への批評の力が、かれより自分にあるとは思いません。

その長江が『形見の歌』というノートを作り始めたのは、国の内外の友人たちを喪なうことが重なってで、私が長江にそれを読ませてもらいたいといったことはありません。ただ本当に『形見の歌』となった時に、そのコピイを送る人の名をリストしておいてもらいたい、とはいいました。長江はそれをカードに書きつけてくれました。そこに住所も併記している方たちのうちの、誰かれが亡くなられた際には（先行された、というのがかれの言い方です）、時間をかけてそのカードを消去しているのを見ました。

そういうものとしての『形見の歌』ですが、そのうちの二篇を私が読んで、とくに長い方の一篇を記憶しているのは（真木もおなじ時に読んでいたのですが）、長江が例外的にそれらを雑誌に発表したからです。『新潮』の二〇〇七年一月号に載せていただきました。

長江は七十歳で初孫が生まれたことを、その詩に書き込んでいます。長江が昂奮してそうしたといって、真木は、自分のことは仕方ないけれど、次の世代まで巻き込むなと抗議して、以後原則は守られています。今度久しぶりにその詩を読み、私はともかく希望が感じられる、と思いました。

なかでも私は、敗戦の日に、村の国民学校の校長さんが絶望的なことを叫んで子供らを動揺させるシーンに実感がある、と思いました。そこに続くところなら、アカリさんもリアルに感じとって、作曲に生かすことができるのじゃないか？

十歳の長江は、恐くなってひとり森に入って考えてるうちに、うしろから近付いて来る（ように感じた）足音にビックリして、ウラジロの斜面を転がり落ちます。そして……の一節です。

傷だらけの　私を裸にし、
自分で集めた薬草の
油を塗ってくれながら、
母親は　嘆いた。
子供たちの聞いておる所で、

私らは生き直すことができない、
と　言うてよいものか?
そして　母親は私に
永く謎となる　言葉を続けた。
私は生き直すことができない。しかし
私らは生き直すことができる。

このおしまいの二行は、詩全体の結びにも繰り返されます。どうですか? 中原中也の詩とはまた別ですが、この二行をモティーフにしてはどうか、私はそう思います……》

アサは読み終ったファクスを小さく折って、胸のあたりにしまい込んだ。その時になって初めて私はアサが、戦後……といってもじつに長い時代区分の感じだが、当時庶民の風俗が早く変ることはなかった……よく見た和服を洋風の上衣のように身にまとって、次のものも母親の遺品ということだろう、その裾を紺色の絣のモンペにおさめているのに気付いた。

すでに彼女の読み上げた千樫の提案に合意していながら、誰も言葉を発しないなかで、ギー・ジュニアが質問した。

――文法的というか、語法的にというか、みなさんにお質ねしたいんですが、長江さんの詩に感銘しての、ということですけれども、その大切な一行に私らはとあります。子供の時どうだったかは、記憶にありませんが、成人して日本に来て、あらためてこの国の社会を口語的に経験していて、私らも私たちも両方に出会って来たと思います。

この詩でも、まず校長の発言として出て来るわけですから、私らは男の格式ばったものの言い方かも知れません。女性が口語的に私の複数を使う時には私たちはというのじゃないですか？

――わたしには語法というようなことはいう資格がないけれど、とアサが答えた。この詩を読んでわたしが感じたのは、兄さんが本当にあの日の記憶のままに書いている、ということです。わたしたちの母親が、いつもこういったのじゃないんですよ、しかし、私らはという時には、いわば覚悟があってそういっているんです。兄さんの言い方だと、「人生の習慣」として……

わたしは子供の時からずっと、母の口から私らを聞くたびそう感じていました。この詩でも、母には校長さんに対して覚悟を決めているところがあって、それも校長さんに反対して自分の考えを押し出そうとしている。その覚悟が私らに出ています。

それまで、ただじっと周りの人たちの話を聞いているだけだったアカリが、口を開いていた。

――私らという言い方は面白いです。私と私らとあって、私らが面白いと思います。

――それはもうアカリさんが、この二行を作曲し始めてる、ということね、とアサはいった。

――この詩の他の言葉は長いですからねえ、とアカリは私と……リッチャンに向けていっていた。

それまでずっと黙って話を聞くだけだったリッチャンが、そのアカリの視線に引き出されるように膝を進めて、アサがいま口にしたばかりの「わたしたちの母親が、いつもこういったのじゃないんですよ、しかし、私らはという時には、いわば覚悟があってそういっているんです。」の語調にならって、

――私らは、と言い出した。いまこういうことを始めています。アカリさんは先の二行を作曲しました。バッハの「平均律クラヴィーア曲集」15番と同じト長調の前奏曲です。それをどのように活気のあるフーガに展開するかが私の仕事です。

前奏曲をアカリさんが正確無比に弾いて、私がいろいろ験《ため》していると、ギー・ジュニアが「ともかく希望が感じられる」と千樫さんの言葉で感想をのべました。私はそれをさらに輝やかせる役目と答えると、ギー・ジュニアが私らをビックリさせる提案をしたんです。

リッチャンはそういって、アサに向かい彼女に続きをうながした。

——アカリさん、リッチャンの新作を、ギー・ジュニアは真木ちゃんとの婚約発表の席で二人に演奏してほしいんです。ギー・ジュニアが真木と再会してすぐ真木ちゃんとじゃなく呼ぶのを、兄さんは気にしてたのじゃないですか？　しかし二人で永く文通を続けてのことでした。新婦が十歳ほど年上ですが、いまどきそれは問題にならないでしょう。

千樫さんは全快祝いを兼ねてその席に出るために、東京の家から兄さんとアカリさんの住んでいるこの家に越して来ます。隣りがギー・ジュニア、真木夫婦の新居になります。

私は当然のことに絶句したが、アサは私にいうことをさらに用意しているのだった。兄さんはいま書いている『晩年様式集《イン・レイト・スタイル》』を完成すれば、八十歳の定点にそなえた生活に入るのでしょう？　このかたちで暮し始めれば東京に反・原発の運動へ出かけるより（六月に経験されたこともあるし）、ここで伊方原発の再稼動を見張る人たちの集会やデモに入れてもらいなさい。アカリさんもアグイーとともども一緒にやってくれます。

集会では、もう自分で見きわめることのできない将来について話すより、先行された仲間たちが、どのように人生のしめくくりを、あなたが幾度も書いているクンデラのいう「作品《ウーヴル》」に達成されたか、若い人たちに伝えてください。アセッテモ仕方ありませんが、のんびりし過ぎるのもどうでしょうか？　六隅先生じゃないけれど、「ゆっくり急げ《フェスティーナ・レンテ》」で準備をして！

3

さて、これは『「晩年様式集《イン・レイト・スタイル》」＋α』の最終号になるだろうと思う。いまやこの小雑誌の「＋α」を書いてくれたメムバーは、ある者は病み、残りの者らは揃って忙がしく、私もまた各地で開かれる反・原発の集会とデモに出かけることが重なり、アカリとの森のへりでの共生もノンビリしたものではなくなっている。

私の詩の二行を軸とした真木――リッチャンの共同作業は始まっているが、それを読み・聴きしてくれる誰かれから、『形見の歌』からの詩が「三・一一後」の詩ではないことを知って驚く、といわれるのを聞いた。私自身、詩のなかの私の七十年という言葉に、これは千樫の言葉通り七十歳の自分から、八十歳の定点に向かう私への（端的に、さらに苛酷となる「三・一一後」に生き残っている自分への、ということだ）手紙だったかも知れない、と感じる。しかしそれとしての言葉の勢いに、千樫はともかく希望が感じられるといったのだ。
　書き写して、終刊号の付録とする。

生まれてくること自体の暴力を
乗り超えた、小さなものは
まだ見えない目を　固くつむっている。
初孫に　自分の似姿を見て、
近づける　顔の気配に、
小さなものは泣き始める……
老年の　私自身が、
赤んぼうの扮装で

泣き叫んで　いるのではないか？
この子の生きてゆく　歳月は、
その苛酷さにおいて
私の七十年を越えるだろう。
小さなものは、
問いかける言葉こそ持たないが、
精巧なミニチュアの指をひろげて、
しきりに手探りする。

四国の森の伝承に、
「自分の木」があった。
谷間で生き死にする者らは、
森に「自分の木」を持つ。
人が死ねば、
魂は　高みに昇り、
「自分の木」の根方に着地する。

時がたつと、
魂は　谷間に降りて、
生まれてくる赤んぼうの胸に入る。
「自分の木」の下で、
子供が心から希《ねが》うと、
年をとった自分が
会いに来てくれる（ことがある）。

私が　十歳になるまで、
国をあげての戦争だった。
子供の　私らは歌った、
大君《おおきみ》の辺《へ》にこそ死なめ顧《かえり》みはせじ
大君が
人間の声で、
戦争に敗れたことを告げた日、
ラジオの前に　校長が立って叫んだ。

私らが生き直すことはできない！
晴れた青空に　沈黙がコダマした。
森に入って　杉・檜混成林を抜けると、
闊葉樹が　明るい林をなしている。
そのなかに立ち上るモミの木群集が、
私の家の者みなの「自分の木」。
私は若い一本の下で待っていた。
年をとった　自分に、
尋ねたい　と希って……
私は生き直すことができるだろうか？
夕暮れた森に、
人の足音が起った時、
私は　恐怖に総毛《そうけ》立って、
ウラジロの斜面に走り込み、
モンドリ打って　滑り落ちた。

傷だらけの　私を裸にし、
自分で集めた薬草の
油を塗ってくれながら、
母親は　嘆いた。
子供たちの聞いておる所で、
私らは生き直すことができない、
と　言うてよいものか？
そして　母親は私に
永く謎となる　言葉を続けた。
私は生き直すことができない。しかし
私らは生き直すことができる。

国を奪われた　同胞の、
不確かさの思いを共有して闘い、
白血病とも闘っていた　友人が、
晩年に　研究の主題としたのは、

ある種の芸術家が　死を前に選びとる
表現と　生き方のスタイル。
かれらは穏やかな円熟にいたらない。
伝統を拒み、社会との調和を拒んで、
否定性のただなかに、
ひとり垂直に立つ。そして、
かつてない独創に達する者らがいる……
ニューヨークの病室からの最後のファクス。
老年の内面を引き裂く矛盾を　恐れるな、
困難を見きわめ、その向こうに、
腕を差し伸べよ、
不確かな足場から。

気がついてみると、
私はまさに老年の窮境にあり、
気難しく孤立している。

否定の感情こそが親しい。
自分の世紀が積みあげた、
世界破壊の装置についてなら、
否定して不思議はないが、
その解体への　大方《おおかた》の試みにも、
疑いを抱いている。
自分の想像力の仕事など、
なにほどのものだったか、と
グラグラする地面にうずくまっている。
あの日、「自分の木」の下に
来るのが遅れた老人は、
いまの私だ。
少年に答える言葉は見つからぬまま……

誕生から一年たった
孫に、私がかいま見たはずの

老年の似姿は、ミジンもない。
張りつめた皮膚に光をたたえて
私を見かえす。
その脇にうずくまる、　私の
老年の窮境。
それは打ち砕くことも
乗り超えることもできないが、
深めることはできる。
友人は、未完の本にそう書いていた。
私も、老年の
否定の感情を深めてゆくならば、
不確かな地面から
高みに伸ばす手は、
何ものかにさわる
ことが　あるのではないか？
否定性の確立とは、

なまなかの希望に対してはもとより、
いかなる絶望にも
同調せぬことだ……
ここにいる一歳の　無垢なるものは、
すべてにおいて　新しく、
盛んに
手探りしている。

私のなかで
母親の言葉が、
はじめて　謎でなくなる。
小さなものらに、老人は答えたい。
私は生き直すことができない、しかし
私らは生き直すことができる。

未来の扉は開くのだろうか

尾崎真理子

二〇一一年三月一一日の東日本大震災後、この国で生きる作家たちは二つの態度、どちらかを選択することを迫られた。一つは震災と原発には触れずに自身の創作を続行する。もう一つは、自作の中で何らかの形で言及する。どちらがいいとは言えない。前者にも覚悟が必要だし、後者を選んだ場合も距離感はさまざまで、震災後の文学をひと括りにすることはできない。

ただ、どのような観点から振り返っても、大江健三郎氏ほど3・11後の現実に深く関わった作家はいなかった。実現するはずだった晩年のプランは、まるで違う方向へ押しやられた。実際の行動として、大江氏は二〇一一年夏から「さようなら原発1000万人アクション」で頻繁に演壇に立ち、福島や盛岡などの被災地を訪ねた。「脱原発法制定全国ネットワーク」の発起人に加わり、再稼働に反対する国会周辺のデモにも参加した。加藤周一、井上ひさし氏ら亡き後は、憲法九条を守るため結成された知識人有志による「九条の会」でも、おのずと存在の重みが増している。

一人の市民として、核廃絶を訴え続けてきたノーベル賞作家という立場から、これらの活動は当然のこととして行われたのかもしれない。では、二〇一一年末から一三年夏にかけて「群像」に連載された、この『晩年様式集《イン・レイト・スタイル》』という長編は、なぜ、生まれてきたのだろう。文芸誌に毎月、震災後の事態と並走しながら連載するのは三十代前半、『万延元年のフットボール』を発表して以来というから、七十代後半だった氏にとっては蛮勇を奮った書き方である。しかし、作家にそれを決意させたのは、実はこの作品の主人公、長江古義人ではなかったのか。

本作は大江氏の分身のような、「私」という一人称の語りによるが、この「私」は二〇〇〇年の『取り替え子《チエンジリング》』から『憂い顔の童子』、『さようなら、私の本よ！』、『臈《らふ》たしアナベル・リイ　総毛立ちつ身まかりつ（文庫版では『美しいアナベル・リイ』）』を経て、〇九年の『水死』に至る小説の主人公、長江古義人と重なる人物と受け取るのが自然だろう。古義人とはどんな人間か。長年の読者はよく知っている通り、作家である彼は少年時代からの畏友《いゆう》で妻の兄でもある映画監督、塙吾良を失った後、一気に老年の悲観を帯びている。妻の千樫、脳に障害を持つ長男のアカリ、近くに住む娘の真木と、これまで通り穏やかに東京の住宅街に暮らしながら、どこかでその環境に倦《う》んでいる。

少年の日の、森の中での記憶に誘われるように、故郷四国の村で暮らし続ける妹のアサを頼って、古義人はたびたび長期滞在を繰り返す。軽井沢の山荘に籠ることもあった。そうしながら、誘われてデモに参加すれば頭部に大けがを負い、建築家の友人に唆《そそのか》されて高層ビルの爆破計画に巻き込まれ、父の死の真相を知るという老人に拉致され……。〈世界的な文学賞〉を受賞した著名人であるにもかかわらず、古義人の言動は若者のように不用意なまま。戦後民主主義者としての軸は揺らがないものの、他者のたくらみに易々と乗って、いくつもの危険な領域に踏み込んでいく。そのたびに窮地へ陥るのだが、何とか最悪の結末は回避され、結末では各作品とも楽観の薄日さえ差している。

古義人という同時代のアンチヒーローが生き延びてきた理由に思いをめぐらせば、それだけ二〇〇〇年代に入って以来、世界は不穏な様相を呈し続けてきたということだろう。古義人が登場したきっかけは、伊丹十三監督の死という作者の個人的な衝撃だった。ところが、アメリカで起きた9・11、その後、世界中に連鎖した戦争、内戦、テロリズム、さらには若者の雇用不安や出版不況、急速に進む総デジタル化……。かつて作者自身が語っていた。

「古義人は、自分をあけわたすように若者や新しいメディアとも付き合う。そうしながら、時代のある局面に焦点を結ぶ役割を、全身で引き受けてきた」

つまり、現実社会の現在進行形の問題に宿命的に関わらざるを得ない——それが長江古義人という小説の主人公に作者がゆだねてきた役割であり、そんなふうに生きてきた古義人ならば、大震災と原発事故というカタストロフィーのただ中に向かうのを回避するはずはない。作者も、彼を主人公に書き続けるしかないのだ。

そもそも七十代半ばを過ぎた古義人には、彼自身が遠からず迎える老いのカタストロフィー、晩年の切実な主題がひたひたと迫っていた。そこに震災と原発は、突然、背後から襲いかかった。第1章に当たる「余震の続くなかで」で明かされる、震災から百日ほど経ったある夜半の出来事——古義人が自宅の階段踊り場でふいに涕泣《ていきゅう》する場面は、読み手をも一緒に奈落の底に連れていくだろう。最晩年に備え、整えられてきた幾重もの書棚は全面崩壊してしまった。アカリのCDや録音テープなど、音楽のコレクションの混乱も同様。書きかけの長編への興味は失われたところに、3・11後、いつの間にか意味を理解したダンテの「地獄篇」だけが、あらためて生なましく意味を表す。

〈In its present state, we have no evidence / Or knowledge, except if others bring us word: / Thus you can understand that with no sense / Left to us, all our knowledge will be dead / From that Moment when the future's door is shut.〉

私らの「未来の扉」はとざされた——。その扉を再び開けることはできるだろうか。本作は、その可能性を探すため、ドン・キホーテのようにやみくもに踏み出した長江古義人の、思索と行動の旅なのだ。そして二〇〇三年に死去した盟友、エドワード・W・サイードに捧げられた、作家大江健三郎にしか成し得ない「晩年のスタイル」であるだろう。

さて、これほど現実に引き寄せられたかに見える『晩年様式集《イン・レイト・スタイル》』は、同時に、これまでにも増して幾重にも虚構をコーティングした、複雑極まる構造の作品である。

まず、突如として妹のアサ、妻の千樫、直接には反撃できないアカリの言い分まで溜めた娘の真木は、古義人の作品に書かれてきた飼いならされたような自分たちの描写、それに兄、夫、父として古義人がこれまで行ってきた家庭内での抑圧的な言動について、一斉に批判を言い立て始める。彼女らの行動と意見は、「三人の女たちによる別の話」として、古義人による語りの外枠に、添付ファイルのように随時添えられ、ひとつながりになっていく。作中人物らが作家を批判するわけで、その手法自体はめずらしくない。とはいえ、「私小説的」とも言われてきた一連の大江氏の小説には、塙吾良＝伊丹十三監督をはじめ、それぞれの人物に呼応する人々が存在しているのだから、リアリティはただならない。しかも、その「私小説的」な作品の系譜である一九八〇年代の『新しい人よ眼ざめよ』や『懐かしい年への手紙』をはじめとする実在する小説の中身に遡《さかのぼ》って、三人の女たちは作者である古義人へ、テキストの変更をも求めていく。

この三人の間で守られる、古義人との距離の置き方、記録の共有に関する取り決めは相互監視にも似た厳格さで、「真実」を語り直すという女性の側からの覚悟の強さも伝わるし、批評とは、小説とは、自由な自己表現どころか、ここまで厳密な自己批判を伴うものだと考える、作家の態度も受け取れる。ＳＮＳが猛威を振るい始めた現代社会への批評も読み取れよう。

そんな長江の家へ、かつて世話になりながら長年連絡がなかったギー・ジュニア――古義人が十代から兄事《けいじ》していた故郷の森の男性、ギー兄さんの息子がアメリカの放送局の番組制作者としてやってくる。大学院で専門的に日本研究に取り組んだというこの青年は、自身の父を知る古義人と塙吾良監督への関心と震災というカタストロフィーの記録の両面から、インタビューを開始する。震災後の混乱はもう一人、ドイツからの客も招き入れる。ベルリンから訪日したシマ浦は、塙吾良の最後の恋人。この二人からの問いかけに誘われ、これまで兄、吾良への言及を避けてきた千樫も初めて口を開く。その場面、中盤の「死んだ者らの影が色濃くなる」は、短いながらこの作家がどうしても書いておきたかった、小説的な繊細なモチーフが、もっとも極まっている部分だろう。

　学生だったシマ浦もいつしか四十歳を超え、吾良との関係を『取り替え子《チェンジリング》』の中に吾良から聞いたまま書いてしまった古義人を恨むふうでもない。その後、違う男性との間にできた子どもが生まれる際、千樫がベルリンまで手伝いにきたことへの感謝をにじませながら語り始める、成熟したシマ浦。このあたりの虚構のふくらみは美しい。話の中身は、古義人も協力しながら実現しなかった映画をめぐる記憶のやりとりであり、映画さながらのラブストーリー、かつゴシップである。古義人はその直前の記者会見で、国際的な作家として原発に関する公的な発言を行っていた。しかし、自宅の居間に集まった古義人と千樫、シマ浦、それにギー・ジュニアが真剣に口を開き、耳を傾け合うのは、亡き塙吾良とシマ浦が、はるか昔にベルリンで、ジュネーブでひそかに重ねた二人だけの約束を守りながらの〈最高に気持がいいこと〉について。千樫はそれを〈ひとりの「娘」がしだいに自己解放してゆく物語〉として映画化するのが、兄、塙監督の構想としてあったと証言する──。

前作『水死』とその前に書かれた『美しいアナベル・リイ』が幼い少女、若い娘の受けた辱《はずかし》めからの回復の物語だったことを思い出せば、本作は言いたいことを言い始めた身内の三人の女性が自己を解放していく物語である。最後には娘の真木が、思いがけず素直な人生の選択に踏み切ることも含め、それぞれの女性が確実に自分の人生を拓《ひら》いて行く、その点で大いに明るさを取り戻した作品といえるだろう。

だが、閉じた扉を再び開けるための旅をひとまず終えた長江古義人がこの『晩年様式集《イン・レイト・スタイル》』の終りに書き込む『形見の歌』は、震災前に書かれていた詩であることを、私たち読者はやはり重い現実として受け止めなければならない。

〈気がついてみると、／私はまさに老年の窮境にあり、／気難しく孤立している。／否定の感情こそが親しい。／自分の世紀が積みあげた、／世界破壊の装置についてなら、／否定して不思議はないが、／その解体への大方《おおかた》の試みにも、／疑いを抱いている。／自分の想像力の仕事など、／なにほどのものだったか、と／グラグラする地面にうずくまっている。〉

ここで事実に即して小説の外側から付記すれば、この詩は二〇〇六年秋、モーツァルト生誕二百五十年を記念して、読売日本交響楽団が日本に招聘《しょうへい》した世界的な指揮者ホーネック氏のレクイエムコンサートのために、大江氏に同交響楽団から依頼された作品だった。折しも古希を迎えた作家自身の思いが重なり、珠玉の長編詩となったが、今回、本作の掉尾《とうび》に置かれたこの詩を読むと、言葉の輝きがいっそう増していることに驚く。

〈私のなかで／母親の言葉が、／はじめて　謎でなくなる。／小さなものらに、老人は答えたい、／私は生き直すことができない、しかし／私らは生き直すことができる。〉

それは私たちに力を与える普遍的な励ましであるからだろうか。あるいは震災後にはもう二度と、〈ともかく希望が感じられる〉詩を書き得ないという、深い喪失感ゆえに輝いているのだろうか。

本書は二〇一三年一〇月、小社より単行本として刊行されました。

|著者| 大江健三郎　1935年愛媛県生まれ。東京大学文学部仏文科卒業。大学在学中の'57年「奇妙な仕事」で東大五月祭賞を受賞する。以後、'58年「飼育」で芥川賞、'64年『個人的な体験』で新潮社文学賞、'67年『万延元年のフットボール』で谷崎潤一郎賞、'73年『洪水は我が魂に及び』で野間文芸賞、'83年『「雨の木《レイン・ツリー》」を聴く女たち』で読売文学賞、『新しい人よ眼ざめよ』で大佛次郎賞、'84年「河馬に嚙まれる」で川端康成文学賞、'90年『人生の親戚』で伊藤整文学賞をそれぞれ受賞、'94年には日本人として二人目のノーベル文学賞を受賞する。

晩年様式集《イン・レイト・スタイル》
大江健三郎《おおえけんざぶろう》

講談社文庫
定価はカバーに
表示してあります

2016年11月15日第1刷発行

発行者――鈴木　哲
発行所――株式会社　講談社
東京都文京区音羽2-12-21　〒112-8001
電話　出版（03）5395-3510
　　　販売（03）5395-5817
　　　業務（03）5395-3615

デザイン―菊地信義
本文データ制作―講談社デジタル製作
印刷―――株式会社精興社
製本―――株式会社若林製本工場

Printed in Japan

ISBN978-4-06-293533-3

講談社文庫刊行の辞

二十一世紀の到来を目睫に望みながら、われわれはいま、人類史上かつて例を見ない巨大な転換期をむかえようとしている。

世界も、日本も、激動の予兆に対する期待とおののきを内に蔵して、未知の時代に歩み入ろうとしている。このときにあたり、創業の人野間清治の「ナショナル・エデュケイター」への志を現代に甦らせようと意図して、われわれはここに古今の文芸作品はいうまでもなく、ひろく人文・社会・自然の諸科学から東西の名著を網羅する、新しい綜合文庫の発刊を決意した。

激動の転換期はまた断絶の時代である。われわれは戦後二十五年間の出版文化のありかたへの深い反省をこめて、この断絶の時代にあえて人間的な持続を求めようとする。いたずらに浮薄な商業主義のあだ花を追い求めることなく、長期にわたって良書に生命をあたえようとつとめるところにしか、今後の出版文化の真の繁栄はあり得ないと信じるからである。

同時にわれわれはこの綜合文庫の刊行を通じて、人文・社会・自然の諸科学が、結局人間の学にほかならないことを立証しようと願っている。かつて知識とは、「汝自身を知る」ことにつきていた。現代社会の瑣末な情報の氾濫のなかから、力強い知識の源泉を掘り起し、技術文明のただなかに、生きた人間の姿を復活させること。それこそわれわれの切なる希求である。

われわれは権威に盲従せず、俗流に媚びることなく、渾然一体となって日本の「草の根」をかたちづくる若く新しい世代の人々に、心をこめてこの新しい綜合文庫をおくり届けたい。それは知識の泉であるとともに感受性のふるさとであり、もっとも有機的に組織され、社会に開かれた万人のための大学をめざしている。大方の支援と協力を衷心より切望してやまない。

一九七一年七月

野間省一

講談社文庫 最新刊

森 晶麿
恋路ヶ島サービスエリアとその夜の獣たち
人生の小休止＝サービスエリアに集まった〝獣〟たちが繰り広げる、ポップなミステリ。

平山夢明
〈大江戸怪談〉どたんばたん（土壇場譚）
江戸を舞台についに人外魔境な平山節炸裂。身の毛がよだつ恐怖怪談。〈文庫オリジナル〉

船戸与一
新装版 カルナヴァル戦記
ブラジルに流れ着いた日本人たちの生き様を通して描かれる非情な現実。珠玉の短編集。

嬉野 君
黒猫邸の晩餐会
黒猫を傍らに疑似夫婦がもてなす昭和レトロな食卓。奇妙な晩餐会の目的は？〈書下ろし〉

大江健三郎
晩年様式集《イン・レイト・スタイル》
未曾有の社会的危機と老いへの苦悩。厳しい現実から希望を見出す、著者「最後の小説」。

京極夏彦
志水アキ
〈コミック版〉狂骨の夢（上）（下）
自分と他人の記憶が混じるという女が紡ぐ、夢と集団の記憶をめぐる怪に京極堂が挑む。

近藤須雅子
プチ整形の真実
切らない、縫わない美容医療＝プチ整形の〝今〟を徹底取材。唯一無二の一冊！〈文庫書下ろし〉

日本推理作家協会 編
〈ミステリー傑作選〉Esprit《エスプリ》 機知と企みの競演
数百本の短篇から、ひたすらに〝質〟だけで選ばれたアンソロジー。余韻をご堪能あれ！

リー・チャイルド
小林宏明 訳
ネバー・ゴー・バック（上）（下）
古巣の米陸軍特別部隊がリーチャーを窮地に追い込む！ トム・クルーズ主演映画原作。

ジョージ・ルーカス 原作
R・A・サルヴァトーレ 著
上杉隼人／上原尚子 訳
スター・ウォーズ〈エピソードII クローンの攻撃〉
再会したアナキンとパドメは惹かれあうようになる。一方で不穏な予知夢が現実となり──。

ヤンソン（絵）
ムーミン100冊読書ノート
1ページに1冊、100冊の思い出の記録。本と一緒に過ごした時間がよみがえります。

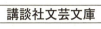

講談社文庫　目録

衿野未矢　依存症の女たち
衿野未矢　依存症の男と女たち
衿野未矢　依存症がとまらない
衿野未矢　「男運の悪い」女たち
衿野未矢　男運を上げる15歳ヨリウエ男〈悩める女の厄落とし〉
衿野未矢　恋は強気な方が勝つ！
江上　剛　頭取無惨
江上　剛　不当買収
江上　剛　小説 金融庁
江上　剛　絆
江上　剛　再起
江上　剛　企業戦士
江上　剛　リベンジ・ホテル
江上　剛　起死回生
江上　剛　瓦礫の中のレストラン
江上　剛　非情銀行
江上　剛　東京タワーが見えますか。
江上　剛　慟哭の家
江國香織　真昼なのに昏《くら》い部屋
R・アンダーソン 江國香織訳 荒井良二画　レターズ・フロム・ヘヴン
江國香織・文 松尾たいこ・絵　ふりむく
江國香織他　彼の女たち
遠藤武文　プリズン・トリック
遠藤武文　トリック・シアター
遠藤武文　パワードスーツ
円城　塔　道化師の蝶
大江健三郎　新しい人よ眼ざめよ
大江健三郎　宙返り(上)(下)
大江健三郎　取り替え子《チェンジリング》
大江健三郎　鎖国してはならない
大江健三郎　言い難き嘆きもて
大江健三郎　憂い顔の童子
大江健三郎　河馬に嚙まれる
大江健三郎　M/Tと森のフシギの物語
大江健三郎　キルプの軍団
大江健三郎　治療塔
大江健三郎　治療塔惑星
大江健三郎　さようなら、私の本よ！
大江健三郎　水死
大江健三郎・文 大江ゆかり・画　恢復する家族
大江健三郎・文 大江ゆかり・画　ゆるやかな絆
小田　実　何でも見てやろう
大橋　歩　おしゃれする
大石邦子　この生命ある限り
沖　守弘　マザー・テレサ〈あふれる愛〉
岡嶋二人　七年目の脅迫状
岡嶋二人　あした天気にしておくれ
岡嶋二人　開けっぱなしの密室
岡嶋二人　とってもカルディア
岡嶋二人　ビッグゲーム
岡嶋二人　ちょっと探偵してみませんか
岡嶋二人　記録された殺人
岡嶋二人　ツァラトゥストラの翼〈スーパー・ゲーム・ブック〉
岡嶋二人　そして扉が閉ざされた
岡嶋二人　どんなに上手に隠れても
岡嶋二人　タイトルマッチ
岡嶋二人　解決まではあと6人〈5W1H殺人事件〉

2016年9月15日現在